Norma Klein

Norma Klein starb 1989. Da war sie gerade 51 Jahre alt. Sie war eine geborene New Yorkerin und lebte auch immer in NY. In ihren Büchern beschreibt sie das Leben junger Leute aus dieser größten Stadt der USA. Über sich selber sagte sie: »Kurze Geschichten habe ich schon immer geschrieben, meinen ersten Roman mit 30. Ich hab mir gesagt: Schreib einfach, schreib jeden Tag 10 Seiten und das von Montag bis Freitag. Mach das solange, bis du 300 Seiten hast.

Dabei bin ich ganz eisern. Ich schreibe nicht nur, wenn ich mich peppig und fit fühle. Wenn ich dann nach einem Jahr wieder lese, was ich geschrieben habe, kann ich mich an meine Stimmung nicht mehr erinnern und an dem Geschriebenen merke ich keinen Unterschied.

Ich habe nie das Gefühl, ich muß mich verstellen, wenn ich für Teenager schreibe. Ich schreibe in dieser Ich-Form, die die Kids so persönlich finden und mögen.

Ob auch Teenager Bücher schreiben können? Ich glaube, man muß ein bißchen Abstand haben, um genau zu sehen, worüber einer sich freut, und was einem weh tut.

Ich finde es auch toll, mich in junge Leute hineinzudenken.«

ALIBABA

Lektorat: Abraham Teuter
Umschlaggestaltung: Dorén und Köster

Copyright:
Der Tausch
Originaltitel: The Swap
aus dem amerikanischen Englisch übersetzt von Karen Nölle-Fischer

Satz: Satzstudio Zeil, Frankfurt am Main
Druck: Druckerei Dan, Ljubljana, Slowenien
Printed in the Republic of Slovenia
ISBN 3-860 42- 198-0 (Buchhandelsausgabe)

Norma Klein

Der Tausch

übersetzt von
Karen Nölle-Fischer

Alibaba Verlag
Frankfurt am Main

Eins

Aus seinem Büro, wo die frisch reparierte Klimaanlage im Hintergrund klapperte, blickte Misha Edelman auf das sehr junge Paar, das zwischen seinen Gebrauchtwagen herumschlenderte. Manchmal trieben sie ihn zur Weißglut, diese jungen Leute. Der Zorn war nicht gerecht, und er ließ sich auch nicht mit der Begründung rechtfertigen, die er sich zurechtlegte – daß sie seine Zeit verschwendeten.

Gelegentlich kaufte ein Teenager sogar ein Auto, allerdings meistens, wenn Papi Geld hatte und sie ein Händchen dafür, selbst an dem Wagen rumzubasteln. Dieser Bursche, jedenfalls der Junge, sah nicht aus, als wäre er aus einer gut betuchten Familie – nur das übliche: Jeans, ein T-Shirt, zottelige dunkle Haare, Turnschuhe. Das Mädchen guckte in die Luft – wie üblich –, während der Junge um den knallroten Camaro Z-28 herumging und in die Julisonne blinzelte, die sich im blanken Lack spiegelte. Sie war schwanger, ihr Bauch rundete sich schon. Ihr Gesicht wirkte, soweit Misha es aus zehn Meter Entfernung erkennen konnte, vor Hitze und Erschöpfung stumpf.

»Kann ich Ihnen helfen?«

Sie blickten fast ängstlich auf, als er näherkam. Überlegte der Bursche, wie er damit abhauen konnte? Nicht unmöglich. Sogar ziemlich wahrscheinlich. »Das ist ein tolles Auto«, sagte der Junge mit schüchternem Ernst. »Wieviel wollen Sie dafür haben?«

»Sechstausend.« Misha wußte schon, bevor er die Summe nannte, wie sich das Gesicht des Jungen vor Enttäuschung verdunkeln würde.

»Jed?« meldete sich das Mädchen. Misha sah sie an. Sie wirkte unglaublich jung dafür, daß sie schon Mutter werden sollte, eher wie ein Kind als wie ein Teenager; mit einem runden weichen Gesicht, Sommersprossen, einem breiten Mund und tellergroßen braunen Augen, nicht hübsch, aber ansprechend. »Ich fühle mich ein bißchen –«, sie blickte zu Misha auf. »Könnte ich mich irgendwo setzen?«

»Sicher, natürlich.« Er begleitete sie in sein Büro, während der Junge weiter um das Auto kreiste. Vielleicht war es jetzt, wo es so unerreichbar war, in seinen Augen plötzlich noch viel mehr wert geworden. Es war schon merkwürdig – der einzige Beruf, den Misha in seinen fünfzig Lebensjahren ausgeübt hatte – abgesehen von einer kurzen Phase als High-School-Lehrer für Geschichte –, war der des Autoverkäufers, dabei mochte er Autos gar nicht besonders und konnte nicht begreifen, wieso in den Augen vieler Männer, die zu ihm kamen, um nach einem seiner Autos zu fragen oder eins zu kaufen, dieser Ausdruck von Gier und Freude, ja fast erotischer Erregung blitzte.

Sein Büro war unordentlich, aber es war mindestens fünfzehn Grad kälter als draußen, wo über fünfunddreißig Grad herrschten. Das Mädchen lehnte sich an die Wand. »Dürfte ich mich, äm, setzen?«

»Klar... Hier, kommen Sie her. Die Lehne ist verstellbar. Wär das bequemer?«

Sie ließ sich vorsichtig nieder. Als sie saß, glitten die riemenlosen Sandalen von ihren Füßen und fielen polternd zu Boden. »Es ist nicht die Hitze«, sagte sie entschuldigend. »Die Hitze macht mir nichts aus. Bloß, ich bin schwanger.«

»Ja, ich – hab's gesehen.« Ihre Unbeholfenheit übertrug sich auf ihn. »Möchten Sie ein Glas Wasser?«

Sie nickte dankbar und blieb reglos sitzen, bis er wiederkam.

»Ist es Ihr erstes Kind?« Es war angenehmer, hier drinnen zu sein, wo es kühl war, als draußen Fragen über ein Auto zu beantworten, das der Bursche sowieso nicht kaufen würde.

»Ja.« Sie trank das Glas mit einem Schluck fast leer und holte dann tief Luft. »Wir sind noch nicht verheiratet«, sagte sie schnell, als fürchtete sie seine Mißbilligung. War er mit seinem ergrauenden Haar und den buschigen Augenbrauen für sie eine strenge Vaterfigur, die sie unwillkürlich an ihren eigenen Papa erinnerte? »Aber wir wollen heiraten. Wir haben es nur noch nicht geschafft.«

Dieser kleine Mistkerl! Er wollte sie doch wohl nicht sitzenlassen? Brauchte er das Auto, um abzuhauen? Sie hatte etwas Mitleiderregendes, das durch ihren runden Bauch, ihre blasse Haut verstärkt wurde. Sie betrachtete die Fotos von seiner Frau und seinem Enkel, die er immer noch auf dem Schreibtisch hatte. Keines von seinem Sohn. Von ihm hatte er nie ein Bild gehabt.

»Ist das Ihr Kind?« fragte sie und streckte die Hand nach dem Rahmen aus. »Es ist süß.«

»Enkelkind.«

»Ach ... ist es ein Junge?« Sie errötete.

Er zögerte. »War. Er ist vor zwei Jahren umgekommen.«

Sie machte ein entsetztes Gesicht und stellte das Bild schnell wieder hin. »Das Baby?«

»Beide. Bei einem Autounfall.« Er entfloh wieder nach draußen in die Hitze und versuchte im Hinausgehen, seinen Zorn auf sich selbst zu unterdrücken. Bei wildfremden Leuten Mitleid zu heischen! Das war doch der Gipfel! Warum ließ er die Fotos da stehen? Aber er wollte sie da haben. Sie waren immer noch sein Leben. Er hatte sich noch kein neues eingerichtet oder geschaffen, nichts anderes gefunden.

»Ich glaube, es geht ihr wieder besser«, sagte er zu dem Jungen.

»Ja?« Er war immer noch in die Betrachtung des Autos versunken. Der Traum, der in ihm arbeitete, das spürte Misha so deutlich, als steckte er in ihm, war, sich in das Auto zu setzen und loszufahren und das Mädchen nie wiederzusehen. Ist ihm das zu verdenken? Er ist höchstens siebzehn.

Der Junge räusperte sich. »Mmm, hören Sie. Ich wollte fragen... Sie können hier nicht eine Aushilfe brauchen, oder? Ich versteh ziemlich viel von Autos.«

»Ich hab schon jemand.«

»Aber vielleicht stundenweise. Sie haben abends manchmal noch auf.«

Er hatte tatsächlich neben Homer, seinem festen Mechaniker, eine Teilzeitkraft beschäftigt, die einen Teil der Karosseriearbeiten gemacht und leckende Kühler ersetzt hatte – aber keinen neuen Mann mehr gesucht, als der gekündigt hatte. Wie wollte dieser Junge mit einem Teilzeitjob eine Frau und ein Kind ernähren? »Ich kann nur vier Dollar die Stunde zahlen. Ist nicht viel los zur Zeit.«

»Das ist okay... Wenn Sie mich erst mal ohne Bezahlung ausprobieren wollen, mir wär das recht«, sagte der Junge verhalten selbstsicher. »Ich bin gut. Ich habe auf der High School einiges gelernt.«

»Gut, kommen Sie in sechs Wochen noch mal vorbei, Anfang September... dann können wir drüber reden. Haben Sie irgendwo richtig Arbeit?«

Die Miene des Jungen wurde düster. »Ich such noch.«

»Gibt nicht viel. Ist schwierig.«

»Ja.« Der Junge ließ seinen Blick flüchtig zum Büro schweifen. Hoffte er, daß der Laden durch irgendein Wunder in Flammen aufgehen und sie mit verschlingen würde? Tut mir leid, Kleiner. So geht's im Leben nicht.

Seit dem Tod seines Bruders vor zehn Jahren und erst recht seit Brendas Tod dachte er daran, das Geschäft zu verkaufen und in eine andere Stadt zu ziehen, weit weg, nach Florida oder Kalifornien vielleicht. Aber er war es gewöhnt, daß Wolf die Dinge für ihn in die Hand nahm wie damals, als er ihn aus seinem Lehrerjob herausgeholt und mit ihm den Betrieb eingerichtet hatte. Und jetzt, seit Brendas Tod, hatte er das Gefühl, als hätte ihn jemand mit Zement übergossen. Er studierte Landkarten, dachte über den Ortswechsel nach und wachte immer im selben Bett wieder auf. Deshalb weckte der Junge sein Mitgefühl, obwohl die Umstände sich kaum vergleichen ließen. Es war so leicht, sich einfangen zu lassen, so unmöglich, sich zu befreien. Wolf war das Gegenteil gewesen. Immer in Bewegung, immer von einem Geschäft zum folgenden springend, mit einem untrüglichen Instinkt für den nächsten Schritt. Den hatte er schon als Kind gehabt. Er war fünfzehn Jahre älter als Misha, aber die bleibendste Erinnerung aus seiner Kindheit war für Misha das verrückte schiefe Grinsen, das sich über Wolfs Gesicht breitete, wenn er jemanden reingelegt hatte. Wolf liebte es, liebte das Verschwörerische, die feine Manipulation. Die Realität war ein Spiel, das man mit der Zeit erfinden konnte, indem man die Regeln änderte, wenn die alten nicht hinhauten oder langweilig wurden. So war er in allem gewesen, selbst in seinen drei Ehen. Er hatte keine Kinder gewollt. »Du bist mein Kind«, sagte er immer zu Misha. »Ich habe dich großgezogen, ich hab dir alles beigebracht, was ich weiß. Das reicht.«

Misha und der Junge gingen wieder ins Büro. Das Mädchen saß noch genauso da, mit ausdrucksleerem Gesicht. Vielleicht guckte sie immer so, vielleicht lag es gar nicht an der Hitze oder der Schwangerschaft. Zum erstenmal verschob sich Mishas Mitgefühl ein wenig auf den Jungen. Was für eine Vorstellung, überall mit dieser weichen Schwere konfrontiert zu sein, im Bett, am Frühstückstisch. Aus ihrer Benommenheit aufgerüttelt, blickte sie leicht überrascht zu ihnen auf. »Irgendwas macht ein komisches Geräusch«, sagte sie zu Misha.

Er nickte. »Die Klimaanlage ... ich hab sie erst reparieren lassen, aber irgendwas klappert noch drin rum.«

»Funktionieren tut sie gut«, sagte sie hastig, als fürchtete sie, ihn beleidigt zu haben. »Es ist bloß ... ich meine, schön kühl.«

»Hört mal«, hörte er sich plötzlich sagen. »Ihr könnt ... Könntet ihr zwei ein Bett gebrauchen?«

Sie sahen ihn erstaunt an.

»Ich habe zu Hause ein Bett, ein Doppelbett ... Ich hab bloß grad gedacht, vielleicht seid ihr dabei euch einzurichten und könntet es gebrauchen. Ihr könntet es umsonst haben. Es ist nicht neu, aber die Matratze ist noch gut.«

»Und wo wollen *Sie* schlafen?« fragte das Mädchen besorgt.

»Ach ich ... Ich habe noch ein Bett in einem andern Zimmer.«

»Und Ihre Frau?« fragte der Junge, dem die Sache merkwürdig vorkam. »Weiß sie, daß Sie es verschenken wollen?«

Das Mädchen machte ein ängstliches, unbeholfenes Gesicht. »Sie ist tot«, flüsterte sie.

»Wer?«

»Seine Frau lebt nicht mehr.« Sie sah Misha an. »Tut mir leid.« Ob sie das auf den Tod bezogen meinte oder auf einen Vertrauensbruch, war schwer zu sagen.

»Was hat *das* damit zu tun?« Der Junge wirkte gereizt.

Misha wünschte sich sehnlich, er hätte das Angebot nicht gemacht. »Denkt doch in Ruhe drüber nach«, schlug er vor, um sie möglichst schnell loszuwerden.

»Ich *habe* nachgedacht«, sagte der Junge. »Wir nehmen es ... geben Sie uns nur Ihre Telefonnummer, okay?«

Das Mädchen sah aus wie am Boden zerstört. Misha wußte nicht, ob sein Verständnis für die Gereiztheit des

Jungen oder sein Mitgefühl für das Mädchen überwog. Sie würde nicht viele Entscheidungen fällen dürfen, wüßte wahrscheinlich auch gar nicht, wie.

»Wir bleiben also in Verbindung«, sagte der Junge, die Autorität seiner Männlichkeit genießend, und sei sie noch so unbegründet. »Auch wegen der Arbeit, nicht?«

»Ja.«

Er sah ihnen nach, als sie vom Platz gingen. Es war nach fünf. Er wollte früh Schluß machen. Es war ihm immer lieb, eine Entschuldigung zu haben, früher Feierabend zu machen. An Tagen wie heute, bei der Affenhitze, war fast jede Ausrede recht. Er war bei seiner Schwägerin Ardis zum Abendessen eingeladen, aber er wollte vorher noch nach Hause.

Zu Hause, nach dem Duschen, sah sich Misha das Bett an. Vielleicht war es eine dumme Idee gewesen. Die Couch war nicht besonders bequem. Eigentlich sollte er das Bett in ein anderes Zimmer stellen. Aber wenn er einmal anfing, war so viel mehr zu tun. Er mußte Brendas Kleider aussortieren, alte Sachen rausschmeißen, sein Leben neu ordnen. Deshalb schreckte er selbst schon vor einer solchen Kleinigkeit zurück. Jetzt legte er sich einfach nackt aufs Bett und starrte an die Decke. Er dachte an einen Mann, den er vor etlichen Jahren flüchtig gekannt hatte, an dessen Namen er sich nicht erinnerte. Die Frau des Mannes hatte Krebs gehabt, mit ein paar Phasen der Besserung, war aber schließlich dran gestorben. Als er ihm in den Monaten vor und nach ihrem Tod auf der Straße begegnet war, war es ihm vorgekommen, als wäre er von einer fast greifbaren Aura der Trauer umgeben. Er sah aus, als könnte er von einer Klippe laufen, ohne sie zu sehen, oder gegen eine Wand. Eines Abends hatte Brenda gesagt: »Aber laß sie erst eine Sekunde tot sein, und sofort werden die Frauen sich um ihn reißen: von der Revuetänzerin bis zur Ärztin.« Er mußte ihr recht geben, daß der Mann gut aussah, mit einem langen, hageren Gesicht, einer Wolke grau werdender Haare. »Er wird eine ganze Weile keine Augen für andere Frauen haben«, hatte Misha gesagt und es ganz ernst gemeint. »Vielleicht Jahre lang nicht.« – »Klar«, hatte sie sarkastisch entgegnet, und er hatte in dem Gefühl, daß sie einen Trost oder eine Bestätigung brauchte, hinzugefügt: »Bei mir wäre das jedenfalls so, wenn dir etwas zustieße.« Sie hatte mit einer Mischung aus Zuneigung und Spott gelächelt. »Ach du, du bräuchtest keinen Finger krumm zu machen! Du würdest eines Morgens mit einem Ring dran aufwachen.«

Der Unfall war vor fast zwei Jahren passiert. Er wachte immer noch allein auf. Würde sie sich freuen, wenn sie erführe, daß es nicht so einfach war, wie sie gedacht hatte? Sich freuen über das, was man als seine Treue verstehen konnte? Aber er war sich nicht sicher, ob man nach dem Tod von Treue sprechen konnte. Eher von Feigheit. Warum wollte er das Bett verschenken? Nicht nur weil es mit Brenda zu tun hatte, sondern auch, weil es ihn anklagend anzugucken schien. Es sollten Frauen drin liegen, eine neue, ein versuchsweiser Ersatz. Er war, bedauerlich vielleicht, nicht alt genug, um erotische Bedürfnisse ganz hinter sich gelassen zu haben. Wenn Wolf noch lebte, hätte er längst Abhilfe geschaffen. Seine Freundinnen hätten jüngere Schwestern oder Kusinen gehabt. Zu seiner Überraschung hatte sein Bruder, der ihn in mancher Beziehung besser kannte als jeder andere, ihn häufig mit sich selber verwechselt. Misha war nie den Frauen nachgelaufen, weder buchstäblich noch im übertragenen Sinn.

Er zog sich an und fuhr zu seiner Schwägerin. Unterwegs blieb er hinter einer Fahrerin hängen, deren Fahrstil ihn so an Brenda erinnerte, daß seine Ungeduld sich mit einem schmerzhaften Stich der Erinnerung mischte. Sie standen an einer Kreuzung, und sie zögerte eine volle Minute, bis sie endlich in die Auffahrt zur Schnellstraße einbog, wobei sie den Kopf nach rechts und links drehte, damit ihr ja kein Auto entging (es kam kein einziges), bevor sie mit einem Ruck anfuhr. Wahrscheinlich hatte sie wie Brenda erst spät den Führerschein gemacht. Brenda hatte mit Sechsunddreißig fahren gelernt, als sie eine Arbeit als Lehrerin an einer Schule angenommen hatte, die vierzig Meilen entfernt lag. Ihre Schule in Auburn hatte ihre Stelle gestrichen, und Brenda hatte, trotz sechsmonatiger Suche, nur diese einzige gefunden. Er hatte sich über das Fahren im Winter Sorgen gemacht. Die Winter hier konnten sehr streng sein. Oft fing es im November an zu schneien und hörte bis in den Mai hinein nicht auf. Ostersonntag hatten sie fast immer Frost; die Forsythien blühten mit Rauhreif auf den Zweigen.

Misha war auf merkwürdige Weise froh, daß Seth nicht am Steuer gesessen hatte, als der Unfall passierte. Zwar war es den Berichten zufolge ein Unfall gewesen, den keiner von ihnen hätte vermeiden können – der andere Fahrer war betrunken gewesen, frontal auf sie draufgefahren und ebenfalls ums Leben gekommen –, aber wenn Seth gefahren wäre, hätte er wahrscheinlich auch nach dem Tod seines Sohnes noch mit einem anderen Groll fertig werden müssen. Ihre Beziehung war schon zu Lebzeiten schwierig genug gewesen. Es war im Juli passiert. Seth, Celia und der kleine Noah waren für eine Woche bei ihnen zu Besuch und wollten anschließend zu Freunden in Vermont weiterfahren. Celia war irgendwo einkaufen. Brenda war mittags mit Seth und Noah losgefahren, um dem Kleinen ein Paar Turnschuhe zu kaufen.

Schluß jetzt! Aber wenn er Auto fuhr, mußte er immer daran denken. Jeder Wagen, der leicht in seiner Spur schwankte, war für ihn potentiell ein betrunkener Fahrer, der, egal wie viele er umbrachte, bestenfalls zu einem Wochenende im Gefängnis und ein paar Wochen Führerscheinentzug verurteilt werden würde. Jede Frau am Steuer, und vor allem jede, die ängstlich über das Steuer spähte, war Brenda. Jedes kleine Kind, und insbesondere wenn es auf einem Schoß gehalten wurde, war Noah, der jeden Moment aus dem halbgeöffneten Fenster auf die Fahrbahn geschleudert werden konnte. Er hatte Autos nie gemocht, aber nun hatte er das Gefühl, daß es unmoralisch war, welche zu verkaufen.

Bei Ardis wurde immer früh gegessen, weil Simon, ihr Mann, eine Zeitungsauslieferung hatte und jeden Morgen um halb vier hoch mußte. Er ging pünktlich um acht ins Bett. »Sie sucht sich immer einen Schlemihl zum Mann«, war Brendas Kommentar dazu gewesen. »Dabei könnte sie jeden haben.« Letzteres war vielleicht eine schwesterliche Übertreibung. Aber es stimmte. Seine Schwägerin, die Zwillingsschwester seiner Frau, war attraktiv, anders als Brenda, aber eindeutig attraktiv. Sie waren eineiige Zwillinge und standen sich bei aller Konkurrenz entsprechend nahe, obwohl sie sich für ihn nur so ähnlich sahen wie Schwestern oder vielleicht Kusinen. Er erinnerte sich an ein Bild von ihnen mit elf Monaten, das Brenda ihm gezeigt hatte. Sie hatten beide den gleichen dichten Lokkenschopf, aber während Brenda still im Bettchen saß und mit sanfter Grübelmiene einen Zahnring mit Gummiperlen inspizierte, hing Ardis winkend über den Rand, als wollte sie kopfüber hinausfallen, und das Blitzen in ihren Augen zeigte, daß es ihr offensichtlich egal war.

Ardis war schon einmal verheiratet gewesen, obwohl Brenda meinte, daß man eine Ehe mit achtzehn, mit einem Klassenkameraden auf der High School, der, noch ehe er alt genug zum Wählen war, beim Surfen verunglückt war, eigentlich nicht zählen dürfe. »Ein totaler Versager«, urteilte

Brenda. »Er las Comics!« – »Aber er war bildhübsch«, seufzte Ardis darauf. Simons Versuche, Geld zu verdienen, wirkten jahrelang eher wie Hobbys als ernsthafte Unternehmungen. Die erfinderische, zähe Ardis ernährte die Familie, indem sie in jeder der sechs bis sieben Städte, in denen sie jeweils zwei bis drei Jahre lebten, wieder Arbeit fand, während sie gleichzeitig die beiden Töchter großzog. Sie war gelernte Programmiererin, war aber mit den Jahren zur Data-Base-Managerin und zur technischen Assistentin aufgestiegen und arbeitete mittlerweile als zweite Geschäftsführerin in einer kleinen Computerfirma in Syracuse. »Mir klingt das alles wie aus *Krieg der Sterne*«, jammerte Brenda. »Verstehst du, was sie macht, Schatz?«

Seine Schwägerin war nicht gerade ein Genie, aber sie besaß eine zähe, widerstandsfähige Energie, die ihn an Wolf erinnerte. Ihr Aufstieg im Geschäftsleben erstaunte ihn nicht.

»Was macht das Geschäft?« fragte Simon, als sie sich zu Tisch setzten.

»Nicht viel los.«

In all den Jahren war ihre Beziehung kaum über diesen Wortwechsel hinausgekommen. Simon war gebückt, zierlich, wortkarg. In der Familie herrschte keine besondere Spannung, aber Misha hatte immer das Gefühl, daß Ardis sich auf acht Uhr freute, wenn Simon unweigerlich aufstand und sagte: »So, ihr Lieben, ich lasse euch zwar ungern allein, aber ich habe einen langen Tag hinter mir.«

»Na, was macht das Geschäft?« wiederholte Misha mit einem freundlichen Lächeln, nachdem Simon verschwunden war. Vor Brendas Tod hatte Ardis sie beide immer mit ihren Männerabenteuern ergötzt. Es waren lustige Geschichten. Sie versicherte ihnen stets, daß ihre außerehelichen Eskapaden nicht das geringste mit Simon zu tun hätten und nichts über ihre Ehe aussagten. Brenda schwor, daß es stimmte. »Sie mag Männer einfach. Sie mag Sex. Es ist wirklich toll. Ich meine, sie ist da so ehrlich.« Zuweilen hatte bei seiner Frau ein trauriger Neid durchgeklungen. »Sie hat mit einem Schwarzen im Wohnmobil geschlafen«, rief sie eines Nachmittags aus. »Er ist nach einer geschäftlichen Unterredung auf sie zugekommen und hat sie gefragt, ob sie rummacht, und er hatte gleich das Wohnmobil da. Mit Rockmusik im Hintergrund!« In Mishas Augen war Ardis' Einstellung zu Männern einmalig, zumindest unter den Frauen, die er kannte. Sie hatte eine fröhliche, praktische Sinnlichkeit. Unter den Männern, mit denen sie zusammenarbeitete, gab es einige, mit denen sie nie geschlafen hatte und es auch nie vorhatte. Trotzdem ging sie manchmal zu ihnen ins Büro und knutschte eine halbe Stunde mit ihnen. Er hatte nicht gewußt, daß heutzutage irgend jemand außer Teenagern noch »knutschte«.

Mit ihm hatte sie natürlich immer ein bißchen geflirtet, jetzt natürlich um so mehr. Sie wußte, daß er mit keiner Frau zusammen war, wußte, daß er sie attraktiv fand, wußte, daß die Verbindung über Brenda eine Annäherung so unmöglich wie naheliegend machte, auch wenn sie früher nie daran gedacht hätten. Warum war er hier? Nicht bloß, weil sie ihn bekochte, sondern weil sie eine Beziehung zueinander hatten, die er nicht erst herstellen mußte. Sie existierte bereits, sie mochten sich bereits. Er brauchte nicht zu versuchen, Brenda nicht zu erwähnen oder peinlich berührt zu sein, wenn von ihr die Rede war. In gewisser Hinsicht war sie die ganze Zeit bei ihnen.

»Ich bin völlig alle«, gestand Ardis und streifte die Schuhe ab. Sie hatten sich von der Küche ins Wohnzimmer gesetzt. »Ich bin gestern abend erst aus Phoenix zurückgekommen.« Sie grinste. »Aber ich hab mich prima amüsiert.«

Misha nippte an seinem Kaffee. »Mußtest du nicht arbeiten?«

»Doch, aber nur bis fünf. Was hätte ich sonst in Phoenix machen sollen?«

»Und, wie war's?«

Sie zog die Nase kraus. »Erst nicht berauschend. Er war ein Anwalt, der irgendwie nicht aufhören konnte, seine Supermann-Nummer abzuziehen, indem er mir erzählte, was für ein toller Liebhaber er war, und seine ganze Eroberungen aufzählte. Ich hätte am liebsten gesagt: Zeigs mir doch! Red nicht soviel! Ich hatte schon beinahe alle Lust verloren, aber dann beschloß ich, selbst dafür zu sorgen, daß es gut wurde. Und plötzlich war es toll! Es war komisch, es hat richtig gutgetan... und als wir uns verabschiedet haben, hat er gesagt: ›Dies war wie ein kleines Stück vom Himmel.‹« Sie strahlte, offensichtlich wirklich von diesem Lob gerührt.

Misha hatte sich immer gefragt, wie Männer ungestraft mit solchen Sprüchen davonkommen. Wahrscheinlich konnte man sich alles leisten, wenn die Frau in der richtigen Stimmung war. Ardis wirkte jedenfalls zutiefst befriedigt, und ihre glänzenden dunklen Augen leuchteten in der Erinnerung an die schönen Stunden. »Es klingt«, setzte er an. »Wahrscheinlich bin ich ein bißchen neidisch... ich meine, ich habe seit –«

»Aber du bemühst dich auch nicht!« rief sie aus. Sie führte, wie bei ihrem Mann, häufig seine Sätze für ihn zu Ende.

»Stimmt.«

»Hör zu, ich weiß drei Frauen für dich... Willst du's versuchen? Rufst du sie mal an? Brenda wäre auf jeden Fall dafür!«

»Ich weiß.« Das war zu schwierig. Er wollte nicht darüber nachdenken, was Brenda gewollt hätte. »Und, wer sind sie?«

Ardis räusperte sich. »Die eine ist eine Frau, die ich gerade eingestellt habe. Von der hab ich dir schon erzählt, oder?«

»Ich glaube nicht.«

»Sie ist . . . na ja, sie wird Ende Dreißig sein. Ist dir das zu alt?«

»Nein!«

»Sie ist . . . na ja, sie ist keine Schönheit . . . Sie ist so irgendwie . . . Wie soll ich es sagen? Ich glaube, sie hat ein gutes Herz. Sie war ungefähr zehntausend Jahre mit diesem Burschen im Rollstuhl verlobt. Ich glaube, er hatte Kinderlähmung oder so was. Sie hat ihn überall hinchauffiert. Buchstäblich diesen schweren Rollstuhl rumgewuchtet – man mußte ihn zusammenklappen und in den Kofferraum stellen –, sie hat sich den Rücken kaputtgemacht durch das viele Tragen . . . und dann ist er mit einer andern auf und davon!«

»Auf und davon?« fragte Misha. »Wie das denn?«

Ardis fegte den Einwand beiseite. »In seinem Rollstuhl! Was weiß ich! . . . Nein, er hat einfach eine andere Frau kennengelernt, eine Krankenschwester, und sie haben geheiratet. Wo er seit Jahren gesagt hatte, daß er nicht heiraten könne, weil er zu sehr eine Last sei. Was ich damit sagen will, sie ist ein bißchen deprimiert. Man kann zwar erkennen, daß sie unter der Oberfläche eine Menge zu geben hat, aber man müßte tief graben. Sie braucht jemand, der sie da rauszieht.«

»Und die andern Kandidatinnen?« fragte er trocken. »Du hast doch von dreien gesprochen, die auf mich warten.«

»Sie warten nicht direkt«, protestierte sie. »Na schön, also . . . die zweite ist verheiratet. Ich weiß nicht. Das gefällt dir wohl eher nicht. Das ist wahrscheinlich nichts für dich, oder?«

»Ich weiß nicht, was etwas für mich ist . . . Was hast du über sie zu sagen?«

»Gut, sie heißt Maxine, sie hat zwei Mädchen im College-Alter, und sie hat sich gerade mühselig aus einer dieser klassischen vertrackten Geschichten mit einem verheirateten Mann befreit.«

»Was ist eine klassisch vertrackte Geschichte?« wollte er wissen.

»Das weißt du doch! Rauf, runter, hin, her. Er liebt seine Frau, er haßt seine Frau, er wird seine Frau verlassen. Immer im Kreis, bis Max schließlich am liebsten beide erschossen hätte.«

»Und was ist mit ihrem Mann?«

»Ja, was?«

»Na, billigt er ihre Seitensprünge, oder lebt er in einem Zustand gesegneter Unschuld?«

Sie platzte. »Billigen! Wer bist du, der Todesrichter? Sie sind seit ihrer Geburt verheiratet, Gott weiß, was er alles anstellt! Willst du der Frau ein paar Minuten Spaß in der Woche verübeln?«

»Keinesfalls«, sagte Misha. »Ein paar Minuten hat wirklich jeder verdient.«

»Mit so einer Einstellung wirst du dein Leben lang Witwer bleiben!«

»Kann sein.«

»Misha, das Leben kommt nicht zu dir. *Du* mußt zum Leben kommen.«

»Weiß ich.«

»Dann hör endlich auf, 'weiß ich' zu sagen, und tu was! Laß dich mal auf ein Risiko ein. Mich quält die Sache, weil es so eine Verschwendung ist. Du bist ein wundervoller Mensch. Du würdest eine Million Frauen glücklich machen.«

Er sah Ardis an. Ihre aufrichtige Sympathie tat ihm gut. Wo hörten verwandtschaftliche Gefühle auf und wo fing erotische Verrücktheit an? Er spürte, daß sie beidseitig so verstrickt waren, daß keiner von ihnen wußte, wie es weitergehen sollte. Er konnte, leider Gottes, nicht einfach einer von ihren vielen flüchtigen Affären sein, und was standen ihm sonst für Möglichkeiten offen? »Und die dritte?« war das einzige, was er hervorbrachte, weil er sie so sehr begehrte, als sie ihn mit tränenerfüllten schwarzen Augen anschaute.

»Die dritte?«

»Frau?«

Ardis seufzte, offensichtlich froh, zu einem unverfänglichen Thema überzugehen. »Sie spielt Harfe.«

»Beruflich?«

»Nein, ich glaube nicht ... nur zum Vergnügen, denk ich.«

»Wie alt ist sie?«

»Ich dachte, du hast gesagt, auf das Alter kommt es dir nicht an ... achtundzwanzig, denke ich, irgendwas in der Gegend.«

»Dreißig ist die Grenze«, sagte er. »Oder vielleicht sogar fünfunddreißig.«

Sie lächelte. »Ich lege sie ein paar Jahre auf Lager. Was hast du gegen neunundzwanzig?«

»Zu viele Hoffnungen, Phantasien, Erwartungen. Damit kann ich nicht umgehen. Das will ich nicht.«

»Und was willst du?«

»Brenda wiederhaben.«

Ardis schwieg einen Augenblick mit gesenktem Blick. Als sie wieder aufschaute, war ihr Gesicht heiß. Sie war wütend. »Hör zu, Mish, was denkst du dir eigentlich? Glaubst du, ich will sie *nicht* wiederhaben? Glaubst du, es hat seit ihrem Tod auch nur einen verfluchten Tag gegeben, an dem ich nicht an sie gedacht habe? Du warst bloß mit ihr verheiratet. Du kannst wieder heiraten. Sie war mein Zwilling! Sie war wie mein anderes Ich! Das ist, als wachtest du eines Morgens auf, und eine Hälfte von dir wär weg! Einfach weg ... Du hast deinem Bruder nahegestanden, aber das ist etwas anderes. Du hast bloß eine Ehefrau verloren. Ich hab das Gefühl, einen Teil von mir selbst verloren zu haben.«

Sie fing an zu weinen und wandte sich schnell ab, als schämte sie sich ihrer Tränen. Misha stand auf und legte ihr den Arm auf die Schulter. »Tut mir leid, Dix«, sagte er unbeholfen. »Ich –, ich komm sehr gern hierher zu dir.«

»Ich hab dich gern hier.«

Sie lächelten sich an. Sie umarmte ihn, und er gab den Versuch auf, gegen das anzugehen, was zwischen ihnen war, und erwiderte die Umarmung.

Am Ende der Woche kamen sie, um das Bett abzuholen. Der kleine Laster stand draußen im Garten. Sie kamen mit einem zweiten Paar zusammen, das ebenfalls noch ganz jung war, ein dünnes Mädchen mit kurzgeschorenen Haaren und ein schlaksiger Junge mit einem Strohhut. Sie schleppten die Matratze zu dritt raus, während das schwangere Mädchen auf Mishas Veranda von einem Schaukelstuhl aus zuschaute. Sie setzten die Matratze einen Augenblick auf dem Rasen ab, bevor sie sie in den Pickup hievten. Das kurzhaarige Mädchen legte sich drauf. »He«, sagte sie, »ist die bequem. Das ist ein tolles Bett!« Sie machte Kopfstand und ließ sich abrollen. Sie war gelenkig, ihr Körper noch ganz kindlich.

»Du solltest zum Zirkus gehen«, sagte der andere Junge.

Sie richtete sich wieder auf. »Stimmt... gute Idee.« Sie trat auf Misha zu. »Haben Sie noch andere Möbel, die Sie nicht brauchen?«

Der Junge mit dem Strohhut kam hinterher und legte ihr die Hand auf den Mund. »Dies ist kein Flohmarkt, du Dummerjan! Er verschenkt nur das Bett.«

Sie riß die Hand vom Mund. »Laß ihn gefälligst selber antworten!«

Misha überlegte. »Ich habe einen Fernseher. Er ist nicht

mehr sehr gut. Kann sein, daß er überhaupt nicht mehr funktioniert.«

»Wieviel wollen Sie dafür haben?«

»Nichts.«

»Nichts? Wieso?«

»Ich sehe nie fern . . . und wie gesagt, vielleicht funktioniert er gar nicht.«

»Wir kriegen ihn wieder hin . . .« Sie ging zu dem Jungen mit dem Strohhut. »He, wir können einen Fernseher haben, umsonst! Wie findest du das?« Sie drehte sich wieder zu Misha um. »Wo ist er?«

»Ich zeig's Ihnen.« Er ging mit ihr ins Haus und zeigte ihr den Fernseher, der in einer Ecke des Wohnzimmers auf dem Fußboden stand. Sie bückte sich, um ihn zu heben. »Er ist schwer«, warnte er. »Ich würde mit anpacken, aber ich habe einen kaputten Rücken.«

»Ich bin stark.« Sie grinste ihm lausbübisch zu und zeigte ihm ihre Muskeln. »Früher war ich ein Schwächling von fünfundvierzig Kilo, aber jetzt bin ich ein Schwächling von siebenundvierzig Kilo.« Aber sie trug den Fernseher, krumm wie ein Brezel zur Seite gebogen, unter einem Arm zum Pickup.

Misha ging zu dem schwangeren Mädchen, das langsam vor und zurück schaukelte. »Wie wäre es mit einem Glas Limonade?« fragte er. Er fand, daß sie ein hübsches Gesicht hatte, mit molligen Wangen und einem weichen, noch ziemlich kindlichen Kinn. Sie trug eine Bluse und abgeschnittene Shorts; ihre blassen Beine baumelten wie bei einer Stoffpuppe über dem Boden.

»Ja, gerne«, sagte sie. »Danke.«

Er holte den großen Plastikkrug und einen Stapel Pappbecher raus, schenkte ihr ein und bot den dreien, die die Matratze und den Fernseher in den Pickup geladen hatten, ebenfalls welche an.

»He, 'ne Party!« sagte das dünne Mädchen. »Haben Sie auch Kuchen?«

Der Junge mit dem Strohhut gab ihr einen Tritt. »Bitte, ignorieren Sie sie«, sagte er zu Misha. »Sie ist unhöflich. Ihre Mutter hat ihr nie Manieren beigebracht.«

»Hör mal, ich hab in zwei Wochen Geburtstag. Hab ich da keinen Kuchen verdient?«

»Ich habe keinen«, gestand Misha. Sie gefiel ihm. »Wie alt werden Sie?«

»Was meinen Sie?« fragte sie herausfordernd.

Sie sah sehr jung aus, aber er vermutete, daß sie älter war, als es schien. »Siebzehn?«

Sie grinste entzückt. »Richtig! Seht ihr!« Sie wandte sich zu den andern. »Er hat richtig geraten.« Zu Misha sagte sie: »Die Leute denken immer, ich bin noch ein Kind. Wahrscheinlich, weil ich die Haare so kurz trage.«

Das schwangere Mädchen hielt Misha ihren Becher hin. »Ich hab solchen Durst«, sagte sie entschuldigend.

»Vielleicht ist es der Kleine«, sagte der dunkelhaarige Junge, der zukünftige Vater. »Vielleicht hat *er* Durst.«

»Hör endlich mit diesem *er* auf!« sagte das dünne Mädchen. »Was ist, wenn es ein Mädchen wird? Was willst du dann machen, es ertränken?«

»Es wird ein Junge«, sagte der dunkelhaarige Junge unbeirrt.

»Ach ja? Wahrscheinlich liegt sie da im Bauch und lacht sich kaputt, weil sie weiß, daß sie ein Mädchen ist. Wahrscheinlich denkt sie, Mann, hab ich dumme Eltern!«

»In dem Alter denken sie noch nicht. Sie liegen bloß da und warten darauf, daß es Zeit wird rauszukommen.«

»So sicher ist das nicht«, sagte die Schwangere. »Es weiß bloß niemand, weil sich niemand erinnern kann.«

»Ich glaube, *ich* kann mich erinnern«, sagte die Dünne. »Im Ernst. Es war sehr friedlich und still, irgendwie als schwebte ich.«

Misha lächelte. Ihr Geplänkel machte ihm Spaß.

Die vier standen auf. Der dunkelhaarige Junge schüttelte ihm die Hand. »Vielen Dank für das Bett. Wir können es wirklich gut gebrauchen.«

»Jetzt können sie endlich in Frieden miteinander schlafen«, sagte die Dünne. »Wird auch Zeit.«

Ihr Freund hob sie hoch und tat so, als wollte er sie in den Pickup werfen. Das schwangere Mädchen sah wehmütig zu. »Ich kenn mich mit Babys noch gar nicht aus«, sagte sie. Misha wußte nicht, ob die Bemerkung für ihn bestimmt war oder ob sie ihr einfach nur so rausgerutscht war.

»Das geht allen so, man lernt das alles erst, wenn sie da sind«, beruhigte er sie. »Wird schon werden.«

»Meinen Sie?« Diese wehrlose, zaghafte Miene würde ihr, fürchtete er, noch einiges an Kummer eintragen.

»Bestimmt«, log er.

Sie lächelte unbeholfen. »Es ist wirklich sehr nett von Ihnen, uns Ihr Bett zu schenken. Wir haben nicht sehr viel Geld.«

Als ob das nicht offensichtlich war! »Freut mich, wenn es gebraucht wird«, sagte er steif. Er blieb auf dem Gehsteig stehen, als sie davonfuhren. Durch das Seitenfenster sah er, wie das Mädchen sich nach ihm umdrehte. Sie winkte.

Zwei

»Also, wann wird denn nun geheiratet?« Vonni saß auf der Tischtennisplatte im Keller von Jeds Elternhaus und baumelte mit den Beinen.

Maddy, die auf dem einzigen bequemen Stuhl in der Ecke saß, spürte, wie sich ihr Magen zusammenzog. Sie wußte keine Antwort auf Vonnis Frage. Wäre es nach ihr gegangen, wären sie längst verheiratet. Die Entscheidung lag bei Jed. »I-ich weiß nicht«, stammelte sie.

Vonni und Luther hatten vor zwei Monaten geheiratet, am Tag als sie ihr Abschlußzeugnis bekommen hatten. Sie waren mit Jed in einer Klasse gewesen; alle drei schon seit der dritten Klasse befreundet, langjährige »Kumpel«. Maddy war erst in der siebten auf die Cayuga-High-School gekommen und eine Klasse unter ihnen. Also war es mit ihr und Jed anders als mit Vonni und Luther, die laut Jed immer Freunde gewesen waren, aber auf eine völlig platonische, flachsende und frotzelnde Art: sie hatten die Schule geschwänzt, waren angeln gegangen, einen Sommer nach Kanada getrampt, ohne ihren Eltern was zu sagen. Der Sex hatte sich irgendwie durch die Hintertür in ihre Beziehung eingeschlichen. Und keiner, der sie jetzt zusammen sah, hielt sie für ein Ehepaar. Vonni hatte sich in Jeans und Turnschuhen trauen lassen. »Ich meine, was ist schon groß dabei«, sagte sie. »Du bist halt verheiratet. Alles bleibt wie gehabt.«

Aber mit ihr und Jed würde es natürlich anders sein. Sie würden das Baby haben. Er würde nicht nur eine Frau heiraten, sondern eine Frau mit Kind. Außerdem – und das war ein dicker Unterschied – wäre Jed ohne ihre Schwangerschaft nie darauf gekommen, sie zu heiraten. Das war eine unausgesprochene Tatsache, die sie alle vier nicht erwähnten. Vonni und Luther liebten sich oder was immer seit ihren Kindertagen. Sie hatten keine andern Freunde; sie waren sich selbst genug. Aber Maddy hatte Jed aufgefangen, als Garnet mit ihm Schluß gemacht hatte. Er war ihr beinahe wie jemand, der in Ohnmacht fällt, in ihre überraschten, willigen Arme gefallen. Die ersten fünf Monate mit ihm hatte sie jeden Tag davor gezittert, daß es der letzte sein könnte. Sie konnte nicht glauben, daß er Lust hatte, mit ihr zu schlafen oder ihrem Körper auch nur einen Augenblick lang seine ungeteilte Aufmerksamkeit zu widmen. Als sie an dem Abend, nachdem sie es in Luthers Pickup getan hatten, heimkam, fühlte sie sich von einem Schein der Ehre und nicht von Sündigkeit umgeben. Ein gutes katholisches Mädchen hätte sich sündig gefühlt, da war sie sicher.

»Wo sollten wir wohnen?« fragte Jed Luther. »*Wenn* wir heiraten?«

»Ich weiß nicht... Wolltest du nicht eine Arbeit suchen?«

»Mach ich ja.«

Vonni sah Luther an. »Hast du's ihm schon gesagt?«

»Was?« Jed sah von einem zum andern.

»Wir haben einen Job gefunden«, sagte Luther fast widerstrebend, weil er wußte, daß Jed neidisch sein würde.

»Wo?«

»Auf so 'ner Art Landsitz... außerhalb von Ithaca. Bei einem reichen Ehepaar, das in Texas lebt. Sie haben das Haus und den Grund von ihrer Mutter geerbt und sind nur im Sommer da. Aber sie möchten, daß jemand auf dem Gelände wohnt und für Ordnung sorgt und dafür, daß keiner einbricht.«

»Wir haben freie Unterkunft«, fuhr Vonni aufgeregt fort. »Ohne daß sie *da* sind ... Ihr solltet es sehen! Riesenzimmer! So viele, daß sie gar nicht alle bewohnen. Die sind bloß da.« Sie grinste. »Sie halten mich für Luths Bruder.«

Luther machte ein verlegenes Gesicht. »Eigentlich suchten sie einen Vater und Sohn, weil es eine Menge schwere Arbeit gibt. Das stand auch in der Anzeige. Ich wußte, daß sie uns das nicht abnehmen würden, deshalb hab ich behauptet, daß Von mein kleiner Bruder ist.«

»Da sagt er, ›Er ist wirklich stark. Schauen Sie‹«, fiel Vonni ein. »›Er kann mich sogar hochheben.‹ Und ich muß ihn aufheben und im Zimmer umhertragen, während der Mann zuguckt. ›Sehr eindrucksvoll‹, sagt er. Aber wir haben die Stelle gekriegt.«

»Zieht ihr da hin?« fragte Maddy.

Sie nickte. »Was ich also sagen wollte, wenn ihr nicht wißt, wo ihr hin sollt, könntet ihr beide bei uns wohnen. Das Haus hat mindestens zehn Schlafzimmer. Das Baby kann drei Zimmer haben.«

Aber wo zu wohnen war nicht das eigentliche Problem. Das war es gewesen, als Maddys Eltern sie rausgeschmissen hatten. Sie glaubte, daß ihre Mutter die Entscheidung getroffen hatte. Ihr Vater war langsam, still – er hätte sich weder so noch so durchgesetzt. Aber Maddy war das siebte Kind ihrer Mutter, und nicht gerade ihre Lieblingstochter. Bei den ersten sechs war sie zu Hause geblieben, aber als Maddy kam, hatte sie schon wieder zu arbeiten angefangen, in der neuen Kugellagerfabrik, die eine japanische Firma in Auburn aufgebaut hatte. Die Arbeit gefiel ihr. Sie ging gern abends mit ihren Kolleginnen einen trinken oder zum Bowling. Auf eine ganz eigene Art hatte sie noch mit Ende Dreißig ausgesehen wie Von, selbst mit sieben Kindern »auf dem Buckel«, wie sie zu sagen pflegte. Maddy hatte geglaubt, sie würde vielleicht Verständnis für sie haben, als sie ihr von der Schwangerschaft erzählte, aber sie hatte sie angeschrien: »Was – bist du verrückt? Willst du genauso'n Leben führen wie ich? Willst du auch sechs Kinder haben, ehe du dreißig bist?« Sie ging davon aus, daß Maddy das Kind kriegen und weiter zu Hause leben wollte und daß sie des Kleine hüten sollte, während Maddy in der Schule war. »Du glaubst wohl, ich hör auf zu arbeiten, wie? Und bleib noch mal zehn Jahre zu Hause! Vergiß es.« Maddys Mutter war von Jed nie beeindruckt gewesen: »Also, er sieht gut aus. Na und. Zahlt er die Rechnungen? Du kannst ihm sagen, wenn er sich hier noch einmal blicken läßt, nehme ich die Flinte von der Wand und schieße ihm die Ohren vom Kopf!« Über dem Kamin hing ein Gewehr, das Maddys großer Bruder Carl früher für die Jagd benutzt hatte.

Sie hatte Jed die Botschaft überbracht. Er hatte sich nicht mehr blicken lassen; seine Ohren waren noch dran. Er kannte Maddys Mutter und wußte, daß es durchaus möglich war, daß sie ihre Drohung umsetzte. An dem Tag, als Maddy mit der elften Klasse fertig war, fand sie beim Aufstehen ihren Koffer fertig gepackt am Fuß der Treppe, und einen Zettel: »Viel Spaß in deinem neuen Leben.«

Wo sollte sie hin? Ihre Geschwister, alle mehrere Jahre älter als sie, waren alle verheiratet und über das ganze Land verstreut. Die nächste in der Reihe, Jarita, war Stewardeß. Sie war die einzige in der Familie, glaubte Maddy, die sie wirklich liebhatte, die sie nicht herumschubste oder hänselte oder schlug, wenn sie nichts Besseres zu tun hatte. Aber Jarita lebte in San Francisco, was für alle praktischen Zwecke genauso weit weg war wie China. Und sie war ständig unterwegs – manchmal sogar in Europa. Sie schickte Maddy Postkarten aus allen Städten, in die sie kam. Maddy bewahrte sie sorgfältig in einer Blechdose auf und sah sie sich abends an.

Jarita war die einzige ihrer Schwestern, die einer frühen Ehe und sofortigem Kindersegen entkommen war. Sie hatte Freunde, von denen sie Maddy erzählte, wenn sie zu Besuch kam, von denen Maddys Mutter, die Jarita bewunderte und vergötterte, jedoch nichts wußte. »Sie macht sich nichts aus Männern«, sagte sie nach ihrer Abfahrt, ohne etwas von dem verheirateten Piloten, dem Unternehmer in Paris, dem jüdischen Arzt zu wissen, der auf dem Weg nach Detroit einen Herzanfall gehabt hatte und dem sie regelrecht das Leben gerettet hatte! Und alle wollten sie heiraten, erzählte Jarita, aber sie hatte keine Zeit, weil sie das Leben genießen wollte.

»Hat dein Vater was dagegen, wenn ihr nach der Geburt hier wohnen bleibt?« fragte Vonni.

Jed zuckte die Achseln.

Sein Vater war taub und arbeitete als Nachtwächter in derselben Fabrik, wo Maddys Mutter Kugellager zusammenbaute.

»Maddy, was denkst *du*?« fragte Luther. »Willst du heiraten? Es macht Spaß. Nichts, wovor man Angst haben muß.«

Maddys Miene hellte sich auf. »Ja, ich würde gern heiraten«, sagte sie, obwohl es eindeutig nicht Luthers Sache war, sie an Jeds Stelle zu fragen, und sie nicht ja sagen sollte, bevor Jed sie gefragt hatte.

»Toll!« sagte Luther, als hätte bloß noch Maddys Einverständnis gefehlt. »Es ist also abgemacht? Wie wär's mit Samstag?« Diesmal schaute er Jed an.

»Sicher, warum nicht?« Jed grinste. »Samstag ist gut.«

»Klar«, sagte Maddy. War das ein Heiratsantrag gewesen? Hatte er um ihre Hand angehalten, und sie hatte ja gesagt? Sie war nicht sicher, es war so schnell gegangen. Sie zitterte vor Aufregung und umarmte Vonni spontan, weil sie das Gefühl hatte, wenigstens irgendwen umarmen zu müssen.

Luther ging zu Jed und schüttelte ihm die Hand. »Herzlichen Glückwunsch. Jetzt bist du ein Mann.«

Jed lachte laut auf, dann trat er an die Tischtennisplatte, und er und Luther fingen an zu spielen. Maddy träumte. Sie stellte sich ihr Hochzeitskleid vor, ein duftiges Kleid aus weichem weißen Stoff mit Spitze, vielleicht in einer Größe, die sie nicht an der Taille einengte. Sie wollte sich bei ihrer Hochzeit nicht schwanger fühlen, auch wenn sie im sechsten Monat war. Sie wollte sich wie alle andern fühlen. Ihr Freund liebte sie und wollte den Rest seines Lebens mit ihr verbringen. Nur daran wollte sie denken, wenn der Richter oder wer auch immer sie die Formeln sprechen ließ.

Als sie sich verabschiedeten, warf Luther einen Blick auf die Matratze, die sie von dem Mann geholt hatten. Sie lag noch im Keller in der Ecke. Sie hatten dort geschlafen, weil es im Keller kühler war. Es war jetzt August, nicht mehr ganz so heiß, aber noch schwül. »Wie ist das Bett?« fragte er mit einem Grinsen in Jeds Richtung.

»Schön bequem.«

»He, wißt ihr was?« sagte Vonni aufgeregt. »Mir ist eben eine tolle Idee gekommen. Vielleicht könntet ihr doch eure Hochzeitsreise zu uns machen und bei uns wohnen. Wir könnten euch ein Zimmer zurechtmachen, wie in einem richtigen Hotel . . . Habt ihr Lust?«

Sie hatten kein Geld, um woandershin zu fahren. Maddy hatte gedacht, sie würden hinterher einfach wieder in ihren Keller gehen. »Das wäre wundervoll«, sagte sie. Vonni war so nett! Sie sah Jed eifrig an. Der Tag, der so ruhig und ereignislos begonnen hatte, entwickelte sich zum schönsten und aufregendsten Tag ihres Lebens.

»Sicher, warum nicht«, sagte er.

»Und ich backe euch eine richtige Hochzeitstorte mit solchen Püppchen oben drauf«, fuhr Vonni hastig fort.

»Willst du, daß sie in ihrer Hochzeitsnacht sterben?« sagte Luther.

Sie gab ihm eins mit der Faust. »Ich kann das. Ich hab's in

der Schule beim Kochen gelernt. Man muß bloß lauter Schichten machen, eine auf die andere.«

Maddy war vor Aufregung ganz leicht ums Herz. Nachdem Vonni und Luther gegangen waren, legte sie sich auf die Matratze und dachte wieder über ihr Kleid nach. Sie hoffte, mit dreißig Dollar auszukommen. Für ein normales Kleid würde das reichen, aber für Bräute war alles teurer. Jed kam zu ihr und legte sich neben sie. »So«, sagte er.

»Wir müssen nicht«, sagte sie wohl wissend, daß er jetzt keinen Rückzieher mehr machen würde. »Wenn du nicht willst.« Sie hatte nie auch nur eine Sekunde an eine Abtreibung gedacht, höchstens daran, das Kind allein großzuziehen, ohne recht zu wissen, wie. In der Schule hatte sie ein Mädchen in der Klasse, die ihr Kind allein erzog und sogar weiter zur Schule ging. Aber ihre Großmutter paßte tagsüber auf das Kind auf. Maddy hatte nur die einen Großeltern in Kansas, die andern waren gestorben. Von der Seite konnte sie keine Hilfe erwarten.

Jed schob seine Hand unter ihr T-Shirt. Er mochte das Gefühl ihres runden Bauches und ihre großen weichen Brüste, wie Kissen, sagte er, so viel größer als früher. Aber sie konnte nicht recht glauben, daß er es ernst meinte. Sie kam sich häßlich vor, aufgedunsen. Wenn sie sich liebten, versuchte sie nicht einmal, zum Orgasmus zu kommen. Das war auch sonst schwer genug! Und war es nicht irgendwie unanständig, Spaß am Sex zu haben, wenn man ein Kind im Bauch hatte? Vonni sagte, sie hätte irgendwo gelesen, daß nichts dagegen spräche, daß es dem Kind nichts machte, weil es – sie – nichts davon merkte. Aber woher sollte man das wissen? Vielleicht merkte das Kind doch etwas. Klar, wenn sie es nie gemacht hätten, gäbe es kein Kind, also hatte es kein Recht, etwas dagegen zu haben. Diese Gedanken wanderten schläfrig in Maddys Kopf umher, während Jed in sie eindrang und kräftige Bewegungen machte. Er fragte nie, ob sie gekommen war – hatte auch vor der Schwangerschaft nie gefragt –, vielleicht nahm er einfach an, daß sie immer kam, oder nie. Aber als er fertig war, nahm er ihre Hand. Maddy dachte, daß er vielleicht sagen würde, daß er sie liebte. Aber er sagte nichts. Auf jeden Fall war Heiraten besser als über Liebe reden. »Mit Liebe kann man keine Rechnungen bezahlen«, war einer der bevorzugten Sprüche ihrer Mutter.

Sie mußten nicht lange warten, bis sie zum Friedensrichter vorgelassen wurden. Vielleicht heirateten samstags im September nicht sehr viele Leute. Vonni und Luther erzählten, bei ihrer Hochzeit im Juni hätten sie bis in den Flur Schlange gestanden.

»Vor uns stand diese Frau«, sagte Vonni, »die zum vierten Mal hintereinander denselben heiraten wollte! Sie meinte, ungefähr ein halbes Jahr lang wären sie immer total glücklich, und dann fingen sie an, sich furchtbar zu zanken, und ließen sich scheiden ... und danach bändelten sie wieder an und heirateten und wären glücklich und zankten sich wieder von vorn.«

»Das würde ich nie tun«, sagte Luther. »Einmal reicht.«

»Finde ich auch«, sagte Maddy. Sie schaute in dem Wunsch zu Jed auf, daß er zustimmte und ihr, wenn auch nicht vor dem Gesetz, schwor, daß er nicht die Absicht habe, ein zweites Mal zu heiraten. Aber er stierte ins Leere und hörte nicht einmal zu.

Ihr Jawort sprachen beide leise, Maddy so leise, daß der Richter sagte: »Sie werden lauter sprechen müssen, meine Liebe. Nur ein bißchen lauter, bitte.« Dann steckte Jed ihr den Ring auf den Finger. Es ging ein wenig schwer, weil es so heiß war. Es war der Ehering von Jeds Mutter, den sie dagelassen hatte, als sie mit dem andern Mann abgehauen war. Maddy hatte befürchtet, daß das kein gutes Omen sei, aber Jed hatte erzählt, der Ring habe vorher seiner Großmutter gehört, und seine Großeltern seien dreiundsechzig Jahre verheiratet gewesen. Maddy betrachtete den Ring und versuchte sich vorzustellen, wie Jed und sie in dreiundsechzig Jahren sein würden. Dann wäre sie achtundsiebzig und er achtzig. Würden sie überhaupt so lange leben? Würden sie Großeltern sein, vielleicht sogar Urgroßeltern?

Als sie aus dem Amtsgebäude traten, überschüttete Vonni sie mit Reis. Sie gingen zum Pickup zurück. Vonni und Luther hatten die Ladefläche freigemacht, ein großes Schild mit »Just Married« angebracht und eine zottelige weiße Badematte ausgelegt. Und sie hatten ein Sechserpack Bier, eisgekühlt. »Heute abend gibt's Sekt«, sagte Vonni. Sie war aufgeregt, beinahe aufgeregter als Maddy. Vielleicht war das bei der Hochzeit von andern einfacher als bei der eigenen. Jedenfalls war man nicht so nervös.

Sie fuhren durch die Stadt Richtung Ithaca, wo sie die Nacht verbringen wollten. Das Haus, in dem Vonni und Luther wohnten, war riesengroß. Maddy hatte geglaubt, sie hätten vielleicht übertrieben, aber es hatte wirklich so viele Zimmer, wie Vonni behauptet hatte. Das Grundstück war zweieinhalb Hektar groß, und sie hatten ein Schwimmbekken, ohne Wasser, mit einem eigenen Badehaus.

Am Schwimmbecken standen Liegestühle. In einen davon fläzte sich Jed, mit einer Bierdose in einer Hand. »He, so lob ich mir das Leben«, sagte er. »Schade, daß wir kein Wasser einlaufen lassen können.«

»Stimmt«, sagte Luther.

Vonni lag lang auf dem Sprungbrett, mit dem Kopf an dem Ende über dem Becken. Sie warf Maddy einen Blick zu: »Na, wie gefällt dir das Eheleben?«

Maddy sah auf die Uhr, ein Geschenk von Jarita zu ihrem vierzehnten Geburtstag. Sie waren seit einer Stunde und fünfzehn Minuten verheiratet. »Ich glaube, gut«, sagte sie leise.

»Und dir?« fragte Luther Jed.

»Ich find's cool«, sagte Jed und trank den letzten Schluck Bier aus der Dose. Maddy fragte sich, ob er schon betrunken wurde. Sie war nicht sicher, wie viele Dosen Bier man trinken mußte, um betrunken zu werden. Sie hatte nichts dagegen, wenn er sich einen kleinen Schwips antrank, aber sie hoffte, daß er nicht zuviel trinken würde. Sie selber mochte Bier nicht gern. Es schmeckte so bitter!

Nachdem sie eine Zeitlang am Schwimmbecken gefaulenzt hatten, fuhren Jed und Luther in die Stadt, um ein paar Sachen zum Essen einzukaufen, und Maddy schlief in dem Zimmer ein, das Vonni ihnen als »Hochzeitssuite« zurechtmacht hatte. Es war wirklich wie in einem tollen Hotel. Das Bett war riesengroß und hatte an allen vier Ecken Holzpfosten mit Kugeln obendrauf. Auf dem Fußboden lag ein geblümter Teppich, ein bißchen alt, aber noch hübsch, und über der Frisierkommode hing ein großer Spiegel. Es gab nur ein Bild, eine Landschaft mit zwei Kühen, die unter einem Baum grasten.

Als Maddy aufwachte, war der Nachmittag schon fast vorbei. Jed schlief neben ihr auf dem Bett. Er drehte sich um und rückte wie im Schlaf dicht an ihre Seite. »Bist du wach?« flüsterte sie.

»So halb«, murmelte er. »Zieh doch dein Kleid aus, Maddy, okay?«

Maddy hatte gedacht, daß sie sich erst abends lieben würden. Sie wußte, daß es albern war, weil sie praktisch jeden Tag miteinander geschlafen hatten, aber sie wünschte sich eine richtige Hochzeitsnacht. In ihrem Kleid war es fast möglich, so zu tun, als wäre sie nicht schwanger, als hätte das Kleid nur einen weiten Rock. »Vielleicht sollten wir bis später warten«, sagte sie.

»Wir können später noch mal«, beruhigte er sie.

»Na gut.« Sie zog das Kleid vorsichtig aus und hängte es

über einen Stuhl in der Ecke. Das Zimmer lag jetzt im Halbdunkel. Sie war froh drum. Sie wollte, daß er sie so sah, wie sie im Kleid ausgesehen hatte, fließend, nicht mit dem dicken Bauch, den sie ohne Kleid hatte. Dankbar, daß er die Augen noch zu hatte, hüpfte sie schnell ins Bett. Vielleicht war er wieder eingeschlafen! Aber er zog sie an sich und ging gleich in Position, nachdem er einen Augenblick ihre Brüste geküßt hatte.

Um ihre Brüste machte sich Maddy Sorgen. Jetzt, wo sie schwanger war, waren sie prall und rund, wie Jed es gern hatte. Aber hinterher würden sie wieder klein werden. Sie hatte gehört, wenn man stillte, würden sie groß bleiben, jedenfalls noch eine Zeitlang, aber irgendwann mußten sie schrumpfen. Natürlich wußte er, wie sie sonst waren, weil sie nicht schwanger gewesen war, als sie ihn kennengelernt hatte, aber vielleicht hatte er es vergessen. Wenn es nur eine Methode gäbe, sie für immer groß zu behalten! Aber wenigstens würde der Rest von ihr wieder schlanker werden. Sie hatte zuviel zugenommen, auch wenn das für das Baby eher gut war. Sobald es geboren war, würde sie eine der vielen Schlankheitskuren machen, die sie aus Zeitschriften gerissen hatte, vielleicht die, bei der man einmal am Tag etwas Süßes essen durfte. Die, bei denen man alles aufgeben mußte, konnte sie bestimmt nicht durchhalten. Alles zu lassen war zu schwer.

Es kam ihr in letzter Zeit vor, als wachte das Baby auf, wenn sie sich liebten, und rumorte herum. Maddy glaubte, daß es dann wütend oder peinlich berührt war. Vielleicht war es ihm aber auch nur unbequem. Jed versuchte immer, vorsichtig zu sein. Er stellte die Hände auf beiden Seiten neben ihr auf die Matratze und stemmte sich auf und nieder wie bei Liegestützen. Aber natürlich wurde das Baby gegen Ende doch geschaukelt und gedrückt. Obwohl das Baby erst in gut drei Monaten kommen sollte, befürchtete Maddy, jedesmal wenn sie es jetzt machten, daß ein Orgasmus von ihr wie der Druck auf einen Zauberknopf funktionieren würde, der das Baby herauskatapultierte, wie eine böse Kanonenkugel. Vielleicht war Jeds Penis wie eine Feder, die das Baby kitzelte, und es würde wie ein Niesen herausgeschossen kommen. Ging der Penis so weit hinein? Maddy hatte nur vage Kenntnisse der weiblichen Anatomie. Sie wünschte manchmal, sie hätte in Biologie besser aufgepaßt. Wenigstens war im Krankenhaus, wenn das Baby plötzlich kam, der Arzt da, um es aufzufangen. Aber was würden sie nur machen, wenn es zu Haus passierte?

Diesmal passierte jedenfalls nichts. Jed bewegte sich mit geschlossenen Augen auf und ab. Und am Ende, als er gerade kam und das wimmernde Geräusch ausstieß, das er immer machte, pochte Vonni laut an die Tür. »He, ihr zwei, habt ihr Hunger?« rief sie. »Ich kümmer mich jetzt ums Abendessen.«

»Wir kommen bald«, antwortete Maddy, während Jed sich auf sie fallen ließ. Wenn Vonni nun nicht geklopft hätte und einfach reingeplatzt wäre?

Jed schien nichts gemerkt zu haben. Er lag still neben ihr. »Das war gut«, sagte er. »Ich brauchte das.«

Da war Maddy sehr glücklich, daß sie etwas hatte, das er brauchte und das sie ihm geben konnte.

Vonni hatte den langen Eßtisch wunderschön gedeckt. In die Mitte hatte sie silberne Kerzenleuchter gestellt. Sie hatte geblümte Servietten gekauft und einen Strauß Wildblumen in eine Vase gestellt. Es wirkte ein bißchen übertrieben, weil sie nur Pizza zu essen hatten, aber es gab dem Essen einen förmlichen Anstrich, wie ein richtiges Hochzeitsmahl. Sie hatten eine Flasche Sekt, und Luther schaffte es, sie ohne allzu große Überschwemmung aufzumachen. Jed sagte, er wolle bei Bier bleiben. »Du kannst es ins Weinglas schenken«, sagte er und hielt Vonni das Glas hin.

»Es ist deine Hochzeit!« sagte Vonni. »Du kannst nicht einfach Bier trinken.«

»Dad sagt, man soll nicht durcheinander trinken«, sagte Jed.

»Wir haben vorhin alle Bier getrunken«, entgegnete Vonni.

»Mir schmeckt Bier aber«, sagte Jed. »Sekt hat einen komischen Geschmack.«

»Mann, du Prolet«, sagte Vonni. »Na gut, wie du willst. Dann bleibt eben mehr für uns.«

Die Pizza war sehr lecker. Sie hatten eine mit extra viel Belag geholt: Sardellen, Paprika, Champignons, Peperonis. Vonni legte ihre Sardellen auf den Tellerrand, und Luther langte rüber und nahm sie sich. »Das Hausschwein«, sagte Vonni gutgelaunt.

Dann trug sie den Kuchen auf. Maddy war echt beeindruckt. Vonni hatte tatsächlich eine richtige Hochzeitstorte gebacken. Sie war nur ein kleines bißchen schief, wirklich fast wie gekauft. Und obendrauf stand ein kleines Brautpaar.

Sie langten zu, und beim Essen sagte Luther: »He, ratet mal, wen wir getroffen haben, als wir die Pizza geholt haben? Das Fräulein Hochmutspinsel.« Das war sein Name für Garnet.

»Was machte sie denn?« fragte Vonni.

»Autofahren.«

»Hat sie euch gesehen?« fragte Maddy ängstlich.

»Ja, sie ist zu uns rübergekommen. Sie hat sich herabgelassen, mit uns zu reden.«

»Habt ihr erzählt, daß wir geheiratet haben?« drängte Maddy mit pochendem Herzen.

»Jawohl.«

»Wie hat sie reagiert?« Maddy hätte sich am liebsten auf die Zunge gebissen, sie wünschte, sie könnte einfach so tun, als ob es ihr egal wäre.

»Total cool, als ließe es sie völlig kalt.«

»Aber innerlich«, sagte Jed im Scherz, »war sie am Boden zerstört... Hast du gesehen, wie sie beim Losfahren beinahe das andere Auto getroffen hätte.«

»Sie kann einfach nicht fahren«, sagte Luther. »Das ist alles.«

»Ja, was hast du überhaupt je an ihr gefunden?« fragte Vonni und schnitt sich noch ein Stück Torte ab.

»Sex und Geld«, antwortete Luther an seiner Stelle.

Nach dem Essen gingen sie in das riesige Zimmer, das Vonni zufolge als Wohnzimmer diente. Sie rauchten ein bißchen Hasch von Luther, alle außer Maddy, die Angst hatte, daß es dem Kind schaden könnte.

»Aber es ist doch schon fertig«, versuchte Vonni sie zu überreden.

»Ja«, sagte Luther. »Wahrscheinlich hat es zwei Köpfe und an jedem Fuß sieben Zehen, bei dem Vater.«

»Trotzdem«, sagte Maddy. Sie wollte, daß dem Kind nichts fehlte, sie wollte kein Risiko eingehen. Sie wünschte sich, daß es ein Junge werden würde, oder wenn kein Junge, dann ein wunderschönes Mädchen. Aber es war schwer, die einzige zu sein, die auf dem Boden blieb. Die andern drei reichten den Joint herum, bis sie alle lachten und alberten, während Maddy die Witze überhaupt nicht lustig fand, sie hatten nicht einmal einen Sinn!

»Okay, ihr Lieben, ich geh schlafen«, sagte Vonni und stand stolpernd von ihrem Platz auf dem Fußboden auf, wo sie lang ausgestreckt mit dem Kopf auf Luthers Hintern gelegen hatte.

»Kann ich mit dir kommen?« fragte Luther, als müßte er betteln. »Darf ich mit dir schlafen, Vonni?«

»Nur wenn du deine Hände bei dir behältst«, fauchte Vonni.

Luther schob sich auf den Knien über den Boden, die Hände wie zum Gebet erhoben. »He, bitte, bitte, könnten wir nicht ... nur einmal? Wir brauchen es auch nie wieder tun.«

Vonni mußte kichern. »Du bist so ein Blödmann.«

Er sprang auf. »Sie liebt mich! Ich halt es nicht aus. Sie liebt mich! Wir werden miteinander schlafen! Richtig miteinander schlafen!«

Vonni stieß ihm die Faust in die Rippen. »Halt's Maul!«

Er raffte sie ungestüm in seine Arme. »Okay, los geht's ... Eine Nacht wilder Sinnlichkeit.«

»Eine *was*?« Vonni mußte wieder kichern.

»Weißt du nicht mehr. Das hat Cortina über das Buch gesagt, was wir gelesen haben.« Cortina war im letzten Jahr ihr Englischlehrer gewesen. Er hatte sie lauter unanständige Bücher lesen lassen, weil sie angeblich Klassiker waren. *Lolita. Liebende Frauen.*

Jed stand auf und schwankte ein wenig. Er nahm Maddys Hand. »Wir sollten wohl auch gehen.«

»Trag sie nach oben«, schrie Vonni, als sie mit Luther die lange Wendeltreppe hinaufstieg. »Sie ist die Braut.«

»Willst du, daß ich mir das Kreuz breche?« protestierte Jed.

»Ich trag sie«, sagte Luther. »Wieviel wiegst du, Mad?«

»Sechzig Kilo«, sagte sie beschämt.

»Soll ich dich hochtragen?« fragte Luther. »Ich mach's.«

»Nein«, sagte Maddy erschrocken. »Laß nur, ich kann gehen.«

In ihrem Schlafzimmer strömte Mondlicht über das Bett. Maddy wünschte sich, sie wäre vom Sekt munter und fröhlich geworden, statt nur müde und traurig. Aber als sie ihr Bild flüchtig im Spiegel sah, dachte sie, ich seh hübsch aus, und fühlte sich besser.

»Mad, es tut mir leid, ich bin ziemlich geschafft«, sagte Jed. »Ich glaub, das Zeug von Luther war ziemlich stark. Würdest es dir was ausmachen, wenn wir nicht –«

»Nein«, sagte Maddy, »wir haben doch vorhin.«

»Stimmt«, er grinste. »Das war wirklich schön.«

Er schlief in einer Sekunde ein, kaum daß sie im Bett waren. Maddy lag in seinen Armen und starrte aus dem Fenster. Sie wünschte, sie hätte dran gedacht, ein paar Postkarten zu kaufen. Na ja, sie konnte morgen welche kaufen. Sie überlegte, was sie schreiben wollte. »Liebe Mama, Jed und ich haben geheiratet. Wir verbringen unsere Flitterwochen in einem wunderschönen Haus mit Schwimmbad. (Es ist leer, aber man kann drumrum sitzen.) Wir haben ein Zimmer mit einem hübschen altmodischen Bett. Ich werde dir ein Stück Hochzeitstorte aufheben. Ich hoffe, zu Hause ist alles in Ordnung. Liebe Grüße, Maddy.« Ob ihre Mutter ein Stück Hochzeitstorte haben wollte? Maddy glaubte schon, aber sie meinte zu wissen, daß ihre Mutter, egal was sie dazu sagen würde, froh sein würde, daß Maddy verheiratet war. Maddy war sicher, daß ihre Mutter sie unter anderm vor die Tür gesetzt hatte, weil sie nicht geglaubt hatte, daß Jed sie je heiraten würde. Aber jetzt, wo sie verheiratet war, würde sie ihr, wenn das Kind da war, vergeben. Es war eigentlich ziemlich ungerecht. Patsy, die Tochter, die ihre Mutter nach Jarita am liebsten hatte, war auch schwanger gewesen, als sie geheiratet hatte, und ihre Mutter hatte überhaupt keinen Wind drum gemacht. Klar, Patsy hatte die Schule zu Ende gemacht, und Maddy wußte, daß ihre Mutter ihr deswegen böse war – weil sie genau wie ihre Mutter abgegangen war, ohne ihren Abschluß zu machen. Aber wenn das vorbei war, in zehn Jahren, wen würde das dann noch stören, das oder die Tatsache, daß sie schwanger gewesen war? Das Kind würde nichts davon wissen. Maddy hatte bereits beschlossen, ihm nichts davon zu erzählen, weil es vielleicht traurig wäre, wenn es wüßte, daß seine Eltern heiraten mußten. Während es, wenn sie glücklich waren, nicht einmal drüber nachdenken würde.

Sie setzte eine zweite Postkarte auf: »Liebe Jarita, rate mal, was ich getan habe! Jed und ich haben geheiratet! Wir sind sehr glücklich. Ich weiß nicht, ob Mama dir davon erzählt hat, aber ich erwarte bald ein Kind. Ich freu mich so. Ich wünschte, du könntest mich besuchen kommen. Danke für die Karten aus Portugal. Sieht aus wie ein schönes Land. Was machen deine Männer? Alles Liebe, Maddy.« Das letzte Mal, als Jarita zu Besuch gewesen war, war Maddy schon mit Jed gegangen, aber sie war noch nicht schwanger gewesen. Oder vielleicht war sie schon schwanger gewesen, ohne es zu wissen. Jarita würde es nichts ausmachen, dachte Maddy schläfrig. Das war das Schöne an ihr, sie fand gute Gründe für alles, was man getan hatte, selbst wenn kein anderer welche finden konnte. Und sie hatte gesagt, daß Jed gut aussah. »Ich wette, den mußtest du einer ganzen Reihe anderer Mädchen vor der Nase wegschnappen!« hatte sie gesagt und angedeutet, daß Maddy es geschickt angestellt haben mußte, um ihn zu bekommen, während es in Wirklichkeit einfach so passiert war.

Das war die letzte Postkarte, die Maddy in dieser Nacht schreiben mochte, selbst im Kopf. Sie kuschelte sich an Jed, obwohl er mit dem Rücken zu ihr lag, legte ihre Arme um ihn und schlief ein.

Drei

»Vorteil, Ms. Durante. Sie führt vier-zwei im zweiten Satz.«

Jed stand am Feldrand und sah zu, wie das andere Mädchen, das mit Nachnamen Gould hieß, einen letzten Versuch machte, aufzuholen. Sie hatte schon den ersten Satz sechs zu vier verloren. Die Mädchen waren in der Juniorenklasse der U.S. Lawn Tennis Association. Sie nahmen an einem Turnier für Sechzehn- bis Achtzehnjährige teil, das in Coolidge, einem College für Frauen, stattfand. Hier hatte Jed zu seiner eigenen Verblüffung vor drei Wochen eine richtige Halbtagsstelle als Assistent des Haus- und Platzwarts bekommen, jeden Tag von eins bis fünf.

Luther hatte die Anzeige in der Lokalzeitung entdeckt und ihm vorgeschlagen, sich zu bewerben. Warum nicht, hatte er gemeint, denn auch Vonni und er hatten ihren Job einfach durch die Zeitung gefunden. Weder Beziehungen noch besondere Fähigkeiten hatten eine Rolle gespielt. Jed wußte, daß die Tatsache, daß er in den Sommerferien schon ein paarmal auf Baustellen geholfen hatte und sich durch seinen Vater mit Installationsarbeiten auskannte, ihm zugute gekommen war. Es war alles so einfach gewesen! Der Typ, der das Einstellungsgespräch mit ihm geführt hatte, Bill Hopper, der aus irgendeinem Grunde bei allen Thornie hieß, war groß und schlaksig, mit schlechter Haut, so um die Dreißig. Er hatte eine ungezwungene Art, die Jed jede Aufregung nahm. »Gut, wie wär's Montag? Kannst du dann anfangen?« hatte er schon nach wenigen Fragen wissen wollen. »Oder ist das zu früh?« – »Das wäre prima«, sagte Jed. Er war so froh, Arbeit zu haben, daß ihm erst später auffiel, daß er gar nicht nach dem Lohn gefragt hatte. Neuntausend Dollar im Jahr, stellte sich heraus, aber Thornie meinte, es könnte mehr werden, wenn er sich bewährte. Jed fragte vorsichtig nach einer Wohnung. »Meine Frau kriegt ein Kind«, platzte er heraus, »und wir wohnen noch bei meinem Vater in Auburn.« – »Kein Problem«, sagte Thornie. »Wir finden was für euch. Im College gibt es jede Menge leere Zimmer. Die Studentenzahlen sind ziemlich gesunken in den letzten Jahren.«

Er hatte Wort gehalten. Sicher, ihre Wohnung war ziemlich klein, nur zwei Räume, ein Wohn-Schlafzimmer und die Küche, aber immerhin halbmöbliert. Sie gehörte zu einem größeren Haus, in dem ein Professor wohnte, und war früher offensichtlich das Dienstbotenquartier gewesen. Maddy war froh. Ihr gefiel die Lage des College, direkt am See. Das freute ihn, denn sie hatte in letzter Zeit so müde und sorgenvoll ausgesehen, und er hatte schon befürchtet, sie könnte vielleicht von jetzt an immer so sein, nicht fröhlich und munter wie anfangs, als sie sich kennengelernt hatten. Das Kinderkriegen änderte alles, meinte Thornie. Er hatte selbst vier und hatte jung geheiratet; daran störte er sich überhaupt nicht. Er versicherte Jed, daß May, seine Frau, Maddy hier und da kleine Arbeiten besorgen könne, wenn sie ein bißchen dazuverdienen wolle.

Es war ein heißer Altweibersommertag im September. Jed sah zu, wie Gould ihren Aufschlag machte. Sie war groß, braungebrannt mit krausen blonden Haaren, die zu einem langen Zopf geflochten waren, der von einer Seite zur andern fiel, wenn sie auf dem Feld umherjagte. Sie hatte eine komische Nase – die ohne Übergang gerade von der Stirn nach unten ragte – und gerade schwarze Augenbrauen. Sie sah ein bißchen wie eine Indianerin aus, fand er, nicht nur im Gesicht, sondern auch von ihrer Art her – der

Intensität, mit der sie den Ball beobachtete, der Anmut ihrer Bewegungen. Leider war sie dabei zu verlieren. Jed hatte das Gefühl, daß sie keine Aussicht mehr hatte, das Match zu gewinnen. Geh ans Netz! befahl er ihr stumm. Sie holte nur Punkte, wenn sie ihre Gegnerin überraschte. Durante war ein kleines, stämmiges Mädchen. Sie blieb hinten an der Linie und spielte ausschließlich defensiv. Einige von Goulds Bällen waren toll. Vor allem ihre Rückhand. Sie ging in die Knie, schwang tief durch und schlug den Ball so, daß er über das Netz sauste, oft nur ganz knapp. Ihr Aufschlag war auch nicht schlecht, obwohl sie in diesem Satz eine Menge Punkte durch Doppelfehler abgegeben hatte. Auch jetzt wieder. Jed holte flink die beiden Bälle vorne aus dem Feld und reichte sie ihr. Sie nahm sie, ohne ihn anzuschauen, entgegen. Er war nicht sicher, ob sie ihn überhaupt sah. Als sie sich zur Seite drehte, hörte er sie leise murmeln: »Scheiße, Capri, was ist heut mit dir los? Schlag zu!«

Sie hatte während des ganzen Spiels schon vor sich hin gemurmelt. Das andere Mädchen sagte kein Wort, verzog nicht einmal eine Miene. Manchmal lobte sich Capri – »Gut so! Schöner Schlag!« –, aber häufiger schimpfte sie böse und ungeduldig. »Scheiße – ziel gefälligst richtig!« Sie keuchte jetzt und war schweißüberströmt, das Stirnband half nicht mehr. Es war ein langes Match gewesen, lang auch für den Spielstand. Bei einigen Punkten war der Ball Minuten lang hin und her gegangen, zwanzig- bis dreißigmal. Jed konnte sehen, daß es einem sauer werden konnte, gegen Durante zu spielen. Sie kriegte jeden Ball! Ihre Schläge waren nicht gut, aber sie holte den Ball fast überall. Als spielte man gegen eine Maschine. Die Impulsivität, die er bei Gould witterte, schien ihr keine Hilfe zu sein. Die Ruhe ihrer Gegnerin schien sie eindeutig zu entnerven, und sie war weder in der Lage, sich auf sie einzustellen, noch ihr ein lebendigeres Spiel aufzuzwingen.

Sie verlor das Match.

Jed schaute zu, wie sie hinging, ihrer Gegnerin die Hand schüttelte und sich dann in den Schatten zurückzog, wo die Spieler vor und nach den Spielen ausruhen konnten. Die vier Allzwecktennisplätze lagen auf einer Anhöhe. Weiter unten erstreckte sich der See strahlend blau, makellos, scheinbar endlos. Jed hatte gehört, daß er über sechzig Kilometer lang und sechs Kilometer breit sei, beinahe wie ein Meer. An manchen Tagen war er rauh, und die Wellen schwappten ans Ufer. An anderen Tagen, wie heute, lag er spiegelglatt da. Das Match zwischen Durante und Gould war das letzte des Tages gewesen, das letzte der Halbfinale. Morgen früh um zehn ging das Finale los, Durante gegen irgendein Mädchen, dessen Namen er vergessen hatte.

Er ging in den Schatten, ebenfalls froh, aus der Sonne zu kommen. Auf einem kleinen Klapptisch stand eine Obstschale mit Apfelsinen und Pflaumen, die jemand für die Spielerinnen hingestellt hatte. Er brachte Gould die Schale. »Bitte sehr.«

Sie hatte das Stirnband abgenommen und stand mit Handtuch um die Schultern nachdenklich da. Ihre schwarzen Augen betrachteten ihn argwöhnisch. Jed fühlte sich wie ein Sklave aus dem alten Ägypten, der einer Königin etwas zu essen anbot. Das hatten sie in der Schule gehabt. Ihr Blick hatte etwas Herrschaftliches, Herausforderndes. Ohne etwas zu sagen, nahm sie eine Pflaume und biß hinein, daß ihr der Saft auf den Arm spritzte. Ihre Haut war stark gerötet.

»Du hättest mehr ans Netz gehen müssen«, sagte er schließlich.

»Was?«

Er räusperte sich. »Ich glaube, du hättest gewinnen können, wenn du mehr ans Netz gegangen wärst.«

»Ja?« Sie schnitt eine Grimasse und zog die Nase kraus.

»Ich weiß! ... Gott, ich wußte es die ganze Zeit! Aber sie war dermaßen sicher! Und ich krieg am Netz nicht alle Bälle. Ich kann das nicht so berechnen.«

»Ein paar deiner Bälle waren echt stark.«

Sie grinste erfreut. »Ja?«

Er war von ihrer Unsicherheit überrascht. »Sicher ... Sie hatte Angst, wenn du vorgeprescht bist. Du hättest ihr Gesicht sehen sollen.«

Sie seufzte. »Stimmt. Im ersten Satz hab ich's versucht, aber als ich den verloren hatte, bin ich nervös geworden.«

»Ein Punkt gegen dich war eine Fehlentscheidung«, sagte er.

Sie nickte erbost und warf einen Blick auf die Frau mit dem Strohhut, die Schiedsrichterin gewesen war. »Ich hasse die Frau! Sie war wirklich unfair. Sie wollte einfach, daß ich verliere. Wie mich so was sauer macht – es ist so unprofessionell ... He, wer bist du überhaupt? Ich dachte, dies ist ein Frauen-College?«

»Ich arbeite hier«, sagte er knapp.

»Als was?«

»Haus- und Platzwart.«

»Häh ... und was bin ich? Haus oder Platz?«

»Wir machen alles mögliche, wenn wir gebraucht werden.«

»Wohnst du auf dem Gelände?«

Er nickte.

Ihr Gesicht hellte sich auf. »Klasse! Ich hab schon gedacht, ich würde neun Monate kein männliches Gesicht sehen. Man hat uns gesagt, Ithaca ist eine halbe Stunde entfernt und die einzige richtige Großstadt in der Gegend, Zitatende. Ach, es ist so blöde! Meine Eltern haben mich hergeschickt, weil sie in ihrer unsterblichen Weisheit beschlossen haben, daß ich verrückt nach Männern bin und mich nicht aufs Studieren konzentrieren würde, wenn sie mich nicht irgendwohin schickten, wo es weniger Ablenkung gibt... Ist das nicht gemein? Ich meine, ich hab mir auf der High School den Arsch aufgerissen – und es war eine schwere Schule. Ich hab wie ein Tier gearbeitet, hab 'ne Zwei in Geometrie geschafft, obwohl ich es nicht ausstehen kann, und eine Eins minus in Bio, was ich hasse, ich hab einen tollen Test gemacht und bin sogar in Harvard angenommen worden... Und nach nur einem Jahr schikken sie mich an dieses Scheißcollege... Die Mädchen hier sind – ich hab den Eindruck, die haben im Schnitt einen IQ unterhalb der Schwachsinnsgrenze. Ich mein, die sehen alle aus, als wollten sie gleich nach dem College heiraten! Mit Anfang Zwanzig! Stell dir vor: ein Mädchen in meinem Wohnheim hat eine Aussteuertruhe. Ich hatte geglaubt, so was gibt's gar nicht mehr. Sie sitzt echt da und näht an diesen riesengroßen Tischtüchern, damit sie, wenn irgendein Dummkopf sie tatsächlich heiraten will, fix und fertig ausgestattet ist! Gott im Himmel!«

Sie redete wie ein Maschinengewehr und mit einer solchen Intensität, daß er sich fragte, warum sie das Match nicht gewonnen hatte. »Und wo wohnst du?« fragte sie zum Schluß. »Wo auf dem Gelände?«

Er beschrieb ihr das Haus.

»Wohnt jemand mit im Zimmer?«

Jed zögerte, weil seine Ehe ihm lästig erschien und er sehr versucht war, sie zu leugnen. Aber dann hörte er sich widerstrebend sagen: »Ich bin verheiratet.«

Das Mädchen stieß ein Lachen aus. »Das kann doch nicht wahr sein! Hör mal, du kannst doch nicht älter sein als ich, wetten? Neunzehn? Zwanzig? Und du willst verheiratet sein?«

Jed freute sich, daß sie ihn für älter hielt, als er war. Er lächelte und zuckte die Achseln: »Ja, ich bin verheiratet.«

»O Gott, wie kommt das denn?« Sie betrachtete ihn aufmerksam und hob dann plötzlich die Hand. »Okay, ich hab's. Ihr wart zusammen auf der Schule, stimmt's? Ihr habt einmal zusammen geschlafen, vielleicht auch mehrmals, auf dem Rücksitz in irgendeinem Auto. Sie ist sofort schwanger geworden, weil keiner von euch beiden dran gedacht hat zu verhüten. Du bettelst und flehst sie an, eine Abtreibung zu machen! Sie sagt, sie kann nicht, weil es ein Menschenleben ist. Du sitzt in der Falle, bist versucht, sie sitzenzulassen ... Dann denkst du, was soll's, bleib ehrenwert. Also läßt du dich ins Standesamt schleppen, und jetzt sitzt du hier mit einem kleinen Schreihals fest, der dich wahnsinnig macht, dein Sexualleben ist zum Teufel ...«

Jed starrte sie wie gebannt an. »Kannst du hellsehen?« fragte er mit einem halben Lächeln.

Sie grinste. »Ja ... Was willst du noch wissen?«

»Na, in einem hast du unrecht«, sagte er. »Das Baby ist noch nicht geboren.«

»In welchem Monat ist sie? Deine Frau?

»Im siebten.«

»Ist sie kugelrund?«

Er zögerte. »Ziemlich.«

Sie stieß einen Pfiff aus und streckte ihm dann ihre Hand entgegen. »Übrigens, ich heiße Capri ... Und du?«

»Jed.« Er nahm die Hand und ließ sie schnell wieder los, als wären sie zu intim geworden. »Das ist ein komischer Name, Capri?«

»Ja! ... Weißt du, meine Eltern waren damals auf ihrer Hochzeitsreise auf Capri in Italien ... und die Legende will, daß ich da gezeugt worden bin. Jedenfalls hat nie jemand in meiner Klasse denselben Namen. Ich bin nicht gern langweilig.«

Jed nahm sich eine Pflaume aus der Schale und biß hinein. Er fühlte sich durch die Art, wie sie mit ihm redete, nicht mehr als Sklave, sondern als Ebenbürtiger. »Und wie wird's mir im nächsten Jahr ergehen, wenn du hellsehen kannst?« fragte er selbstsicherer.

Capri sah genau hin. »Laß mal sehen... Nun, es gibt gute und schlechte Nachrichten, wie immer. Das Baby wird ein Klotz am Bein sein. Es wird dauernd schreien, wie alle Babys. Du wirst dich fragen, womit du das verdient hast... aber dann wirst du, siehe da, eine faszinierende andere Frau kennenlernen, eine, der du einfach nicht widerstehen kannst. Du gehst tapfer gegen deine aufkeimende Leidenschaft an. Aber es hilft alles nichts. Du verliebst dich bis über beide Ohren in sie.«

Jed lachte ein wenig nervös. »Wie sieht sie aus?«

»Gut, keine typische Schönheit, aber sie hat Klasse.«

»Und was wird, was wird aus meiner Frau?« Er merkte, daß er stotterte, das war ihm seit der Grundschule nicht mehr passiert.

»Aus deiner Frau?« Capri zuckte die Achseln. »Sie paßt auf das Kind auf, sie kocht für dich, sie ist eine Ehefrau. Was kann ich sonst dazu sagen?«

Die Unterhaltung hatte so schnell diese bedrohliche Wendung genommen, daß Jed beschloß, das Thema zu wechseln. Er war es gewöhnt, daß Mädchen mit ihm flirteten. Als er in der Basketballmannschaft gewesen war, hatten nach dem Spiel immer jede Menge Mädchen um ihn herumgestanden, und das hatte Maddy ganz verrückt gemacht. Aber ein Mädchen wie dieses hatte er noch nie getroffen!

»Bist du eine Profispielerin?« fragte er.

Sie lächelte. »Wie – deine Zukunft gefällt dir nicht? Hör zu, du wirst begeistert sein. Jeder braucht ein bißchen Aufregung und Abenteuer im Leben. Nein, ich will keine Profispielerin werden. Ich hab 'ne Zeitlang dran gedacht, aber meine Eltern sind – obwohl sie mich in dieses gottverlassene College gesteckt haben – wirklich darauf aus, daß ich eine gute Ausbildung bekomme. Und ich auch! Mein Vater möchte, daß ich Chirurg werde, wie er. Ich weiß noch nicht. An Leuten herumschnibbeln... es heißt, Frauen wären bessere Chirurgen. Vermutlich haben wir feinfühligere Reflexe. Würdest du dich von mir operieren lassen?«

»Ich weiß nicht«, sagte er. »Ich glaube eigentlich, daß ich einen Mann als Arzt vorziehen würde.«

»Wunderbar... könntest du mir bitte all deine Chauvi-Vorurteile aufzählen, bevor wir weitermachen? Weil mir da jede Toleranz abgeht.«

»Das sind keine Vorurteile«, protestierte er. »So denke ich.«

»Gut, wechseln wir lieber das Thema«, sagte sie. »Ich will mich nicht mit dir streiten... Ich weiß jetzt also, wo du wohnst... Willst du wissen, wo *ich* wohne?«

Er nickte. Sie trug ein weißes, eng geschnittenes Tennishemd mit U-Ausschnitt. Kleiner Busen, aber hübsch. Lange Beine, muskulös, aber schlank. Jed bemühte sich, den Blick oberhalb ihres Schlüsselbeins zu halten.

»Gut, normalerweise wohne ich die Woche über in einem der Wohnheime. Jason Hall, weißt du, welches das ist? ... Nur an den Wochenenden, da fahre ich manchmal nach Hause, nach Cayuga Heights. Meine Eltern haben nämlich kürzlich so eine Art Mittvierziger-Krise durchgemacht und beschlossen, hier raus zu ziehen. Mein Vater fliegt die Woche über nach New York, wo wir bis jetzt gewohnt haben, und meine Mutter hat sich total auf den Garten und aufs Handweben geschmissen.«

Jed stierte schon eine ganze Weile auf die kleine goldene Kette mit einem Stern, die sie um den Hals trug. Sie war ihm nicht aufgefallen, als sie gespielt hatte, so fein war die Kette. »Was ist das?« fragte er.

»Was ist was?«

»Das Ding um deinen Hals.«

»Ein Davidstern.«

»Warum trägst du ihn?«

»Weil ich Jüdin bin, okay?«

Jed hatte noch nie eine Jüdin gekannt. Er erinnerte sich, wie in der Schule ein paar Jungen aus seiner Basketballmannschaft erzählt hatten, jüdische Mädchen seien klein und dunkel und hätten manchmal Schnurrbärte wie die Italienerinnen. »Wieso bist du blond?« platzte er heraus und haßte sich für seine Blödheit.

»Magst du Blondinen nicht?« Capri lächelte spöttisch. »Ich kann's färben. Welche Farbe hättest du denn gern? rot?«

»Ich dachte nur... Jemand hat mir mal erzählt – ich dachte, Juden hätten dunkle Haare.«

»Manche ja, manche nein... Was hast du sonst noch gehört? Irgendwas Aufregendes?«

»Nein, nichts Besonderes.«

»Dann laß dir von mir sagen, daß es alles wahr ist. Alles, was du gehört hast. Jüdische Mädchen sind unglaublich sexy, unglaublich intelligent, in jeder Hinsicht unglaublich. Das hat viele Gründe – Dynamik, Energie, das reiche kulturelle Erbe. Deshalb nennt man uns das auserwählte Volk. Deshalb werden wir im nächsten Jahrtausend die Welt regieren.«

»Wer wird die Welt regieren?«

»Ich!« Sie warf sich in Pose. »Was glaubst du? Wäre ich eine gute Herrscherin? Ich bin skrupellos, aber ich bin auch ausgesprochen mitfühlend. Ich glaube, ich könnte umwerfend sein.«

»Du bist das erste jüdische Mädchen, das ich kenne«, gestand er.

»Gut! Ich bin gern die Erste.« Sie betrachtete ihn wieder mit aufmerksamer Miene. »Weißt du, es ist schon komisch. In New York, wo ich herkomme, sind alle Juden. Ich meine, nicht wirklich alle, aber es kommt einem so vor... und hier gibt es plötzlich überhaupt keine! Im Wohnheim kommen die Studentinnen zu mir und meinen, ich wäre aus einer anderen Welt – eine Exotin. Ich weiß nicht, was sie von mir erwarten – ob ich Halva austeilen soll oder lauter exotische Sachen an der Wand hängen haben soll. Ein Mädchen zum Beispiel: die ist auf mich zugekommen und hat gesagt, wenn ich wollte, würde sie mich zu einer Synagoge fahren, die ungefähr neun Millionen Kilometer weit weg ist. Dabei habe ich noch nie einen Fuß in eine Synagoge gesetzt! Oder sie kommen bei mir an und fragen mich nach israelischer Politik oder so 'n Blödsinn. Was geht mich die israelische Politik an? Siehst du, was ich meine?«

Er nickte, obwohl ihm ganz schwindlig wurde, wenn er versuchte, ihrer Rede zu folgen. »Wahrscheinlich sind die meisten Leute hier Protestanten oder Katholiken.«

»Und du?«

»Protestant. Presbyterianer, aber mein Vater ist kaum je zur Kirche gegangen. Trotzdem glaube ich irgendwie dran.«

»Woran glaubst du?«

Die Frage verwirrte Jed. »Ich weiß nicht... Ich meine, ich, na ja, ich bin kein Atheist oder so. Was ich damit sagen wollte, ist, daß es mir nicht so wichtig ist wie, äh, meiner, äh, Frau –« Er stolperte über das Wort. »Sie ist katholisch.«

»Ach so.« Capri wirkte interessiert. »Geht sie auch zur Beichte und all so was?«

»Früher, ja... Aber ich glaube, seitdem wir –« Er meinte, seitdem sie miteinander schliefen, war es Maddy mulmig geworden, und sie war nicht mehr hingegangen.

In diesem Augenblick kam die Schiedsrichterin auf sie zu und tippte Capri auf die Schulter. »Kind, wir wollen jetzt los.« Sie sah Jed an. »Vielen Dank für die gute Mitarbeit«, sagte sie förmlich.

»Hat Spaß gemacht«, sagte Jed.

»Ja, manche dieser kleinen Mädchen sind toll, nicht?« sagte die Frau.

»Ich hab keine kleinen Mädchen gesehen«, sagte Capri. »Wo waren die denn?«

»Der Wagen steht da drüben«, sagte die Frau steif. An Jed gewandt, fügte sie hinzu: »Wir sehen Sie morgen wieder, beim Finale, richtig?«

»Richtig«, sagte Jed und versuchte über Capris Grienen hinwegzusehen. Sie winkte im Weggehen. Als sie ihm den Rücken zugedreht hatte, konnte er ihre kleiner werdende Gestalt so lange und intensiv anstarren, wie er wollte, ohne sich Sorgen zu machen. Sie hatte einen kleinen Hintern, tolle Beine. Mist.

Als er den Hügel hinunter nach Hause lief, ging Jed plötzlich auf, daß er sich womöglich Riesenärger einhandeln könnte. Jedenfalls potentiell. Hör zu, es liegt an dir. Bis jetzt ist nichts passiert. Es muß nichts passieren. Er hatte gewußt, daß es irgendwann zu so etwas kommen würde. Wie sollte man mit siebzehn die Frauen aufgeben? Es war verrückt, widersinnig. Aber er hatte geglaubt, daß es noch Jahre dauern konnte. Und jetzt war er noch keine drei Monate verheiratet! Und selbst wenn er sich Phantasien hingab, träumte er immer davon, daß die Mädchen irgendwie auf geheimnisvolle Weise vor ihm auftauchten. So wie bisher immer. Selbst Garnet, die Vonnis und Luthers und Maddys Behauptungen zum Trotz keine blöde Hexe gewesen war. Und auch ihr Geld war ihm nicht wichtig gewesen. Aber sie hatte ihm nicht vertraut und hatte all die typischen Befürchtungen vorgeschoben: daß er sie nicht achten würde, daß sie schwanger werden könnte, daß er sie »ausnutzen« und sich dann eine andere suchen würde. Bis er aufgegeben hatte. Und da war ihm Maddy aufgefallen, die ihn immerzu angeschaut hatte, schon das ganze Jahr, unaufdringlich, aber beständig, mit diesen verträumten blauen Augen.

Aber dies war anders. Nicht bloß schlimmer, weil er verheiratet war, sondern auch schlimmer, weil er, falls Capri nicht bloß ein großes Maul hatte, nicht glaubte, daß er viel Überredungskunst aufbieten mußte, unter Umständen gar keine. Du brauchst sie nicht anzurufen, sagte er sich abends, während Maddy kochte. Du brauchst gar nichts zu tun, was du nicht willst. Selbstdisziplin war das Wort.

Thornie hatte ihm und den anderen, die mit ihm im Team waren – Craig, Mickey, Hans und Lee – klargemacht, daß er jeden rauswerfen würde, der den Studentinnen gegenüber Bemerkungen machte. Es kamen ständig welche vorbei, wenn sie draußen arbeiteten. Im Moment rissen sie gerade die Wege vor der Bibliothek mit Preßlufthammern auf. Dann luden sie die Bruchstücke auf einen Laster und brachten sie auf die Müllkippe. Jed gefiel es, weil es ein gutes Konditionstraining war, aber Thornie hatte schon gesagt, daß sie, wenn es Ende November kälter wurde, kaum noch draußen arbeiten würden. Die Studentinnen betreffend sagte er: »*Denken* könnt ihr, was ihr wollt... Bloß sagen dürft ihr nichts.« Er erzählte ihnen, daß es einmal großen Ärger gegeben hatte, weil ausgerechnet ein Mädchen, dessen Vater ein hohes Tier am College war, sich über anzügliche Bemerkungen beschwert hatte.

»Was kann ich tun«, sagte Craig achselzuckend. »Ich habe reine Gedanken und schmutzige Sprüche.« Craig war der Typ, der Jed am besten gefiel. Er war von morgens bis abends bekifft.

»Wie kannst du dabei noch arbeiten?« fragte Jed ihn. Er hatte auch mit klarem Kopf noch genug Angst davor, Fehler zu machen. In der Woche zuvor hatte er eine Schubkarre mit fast 400 Kilo nassem Zement über eine Rampe durch ein offenes Fenster in den Keller des Treibhauses schieben müssen, das sie reparierten. Die Schubkarre hatte arg geschwankt, und Jed war der Schweiß über Gesicht und Nacken geströmt. Bloß nicht den Halt verlieren!

»Ich weiß nicht. Wo ist das Problem?« Craig behauptete, das Kraut mache seine Nerven stärker. Einmal, erzählte er, habe er einen Job gehabt, beim Hochhausbau in Chicago. »Wenn du da nicht bekifft warst und die zwei Meilen nach unten geguckt hast und dir überlegt hast, was dir alles passieren konnte, wenn du fallen solltest, vergiß es, Mann. Während ich bloß gedacht hab: Tolle Aussicht. Es war wie im Flugzeug, bloß ohne Flugzeug, bloß du allein.«

Craig war der einzige von ihnen, mit denen er über persönliche Dinge redete, dem er seine Frustrationen über den Sex gestand, jetzt wo Maddy hochschwanger war. Aber Craig verstand ihn nicht.

»Mann, ich finde schwangere Frauen total sexy«, sagte er. »Soll ich mal für dich einspringen?«

Jed wußte, daß das bloß Gerede war. Trotzdem fragte er: »Sexy? Wieso?«

»Ach, sie sind dann so schön und rund und weich.« Er machte ein verträumtes Gesicht. Er war klein und breitbrüstig mit einem großen, flauschigen schwarzen Bart und freundlichen braunen Augen. »Ich hatte mal eine Freundin, die schwanger war. Sie war verheiratet, aber der Typ war viel unterwegs. Es war toll! Der beste Sex aller Zeiten. Du brauchtest sie bloß anzugucken, schon hatte sie einen Orgasmus!« Er saugte scharf die Luft ein, als er daran dachte.

Geschmäcker waren verschieden, das hatte Jed schon mitbekommen, aber es fiel ihm immer noch schwer zu glauben, daß jemand tatsächlich eine mit dickem Bauch vorziehen konnte. Aber es war nicht nur das. Maddy hatte auch jedesmal, wenn sie vögelten, so schreckliche Angst, daß die Wehen anfangen konnten, bloß weil eine ihrer idiotischen Schwestern ihr das einmal erzählt hatte. Oder sie sagte mittendrin: »Ich kann das Kind fühlen ... Ich glaube, er strampelt. Kannst du ihn fühlen, Jed?«

Die Collegemädchen wären auch ohne eine schwangere Ehefrau zum Problem geworden, schlicht wegen der Schranke zwischen den Arbeitern und ihnen, zwischen der Stadt und dem College allgemein. Die entstand nicht dadurch, daß Thornie einen Riegel vorschob, sondern daher, daß man das Gefühl hatte, sie hätten alle Freunde oder würden ohnedies nur mit Jungen aus ihrer eigenen sozialen Schicht gehen. Längst nicht alle waren hübsch, aber einige hauten einen richtig um. Craig gehorchte Thornie und sagte nichts, wenn sie vorbeigingen, bewegte aber stumm die Lippen, daß Jed sie lesen konnte. Jed erwiderte die Kommentare. »Was für ein Arsch«, machte Craig, und Jed fragte zurück: »Wo denn?«

Jedesmal wenn eine Gruppe Mädchen an ihnen vorbeikam – sie waren fast immer in Gruppen –, zuckte Jed zusammen, wenn er eine Blondine sah. Aber Capri war nie dabei. Und jetzt, wo sich der verrückte erotische Zauber allmählich löste, der ihn ergriffen hatte, als er den Hügel hinunterging, ging es ihm besser. Vielleicht hatte sie ihn wirklich bloß zum Spaß angemacht, dachte er fast hoffnungsvoll. Siehst du, du hast den Willen, sagte er sich. Wovor hattest du solche Angst?

Aber eines Nachmittags, als er nach Feierabend mit dem Wagen unterwegs zum Supermarkt war, um für Maddy einzukaufen, sah er sie wieder. Sie war unten am Ende des Piers, im Badeanzug, und wollte gerade mit einem Kopfsprung ins Wasser springen. Jed hielt den Laster an und beobachtete sie. Verrückt. Das Wasser war eiskalt. Es war schon Anfang September eiskalt gewesen, als er die Stelle angetreten hatte – weit unter zwanzig Grad. Wenn die Sonne mehrere Tage hintereinander schien, wurde es ein bißchen wärmer, aber soweit er wußte, ging keiner mehr schwimmen. Sie sprang. Los, geh einkaufen! Aber es war gefährlich, allein in dem Wasser zu schwimmen, ohne Bademeister. Wenn sie nun einen Krampf kriegte? Sie konnte ertrinken! Als Angestellter des College war es seine Pflicht, runterzugehen und zu warten, bis sie wohlbehalten wieder an Land kam.

Da er seine Mission nun in einem selbstlosen Licht sah, fuhr Jed den Laster an den See, stellte ihn ab und ging dann ein paar Schritte auf den Pier hinaus. Es war jetzt vier Uhr nachmittags und schon kühl. Hier unten blies ein Wind, den man oben auf dem Collegegelände nicht spürte. Capri schwamm zwischen dem Pier und einem kleinen Holzfloß, das gut dreißig Meter weiter draußen lag, hin und her. Sie schwamm konzentriert mit eleganten Kraulzügen und sah ihn nicht. Erst als sie sich zum Ausruhen am Floß festhielt, erblickte sie ihn und winkte. Sie rief etwas, aber er konnte sie nicht hören. Dann schwamm sie wieder los. Als sie an der Leiter zum Pier war, rief sie hinauf: »He, Jed, hol mir mal meinen Bademantel, ja? Er ist da hinten im Haus.«

Wie sie seinen Namen so lässig aussprach und so wenig überrascht wirkte, ihn zu sehen, begann sein Herz zu rasen. Am Ufer stand ein kleines Bootshaus mit allerlei altem Gerät. Jed ging hin und fand an der Tür einen blauen Frotteemantel. Er brachte ihn ihr. Sie stand zitternd in einem einteiligen marineblauen Badeanzug da. Er hatte noch nie ein so gutgewachsenes Mädchen im einteiligen Badeanzug gesehen. Stand ihr aber gut. Sie hatte Gänsehaut auf den Armen; ihre Haut war fast blau. Sie nahm den Bademantel und rubbelte sich trocken und sprang von einem Bein aufs andere. »Mein Gott, ist das kalt!«

»Allerdings«, sagte er. »Du bist verrückt, hier allein ins Wasser zu springen. Du hättest ertrinken können.«

Sie lächelte: »Bist du deshalb gekommen? Um mich vor dem Ertrinken zu retten?«

»Na ja, ich hab nur befürchtet, daß –«

»Hast du mich nicht gesucht?«

»Ich bin bloß zufällig vorbeigekommen.«

Sie machte nicht sehr ernsthaft ein trauriges Gesicht: »Ich bin am Boden zerstört! Da dachte ich, du wälzt dich nächtelang schlaflos herum, vor lauter Verlangen nach mir. Willst du etwa sagen, du hast überhaupt nicht an mich gedacht?«

»Ich habe ein bißchen an dich gedacht«, gestand er.

»Ein bißchen! Das reicht nicht! Ich wollte, daß du keinen anderen Gedanken mehr im Kopf hast... Na ja, sag mir wenigstens, ob sie jugendfrei waren?«

»Was?«

»Deine Gedanken... waren sie ab zwölf oder ab achtzehn? Ich nehm mal an, nicht ab sechs!«

»Beides.«

Capri lächelte. »Immerhin etwas.«

Sie gingen zurück zum Badehaus. »Du glaubst, ich bin verrückt?« fragte sie. »Bin ich nicht. Ich bin eine gute Schwimmerin. Ich versuche, nicht zuviel zu schwimmen, wenn ich hart für Tennis trainiere, aber ich werde beim Tennis ein bißchen kürzer treten. Ach, ich werd schon in der Mannschaft bleiben, aber... weißt du, was ich toll fände? Ich würde gerne versuchen, quer über den See zu schwimmen.«

»Der ist sechs Kilometer breit.«

»Na und? Ich könnte mich ranarbeiten. Ich könnte mich mit Fett einschmieren, wie die Leute, die durch den Channel schwimmen, und du könntest mit dem Boot neben mir her fahren und mich herausfischen, wenn ich unterginge. Hast du Lust? Im Frühling vielleicht?«

»Okay«, sagte Jed.

Sie trat ins Badehaus; er folgte ihr. Auf dem Boden lag ein großes rotes Badelaken. Als sie es umlegte, war es so groß, daß es sie fast vollkommen bedeckte und sie aussah, als hätte sie gar nichts an. »Also, dann reib mich doch trocken, wenn du unbedingt was Nützliches tun willst«, forderte sie ihn auf.

Er zögerte. »Wo?«

»Egal. Such du's dir aus.« Sie zappelte herum, und einen Moment drauf fiel der Badeanzug neben dem Bademantel zu Boden. Sie trat drüber hinweg auf ihn zu. »Das macht es ein bißchen einfacher«, sagte sie.

Jed stand wie angewurzelt da, starr vor Verlangen und Verwirrung.

Capri sah ihn stirnrunzelnd an. »Was ist los? Willst du mich nicht?« Ihre Stimme hatte ihren forschen Ton verloren und klang richtig unsicher.

»Das nicht, ich will bloß –«

»Ist es der moralische Konflikt wegen deiner Frau?«

»I-ich weiß nicht.«

Sie schenkte ihm ein seltsames Lächeln und berührte mit ausgestreckter Hand seine Schulter. »Hör zu, mach dir die Sorgen später, okay? Es ist besser, sich Sorgen zu machen, wenn tatsächlich was passiert ist.«

Er rubbelte sie mit dem Handtuch ab. Er fand es schön, den rauhen Stoff zwischen seinen Händen und ihrem Leib zu spüren. Im Hinterkopf hegte er dabei sogar vage die Idee, daß er nichts weiter tun würde, als sie trocken zu reiben. Vielleicht war das alles, was sie wollte! Aber ehe er sich versah, rutschte ihm das Handtuch aus den Fingern. Und schon lagen sie sich in den Armen, sie preßte ihren nackten Körper gegen seinen. Er sah das sichere Ufer in unerreichbare Ferne entschwinden.

»Komm, wir gehen ins Boot«, sagte Capri und zeigte auf das Kanu hinten im Bootshaus. »Hier kommt doch niemand her, oder?«

»Nicht um diese Jahreszeit, glaube ich«, sagte er mit belegter Stimme.

Sie kletterte mit schleppendem Handtuch nackt vor ihm her. »Wir können es als Decke nehmen.« Als sie das Kanu leergeräumt hatten, das mit alten Rettungswesten ausgelegt war, sah Capri ihn verwirrt an. »Willst du dich nicht ausziehen?«

»Doch, vielleicht ja«, sagte Jed zögernd.

»Fickst du normalerweise mit Klamotten?« Sie beugte sich vor und zog sich ein Tampon mit leichten Blutspuren heraus. »Ich hab meine Tage«, erklärte sie, während er rasch die Kleider abstreifte. »Macht das was? Sind fast vorbei.«

Jed, nun nackt, ließ sich auf sie sinken. »Nö, macht nichts«, sagte er. Er wußte nicht, ob ihr Körper so wundervoll war, wie er sich anfühlte, oder ob er bloß vergessen hatte, wie sich ein nicht schwangerer Frauenkörper anfühlte. Vielleicht machte es der viele Sport; ihr Bauch war so flach, ihre Beine packten so sehnig und stark zu, als sie ihn umklammerten! Und es war das erstemal in seinem Leben, daß er spürte, wie ein Mädchen ihn ebensosehr begehrte wie er sie. Selbst als Maddy noch nicht schwanger war, hatte er das Gefühl gehabt, daß sie halbbenommen und dankbar seine Aufmerksamkeit entgegennahm, aber selbst nicht gerade mitgerissen war. Er konnte nie feststellen, ob sie zum Orgasmus kam oder nicht, aber das schien ihr auch nicht so wichtig zu sein. Sie hatte ihm einmal gesagt, für sie sei es das Schönste, hinterher in seinen Armen zu liegen.

Capri bewegte sich mit ihm und streckte sich ihm entgegen, damit er möglichst tief in sie eindringen konnte. Ihre Hände krallten sich so fest in seine Schultern, daß er befürchtete, sie könnte die Haut aufkratzen. »O Gott, ist das schön«, winselte sie und holte zischend Luft. Als sie kam, stöhnte und erbebte sie, daß ihr das nasse, platt auf den Kanuboden gepreßte Haar halb übers Gesicht fiel. Jed ging hart ran, hingerissen von der Freiheit, nicht aufpassen zu müssen, damit dem Kind nichts passierte. Er fühlte sich, wie Craig sich oben auf dem Hochhaus gefühlt haben mußte, als er zu bekifft war, um Angst vor dem Sturz in die Tiefe zu haben, und nur dachte: Gott, was für eine Aussicht!

Als er sich aus ihrer Umarmung löste, sah sie lächelnd zu ihm auf. »Na, was sagst du? War's okay?«

»Es war gut«, sagte er anerkennend.

»O Gott, ich liebe die Männer!« sagte sie. »Sie finden immer so schöne Worte.« Sie strich ihm mit der Fingerspitze sanft über das Schlüsselbein. »Hör zu, ich hoffe, dir ist klar, daß du mich davor bewahrt hast, ein schweres Verbrechen zu begehen.«

»Wie meinst du das?«

»Ich werde so ... Wenn ich meine Tage habe, werde ich so spitz, daß ich schon dachte, ich müßte meinen Philosophieprofessor vergewaltigen! Einen armen Kerl mit drei Kindern und schütteren Haaren, der meine Erkenntnisse über Hegel ungeheuer tiefsinnig findet. Dabei spucke ich nur aus, was ich letztes Jahr gelernt hab. Wenn ich nach der Stunde zu ihm komme, um meine Arbeit abzuholen, stottert er rum, wie wunderbar es sei, jemanden von meinem Kaliber in seinem Seminar zu haben, und ich kann genau sehen, wie verzweifelt der arme Kerl sich bemüht, mir nicht auf die Brüste zu glotzen ... Weißt du, da hab ich gedacht: was soll ich tun? Soll ich ihn aus seinem Elend erlösen?«

»Ich hab schon nach dir ausgeschaut«, gestand er, »irgendwie.«

»Ja«, sagte sie ein wenig wehmütig. »Weiß schon.« Sie schaute zu ihm auf. »Wie gefällt dir mein Körper? Manche Männer finden, daß ich zu sportlich bin. Sie mögen die Muskeln nicht.«

»Ich schon.«

Sie schaute an sich hinunter. »Ich auch ... weil nämlich früher war ich so 'n typisches jüdisches Mädchen mit Babyspeck, das an seinen Zöpfen lutschte. So 'ne richtige Molli, bis zur siebten Klasse. Und dann dachte ich, Mensch, ich kann auch anders, und hab angefangen, mich fit zu machen: Joggen, Gewichtheben sogar. Ich dachte einfach: bloß weil ich Jüdin bin, muß ich doch nicht schwabbelig sein. Dabei ist es mir wirklich schwergefallen, weil ich im Grunde faul bin, und total genußsüchtig. Ich hab wirklich einen Nobelpreis für Willenskraft verdient, nicht mal Junk Food hab ich mehr gegessen. Meine Mutter dachte, ich wäre magersüchtig, nur weil ich sieben Kilo abgenommen hab. Ich hab gesagt: ›Mama, bei zweiundfünfzig Kilo kann von Magersucht keine Rede sein.‹«

Er grinste. »Ich war immer ziemlich dünn. Meine Mutter hat sich um mich Sorgen gemacht.«

Sie lächelte ihn liebevoll an. »Ich weiß, es ist ein schreckliches Vorurteil, aber ich glaube, ein Grund, weshalb ich nicht-jüdische Jungen lieber mag, ist, daß sie einfach besser in Form sind. Ich weiß, es ist die Geschichte von Geist und Körper. Ich meine, Juden sind einfach zu sehr mit Denken beschäftigt, um sich darum zu kümmern, wie sie aussehen. Oder vielleicht sind sie zu hemmungslos. Ich weiß es nicht genau ... aber ich finde doch, daß Körper wichtig sind, zu einem gewissen Grad, findest du nicht?«

Jed grinste. »Doch, bestimmt.«

»Meine Brüste nicht gerade riesig, aber vermutlich kann man nicht alles haben.«

»Ich mag deinen Körper«, sagte er.

»Fein! Er gehört dir, wann immer du willst.«

Das Angebot hing beunruhigend in der Luft. Jed versuchte es beiseite zu schieben, aber er spürte trotzdem, wie er eine Erektion bekam.

»Wie heißt sie?« fragte Capri.
»Was?«
»Deine Frau. Wie heißt sie?«
»Maddy.«
»Madeleine?«
»Alle sagen bloß Maddy zu ihr.«
»Und was sagst *du*?«
»Einfach Maddy, wie alle andern.« Es war ihm nicht wohl dabei, ihren Namen laut zu sagen. Ein Bild von ihr, wie sie zu Hause saß und auf die Einkäufe wartete, stand plötzlich vor seinen Augen.
»Liebst du sie?«
Jed runzelte die Stirn. Verschiedene Antworten sausten ihm durch den Kopf. Es war weniger eine Frage der Wahrheit oder der Lüge, als daß er nicht sicher war, wie die richtige Antwort lautete. »Ich glaub schon... aber nicht genug«, hörte er sich hinzufügen. »Nicht so, wie sie mich liebt jedenfalls.«
»Liebt sie dich sehr?«
Er nickte. »Ich weiß nicht genau, warum... ich bin gar nicht immer sehr nett zu ihr. Sie liebt mich einfach.«
Es war kalt im Kanu. Die Wirklichkeit drang wieder zu ihnen durch. Draußen war es dunkel. Jed richtete sich auf und fing an sich anzuziehen. »Ich wollte in den Supermarkt zum Einkaufen, aber der hat jetzt wohl zu.«
Capri schaute auf ihre Digitaluhr. Er sah, daß die Ziffern von 5.45 auf 5.46 sprangen. »Wenn du dich beeilst, kannst du es noch schaffen«, sagte sie. Sie schlüpfte in ihre Jeans und zog sich hastig einen weiten weißen Pulli über. »Ich glaube, du solltest zuerst gehen«, sagte sie, »oder ist es dir egal, was die Leute denken?«
»Ne, das ist mir nicht egal.«
»Na... dann.« Sie wirkte plötzlich unbeholfen, fast zum erstenmal, seitdem sie sich getroffen hatten. »Wir überlegen

uns was... oder möchtest du es bei diesem einen Mal lassen? Das wär okay, ich meine, ich könnte das verstehen.«

Jed räusperte sich. »Ich möchte dich wiedersehen.«

Capris Gesicht hellte sich auf. »Für ein erstes Mal war es gut, findest du nicht? Meistens ist es so komisch und schrecklich. Aber ich fand, bei uns hat es irgendwie – geklickt.«

Er lächelte. »Ja, stimmt.« Er hätte gern gewußt, wie viele erste Male es für sie schon gegeben hatte. »Aber geh hier nicht wieder alleine schwimmen«, sagte er im Gehen. »Versprich mir das, okay?«

»Klar.« Sie küßte ihn. »Ich glaube, du hast wirklich mein Leben gerettet.«

Abends, als er neben Maddy im Bett lag, die zu schlafen schien, beschloß Jed, daß es in Ordnung war, wenn er mit Capri schlief, bis das Baby geboren wurde, in acht Wochen ungefähr. Vielleicht würde es ja zu spät kommen, dann hatte er zehn Wochen. Gott, manche Leute gingen zu Prostituierten oder in Massagesalons.

Er fragte sich, ob man den Frauen anmerkte, wenn es ihnen gefiel. Luther und er hatten sich mal darüber gestritten. Luther behauptete, es wäre unmöglich, weil die meisten Mädchen lernten, sich so gut zu verstellen, daß nicht mal ein Experte Schau und Wirklichkeit auseinanderhalten könnte. Jed hatte behauptet, im Grunde wären alle nur aufs Heiraten aus und meinten, so zu tun, als liebten sie den Sex, würde ihre Chancen erhöhen, das wär nur Mittel zum Zweck. Er seufzte. Vielleicht hatte er einfach nie solche Mädchen kennengelernt. Weder Garnet noch Maddy hatten je den Anschein erweckt, als legten sie großen Wert auf Sex. Garnet hatte panische Angst gehabt, und Maddy war, meistens, still und liebevoll, aber selten aktiv. Er fragte sich manchmal, ob sie vielleicht, wenn er zu ihr gesagt hätte, »ich heirate dich, aber wir schlafen nie wieder miteinander«, genauso glücklich gewesen wäre.

Er überlegte, ob es Capri etwas ausmachte, daß er nicht studiert hatte. Es klang, als wären ihre andern alle auf der Uni gewesen. Sie machte nicht den Eindruck, als machte es ihr was aus, aber sicher war er nicht. Er wurde wütend bei dem Gedanken, sie könne losgehen und ihren Freundinnen komische Geschichten über ihn erzählen. Und er fragte sich, wie viele Freunde sie schon gehabt hatte? Was hieß das, verrückt nach Jungen? Eigentlich komisch, daß man fast nie sagte, daß ein Junge verrückt nach Mädchen war, und wenn er noch so viele Freundinnen hatte. Aber Mädchen durften anscheinend nicht so viele haben.

Am Samstag kamen Vonni und Luther zu Besuch, um ihre Wohnung zu sehen. Jed und Maddy gingen mit ihnen am See spazieren.

»Echt, so ein hübsches Städtchen«, sagte Vonni. »So klein ... Weißt du, woran es mich erinnert, Mad? Weißt du noch in ›General Hospital‹ diesen Ort Beecher's Corners, wo Luke und Laura sich damals versteckt haben, bei Ma und Pa Whittaker?«

»Stimmt, daran erinnert es wirklich«, sagte Maddy. Sie und Vonni gingen nebeneinander, Luther und Jed kurz vor ihnen. Sie kamen an der Drogerie vorbei, in einem der wenigen Gebäude im Ort.

»He, könntet ihr einen Moment warten?« sagte Vonni. »Ich muß Shampoo kaufen.«

»Ich komm mit«, sagte Maddy, und beide verschwanden in den Laden.

Jed und Luther blieben draußen stehen.

»Und, läuft's okay?« fragte Luther.

»Ja, mir gefällt's gut.«

Auf der anderen Straßenseite radelte eine Gruppe Studentinnen vorbei.

»Hübsche Aussicht«, bemerkte Luther.

Jed grinste. »Wenn wir einen Ton zu ihnen sagen, werden wir rausgeschmissen.«

Luther pfiff durch die Zähne. »Aber denken darfst du doch.«

»Klar.« Jed sah ihn an. Er hätte Luther gern von Capri erzählt und ihn um Rat gefragt, aber er traute sich nicht. Er befürchtete, Luther würde ihn verurteilen, vor allem weil Maddy schwanger war. Luther machte oft dumme Bemerkungen über Mädchen, aber er hatte noch nie mit einer andern geschlafen als Vonni und hatte auch nie den Versuch unternommen.

»Maddy ist ja unwahrscheinlich rund«, sagte Luther. »Vielleicht kriegt sie Zwillinge.«

»Mann, hoffentlich nicht.«

Abends gingen sie alle zusammen ins *Turning Point*, einer kleinen Kneipe am Stadtrand. Normalerweise fand Jed solche Abende schön. Luther und Vonni hatten ihm gefehlt, und er hatte sehr gehofft, daß sie zu Besuch kommen würden. Doch jetzt waren sie da, und er war abgelenkt. Er versuchte, dem Gespräch zu folgen, verlor aber ständig den Faden. Du hast acht Wochen, sagte er sich. Du mußt dich ranhalten. Es war eine merkwürdige Situation, weil sie einerseits so leicht zu haben war, aber andererseits auch wieder nicht. Wo konnte er sie treffen, ohne sich zu gefährden? Der Ort war so klein. Es war nicht mal ein richtiger Ort. Eher ein Dorf. Plötzlich sprang er auf. »Bin gleich wieder da.«

Vor dem Männerklo hing ein Telefon. Er wählte die Nummer, die sie ihm gegeben und die er auswendig gelernt hatte. Sei da! betete er. Geh ran! Sie kam nicht selbst ans Telefon, aber ein anderes Mädchen aus dem

Wohnheim holte sie. Jed sprach leise, obwohl das Telefon im Keller war, weit entfernt von dem Kneipenraum, in dem Vonni, Luther und Maddy saßen und sich unterhielten. »Äh, ich bin's«, sagte er.

»Kannst du nicht reden oder was?« fragte sie.

»Nicht so gut.«

»Okay, hör mal, ich hab mir überlegt ... Wie wär's mit Samstag. Ein Mädchen aus dem Wohnheim will mir ihr Auto leihen, und ich dachte, wir könnten nach Ithaca fahren und vielleicht bei meinen Eltern reinschauen. Oder so ähnlich. Wir könnten zum Abendessen zurück sein, oder früher, wenn du willst.«

»Bei deinen Eltern –«, stammelte er.

»Ja, ich hab dir doch erzählt, daß wir ein Haus außerhalb von Ithaca haben. Es ist ein tolles Haus. Sie haben ihren eigenen Tennisplatz. Wir könnten ein bißchen spielen, wenn du Lust hast. Mom war früher gut. Sie hat noch lauter Pokale aus der Unizeit. Und Dad ist auch nicht schlecht. Nur ein bißchen wechselhaft.«

Jed bekam vor Verwirrung einen leeren Kopf. Er hatte gedacht, sie würden zusammen irgendwo in den Wald gehen und nicht zu ihren Eltern! »Mm, ich –«

»Kannst du nicht weg?«

Vielleicht hatte sie eigentlich Sex im Kopf, wollte aber wegen der andern Mädchen nicht drüber reden. »Ich hab keinen Tennisschläger«, sagte er.

»Ach, das macht nichts ... Wir haben etliche.«

Jemand kam die Treppe runter. Jed erstarrte; es konnte Maddy oder Vonni sein. »Wieviel Uhr?« flüsterte er.

»Ich kann dich nicht verstehen!«

»Um wieviel sollen wir –«

»Kennst du das Gebäude mit diesem Türmchen am Stadtrand? Treffen wir uns doch da um elf.«

»Okay, elf Uhr.«

Wieder oben, beim Biertrinken, überlegte er sich seine Ausrede. Er würde behaupten, daß er für Thornie aus Ithaca Gerät abholen müsse.

»He, Jed«, sagte Vonni. »Du mußt ja wirklich ungeheuer schuften. Du siehst völlig geschafft aus ... nehmen sie euch so hart ran?«

»Ja, echt«, sagte Maddy ernst. »Sie haben die ganze Straße aufgerissen, und Jed mußte zehn Zentner Zement schleppen.«

Vonni langte zu ihm rüber und drückte seinen Unterarm. »Guck dir das an! Du kannst dich für eine Zeitschrift ablichten lassen, *Playgirl* oder so.«

»Thornie meint, Ende November wird's weniger mit den Außenarbeiten.«

»Wenn das Baby kommt«, sagte Maddy.

Das Baby. Sechs Wochen. Bis jetzt hatte er ungeduldig gewartet, praktisch die Tage gezählt, bis das Baby kommen und Maddy endlich wieder normal aussehen und wie früher sein würde. Wenn er dagegen jetzt mit einem Zauberspruch dafür sorgen könnte, daß die Schwangerschaft noch ein halbes Jahr dauerte, würde er keinen Moment zögern.

Ihre Mutter hatte die gleichen krausen blonden Haare wie sie, aber derjenige, dem sie ähnlich sah, war ihr Vater, fand Jed. Er war groß und dunkel, mit ergrauenden Haaren. Seine schwarzen Augen hatten den gleichen neugierigen, unruhigen, prüfenden Blick. Er machte Jed nervös. »Was machen Sie dort am College?« fragte Mrs. Gould. Es regnete, deshalb konnten sie nicht Tennis spielen und saßen im Wohnzimmer. »Ich dachte, es wäre ein reines Frauen-College.«

»Jed trainiert mich beim Tennis«, sagte Capri. »Er findet, ich soll mehr am Netz spielen.«

»Da hat er recht, Schatz«, sagte ihre Mutter. »Sie ist toll am Netz«, sagte sie zu Jed gewandt. »Das ist reine Nervensache. Mein Netzspiel war immer mein Trumpf. Meine Gegnerinnen bekamen leicht Angst, daß sie den Ball ins Gesicht kriegen könnten, und blieben weit hinten... natürlich war Tennis zu meiner Zeit im ganzen längst nicht so hart.«

»Wo haben Sie studiert, Jed?« fragte Dr. Gould. »Sie sehen ziemlich jung aus dafür, daß Sie schon fertig sind.«

»Mm, ich hab aufgehört«, sagte Jed. »Bloß für ein Jahr.«

»Das finde ich aber vernünftig!« rief Mrs. Gould. »Das hätte ich auch machen sollen. Man muß sich Zeit nehmen, um zu überlegen, die Gedanken zu ordnen und in Ruhe zu beschließen, was man werden will. Wünschst du dir nicht auch, daß du es gemacht hättest, Schatz?« fragte sie ihren Mann.

»Eigentlich nicht«, sagte er. »Ich wußte, was ich wollte.«

»Ja, na ja, Männer sind so –« Sie verstummte. »Vermutlich ist das das Geheimnis ihres Erfolges.«

»Männer sind so was?« fragte Capri ungeduldig.

»Ja, so zielstrebig, denk ich.« Sie nahm einen Schluck Eistee. »Nicht introspektiv. Im Vergleich zu Frauen, heißt das.«

»Heutzutage nicht mehr, Mom«, sagte Capri. »Das ist sowieso ein Klischee.«

»Und wo haben Sie studiert?« fragte Dr. Gould Jed.

Jed wand sich unter seinem Blick. »Äh – Radcliffe«, sagte er.

Sie machten alle ein überraschtes Gesicht.

»Ich wußte nicht, daß in Radcliffe jetzt Männer zugelassen werden.« Mrs. Gould wirkte verwirrt. »Oder meinen Sie Harvard?«

»Klar, er meint Harvard«, griff Capri rasch ein. »Das ist so 'ne Art Witz, Mom. Die Typen sagen, sie studieren in Radcliffe, so wie die Frauen sagen, daß sie in Harvard studieren.«

»Aha, ich verstehe«, sagte Mrs. Gould und blickte weiter verwirrt drein. »Glaube ich zumindest.« Sie lächelte Jed entschuldigend zu. »Ich bin leider langsam, was Witze angeht. Ich verstehe sie nie! Es gibt nichts Schlimmeres, als sich ständig Witze erklären lassen zu müssen.«

»Ja«, sagte Jed, der sich extrem unwohl fühlte. Warum hatte er nicht Cornell oder einfach Ithaca College gesagt? Er wünschte, die Eltern würden endlich gehen. Sie hatten angekündigt, daß sie irgendwo zum Mittagessen eingeladen seien.

»Dann kanntet ihr euch also schon?« sagte Dr. Gould.

»Was?« fragte Jed.

»Sie und Capri kannten sich letztes Jahr schon?«

»Nein, nicht direkt«, sagte Jed verzweifelt. Er hatte das Gefühl, daß es auf jede Frage eine richtige und eine falsche Antwort gab, und er hatte keine Ahnung, welches die richtige war.

»Wir sind uns bloß manchmal auf dem Campus begegnet, aber wir hatten keine Seminare zusammen«, ergänzte Capri.

»Was für ein außergewöhnlicher Zufall, daß Sie ausgerechnet in Coolidge gelandet sind«, sagte Mrs. Gould lächelnd. »Es ist ein phantastisches College, finden Sie nicht, Jed? Capri hatte die Befürchtung, daß die Mädchen dort weniger intelligent seien, aber das finde ich nicht. Sie zeigen es nur auf andere Art.«

»Mom, er ist kein Student bei uns«, sagte Capri ungeduldig. »Woher soll er also wissen, wie sie sind? Glaub mir, es sind Spatzengehirne.«

»Was machen Sie denn nun da?« wollte Dr. Gould wissen.

»Ich mache Instandsetzungsarbeiten«, sagte Jed.

»Wie faszinierend«, sagte Mrs. Gould. »Finden Sie die Gegend hier nicht wunderschön? Den See?«

»Ja, sicher, ich bin von hier«, sagte Jed. Sein Magen war ganz klein zusammengeknotet.

»Ach, wirklich? Sie Glücklicher!« Sie wandte sich zu ihrem Mann. »Hast du das gehört, Schatz? Jeds Familie stammt aus dieser Gegend.« Dann drehte sie sich wieder zu Jed um. »Ich muß nämlich wirklich sagen, daß ich hier oben meine spirituelle Heimat gefunden habe. Sam sagt, ihm fehlt die Stadt, und ich hatte geglaubt, mir würde es ähnlich gehen. Aber New York fehlt mir überhaupt nicht! Kein bißchen.«

Dr. Gould schaute auf die Uhr. »Ich glaube, wir müssen gehen«, sagte er zu seiner Frau.

»O ja, natürlich.« Sie sprang auf. »Die Gufries ärgern sich immer so, wenn man sie warten läßt. Sie mehr als er, glaube ich. Ich glaube, ihm ist es eher egal.« Sie lächelte Jed zu. »Ich freue mich sehr, Sie kennengelernt zu haben, Jed. Sie müssen häufiger mal zu uns kommen.«

Als sie gegangen waren, ließ Capri sich in einen Sessel plumpsen, baumelte wie eine Stoffpuppe mit den Armen und Beinen und verdrehte die Augen. »Herrje, verzeih mir«, sagte sie. »Ich wußte nicht, daß sie dich ins Kreuzverhör nehmen würden.«

»Ich hab das Gefühl, dein Vater war nicht von mir begeistert«, sagte Jed. Bei Maddys Eltern war es umgekehrt gewesen. Ihr Vater hatte ihm immer kumpelhaft auf den Rücken geklopft und gefragt: »Wie läuft's, Jed?« Während ihre Mutter ihn anfunkelte und ihm schreckliche Geschichten über zu junge Mütter erzählte, die im Kindbett gestorben waren, und er nervös darauf wartete, daß Maddy runterkam und ihn aus ihren Klauen rettete.

»Ach, so ist er nun mal«, sagte Capri und streifte die Turnschuhe ab. »Seine private Form der Doppelmoral. Angeblich macht er sich solche Sorgen um mich und die Männer ... Und was ist mit ihm? Was ist mit dieser doofen

Ärztin, die er vögelt, seit ich in der Neunten war? Ich hab sie mal im Kino getroffen, und er hat sich unheimlich ins Zeug gelegt, um mir weiszumachen, daß sie sich ›zufällig‹ getroffen hätten. Carmen! Gott, kannst du dir vorstellen, eine zu vögeln, die Carmen heißt? Wenigstens ist sie Ärztin. Wenn sie eine Krankenschwester wäre, hätte ich nie wieder ein Wort mit ihm geredet.«

Jed sah sie an. Er hätte sie gern danach gefragt, wo und wann sie miteinander schlafen wollten, aber vielleicht war das unangebracht. Sie gingen ja nicht auf die übliche Weise miteinander. »Also, äh«, setzte er an.

»Soll ich dir mein Zimmer zeigen?« Capri sprang auf. »Es ist total unaufgeräumt, aber –«

Sie gingen zur Treppe, Capri voran, er folgte ihr. Sie war barfuß – sie sprang munter, geräuschlos die mit Teppich verkleideten Stufen hoch. Noch auf der Treppe fing sie an sich auszuziehen. Auf der fünften Stufe streifte sie die Jeans ab, auf der siebten zog sie sich das Sweatshirt über den Kopf. Sie trug keinen BH. Schließlich, auf der obersten Stufe, bückte sie sich und zog ihren knappen Schlüpfer aus. Selbst da drehte sie sich nicht um, um ihn anzusehen, sondern lief weiter den Flur entlang, die Kleider im Arm. Dann warf sie die Tür zu ihrem Zimmer auf. »Na, wie findest du's?« fragte sie und drehte sich zu ihm um.

Sie lächelte lausbübisch. Jed streckte die Arme aus und packte sie.

Als sie sich küßten, mit offenem Mund, ließ er seine Hand über ihre Schulterblätter den Rücken hinabgleiten zu ihrem kleinen runden Hintern und streichelte ihn rhythmisch. Es erregte ihn, sie nackt zu spüren, während er noch angezogen war. Sie schob ihm eine Hand unters Hemd. »Die ganze Zeit, als sie da waren«, sagte sie an seinem Schlüsselbein, »hatte ich das Gefühl, als wären wir schon im Bett. Ich konnte an nichts anderes denken.«

»Ich auch nicht«, sagte er.

Sie wollte ihm helfen, aus den Jeans zu steigen. »Warte, ich mach schon«, sagte er schnell. Er warf die Kleider ab und betrachtete sie dabei. Sie lag auf dem Bett und streichelte ihn mit ihren Blicken, ihre Augen lockten. Maddy wandte sich immer ab, wenn er sich auszog, oder machte ein ängstliches oder verblüfftes Gesicht, als wäre seine Erektion etwas Abschreckendes. Capri streckte die Hand aus, um ihn zu sich aufs Bett zu ziehen. Ihr Mund umkreiste sanft seinen Schwanz, wie ein flüssiger Kuß, und ihre Zungenspitze glitt auf und nieder und rundherum. Mit verführerischer Langsamkeit rutschte sie an seinem Körper höher und übersäte seinen Bauch und die Brustwarzen mit kleinen Küssen. Ihre halbgeschlossenen Augen weiteten sich und wurden sanft, als er einen Finger in sie hineinsteckte. Sie war feucht und zitterte. Der scharfe Geruch ihres Körpers mischte sich mit ihrem Parfüm.

»Komm rein, ja?« flüsterte sie. »Ich kann nicht mehr warten. Ich bin –«

Er drang so heftig ein, daß er sie auf das kissenlose Bett drückte. Er drosselte sein Tempo nicht, weil er wußte, daß sie zusammen ankommen würden oder daß es egal wäre. Sie klammerte sich mit den Beinen um sein Gesäß fest an ihn. Jed hörte seinen eignen Erlösungsschrei wie aus weiter Ferne, mit ihrem leiseren als Echo. Dann Stille; sie kehrten in das Zimmer und die Wirklichkeit zurück.

Jed hatte das Gefühl, ihre Beziehung fing erst richtig an.

Vier

»Sicher weiß ich noch, wer Sie sind«, sagte Misha. »Wie macht sich die Matratze?«

»Gut«, sagte der Junge. Er räusperte sich. »Also, wie gesagt, ich wollte fragen, ob Sie immer noch jemand für ein paar Stunden die Woche brauchen können, so zehn ungefähr? ... Ich hab Arbeit gefunden«, fügte er stolz hinzu.

Misha streckte ihm die Hand hin. »Maseltow«, sagte er.

Der Junge sah ihn verblüfft an. »Was heißt das?«

»Das ist jüdisch. Es heißt herzlichen Glückwunsch.«

»Ach so.« Der Junge sah ihn unverwandt an. »Ich habe eine Freundin, die Jüdin ist«, sagte er.

Misha lächelte. »Prima! ... Und was für Arbeit haben Sie gefunden?«

»Ich arbeite am Coolidge College beim Haus- und Platzwart.«

»Am Frauen-College da unten am See? Hübscher Fleck ... Freut mich, daß Sie was gefunden haben. Mit einem kleinen Kind unterwegs braucht man ein regelmäßiges Einkommen. Hat sie es schon bekommen?«

»Was?« fragte der Junge.

»Hat Ihre Frau schon das Kind?«

Der Junge schüttelte den Kopf. »Es soll um Thanksgiving kommen.«

Misha überlegte einen Augenblick. »Also gut, wenn zehn Stunden die Woche alles ist, was Sie wollen oder schaffen, wird das wohl gehen ... Sehen Sie den Mann da drüben? Den im blauen Hemd?«

»Ja.«

»Das ist Homer. Er macht die meisten Karosseriearbeiten. Wenn's ihm recht ist, ist es mir auch recht.«

»Ich kenn mich gut aus mit Autos.«

»Ja, hoffentlich«, sagte Misha. »Ich nämlich nicht... Ich verkauf sie bloß. Aber Homer weiß alles. Sagen Sie ihm, was Sie für Arbeiten machen können, und überlassen Sie ihm die Entscheidung. Wenn er meint, daß er Hilfe brauchen kann, sind Sie eingestellt.«

Misha blickte dem Jungen nach und ließ sich dann vorsichtig auf seinem Stuhl nieder. Als er sich gestern gebückt hatte, um mit Homer einen Reifen hochzuhieven, war ihm ein wohlbekannter Schmerz in den Rücken geschossen. O je. Heute morgen war er froh gewesen, daß er aufstehen und sich einigermaßen normal bewegen konnte. Aber der Schmerz war noch da, und er wußte aus Erfahrung, daß er sich, auch ohne daß er sich wieder verhob, von alleine verschlimmern konnte. Er hatte die Absicht, es sich den ganzen Tag leichtzumachen und nichts zu heben, was schwerer war als ein Bleistift.

Er dachte daran, was der Junge für ein Gesicht gemacht hatte, als er gesagt hatte, daß es ein jüdischer Ausdruck sei. In dem Augenblick hatte er das Gefühl gehabt, als schaute Wolf zu und schüttelte den Kopf. Das war einer der Gründe gewesen, weshalb es ihm so wichtig gewesen war, Misha von Auburn nach New York zu verpflanzen. »Juden gehören nicht aufs Land!« sagte er immer. »Was willst du beweisen? Kennst du jüdische Bauern? Kennst du auch nur einen Juden, der dumm genug wäre, sein Leben damit zuzubringen, einer Kuh am Euter zu zupfen? Du wirst dich dein Leben lang als Außenseiter fühlen. Willst du das? Wie Mom und Pop?« Aber, fand Misha, für seine Eltern war es anders gewesen. Sie waren Anfang des Jahrhunderts über Deutschland gekommen, gleich nach der Hochzeit, voller naiver Hoffnungen auf Amerika, vielleicht mit der letzten Welle von Einwanderern, die sich so reine Hoffnungen machten. Sie waren nach Auburn gegangen, weil ihnen das Land gefiel, die rollenden Felder, die Farmen, der See. »Es ist wie Europa«, pflegte seine Mutter zu sagen – für sie das höchste Kompliment. »Wir haben auf den ersten Blick gesagt: ›Das ist es.‹« – »Okay, aber das waren die Alten«, entgegnete Wolf dann. »Das war eine verrückte Generation. Willst du so leben wie sie? Als Aushilfe im Haushaltswarengeschäft? Während deine Frau Papierwaren in einem Haus verkauft, das so klein ist, daß sie sich nicht leisten können, die Haustür zu reparieren?«

Misha seufzte. Warum stritt er sich zehn Jahre nach Wolfs Tod immer noch mit ihm über dieselbe Frage? Vielleicht weil er immer gewußt hatte, daß Wolf bis zu einem gewissen Grad recht hatte. Aber es war bequem so, es war leichter zu bleiben, als umzuziehen, Wurzeln wachsen zu lassen, als sie auszureißen. Es hatte Zeiten in seinem Leben gegeben, da hätte er rauskommen können, dachte er rückblickend. Wenn er Brenda damals nicht in den Semesterferien kennengelernt hätte, wenn sie nicht aus Syracuse gewesen wäre und die Gegend geliebt hätte, dann wäre er vielleicht wie Wolf weggegangen. Sie hatte immer gemeint, daß Wolf übertrieb. »Was ist so wundervoll an Kriminalität, Schmutz und Gewalt in den Straßen?« war ihre Standardfrage. Und zu Misha sagte sie: »Er hat keine Kinder. Er hat keine Ahnung. Für Leute ohne Kinder ist das eine völlig andere Sache.«

Aber es stimmte. Er hatte nie wirklich das Gefühl abgelegt, ein Außenseiter zu sein. Nicht, daß er und Brenda keine Freunde hatten, aber es war etwas Subtileres als Vorurteile, etwas an der Art, wie die Leute redeten, wie sie ihre Häuser zurechtmachten, wie sie ihre Zeit verbrachten. Und es war der Ausdruck, der sich immer über ihr Gesicht legte, wenn er sagte, er sei Jude, ein Ausdruck des Unbehagens und dann eine flinke Bemerkung, die zeigen sollte, daß sie keine Vorurteile hatten. »Ich hatte einen Freund, der jüdisch war.« – »Ich hatte mal einen Lehrer, der Jude war.« – »Ich hab neulich ein Buch von einem jüdischen Schriftsteller gelesen.« Oder wie einmal, als Seth in der fünften Klasse einen Freund mit nach Hause gebracht hatte, und der den Weihnachtsbaum in ihrem Wohnzimmer angeschaut und gefragt hatte: »Ist das ein jüdischer Weihnachtsbaum?«

Es verging mittlerweile kaum noch ein Tag, an dem er nicht irgendwann überlegte, ob er nicht endlich den Laden verkaufen und weggehen sollte. Er hatte immer noch einen Teil der fünfzigtausend Dollar, die er von Wolf geerbt hatte. »Schau, du wirst nie reich werden«, pflegte Wolf zu sagen. »Das Geld hat für dich keine *Wirklichkeit*. Keinen richtigen Reiz. Geld ist wie Sex. Es gibt Leute, die danach lechzen. Das ist was anderes als bloß wollen. Wollen tun alle. Damit kommt man nicht weiter. Du mußt danach lechzen.« Stimmt, er lechzte nicht nach Geld. Er wollte einen bestimmten Grundkomfort, ein anständiges Haus, gutes Essen, aber das war eigentlich alles. Er hatte nie besondere Lust verspürt zu reisen. Wolfs Berichte von seinen Reisen nach Frankreich, Griechenland, Thailand zu hören, war für ihn so wirklich, als wäre er selbst gefahren, vielleicht sogar wirklicher. Ähnlich wie er als Kind bei Filmen, die Wolf ihm geschildert hatte, oft enttäuscht gedacht hatte: »Aber in der Beschreibung war er besser.«

Der Junge kam nach ungefähr einer halben Stunde zurück und sagte, Homer sei einverstanden. »Er sagt, Donnerstag abend und Samstag paßt ihm am besten. Ist Ihnen das recht, Mister –?«

»Edelman«, sagte Misha. »Misha Edelman ... Und wie heißen Sie, mein Sohn?«

»Jed Parker.«

Misha schüttelte ihm die Hand. »Nun, Mr. Parker, ich freue mich, daß Sie für mich arbeiten möchten. Da haben Sie einiges zu leisten, nicht?«

»Ja, es ist eine Menge«, sagte der Junge stolz und ernst. »Aber wenn das Baby erst da ist, dachte ich –«

»Recht so. Sie sind ein vernünftiger Mensch ... Wie geht's Ihrer Frau? Nicht zu erschöpft?«

»Doch, sie ist ziemlich erschöpft«, sagte der Junge. »Und sehr rund ... hoffentlich sind es keine Zwillinge!«

Misha lächelte. »Ich drück Ihnen die Daumen. Dann also bis Samstag, gegen zehn?«

»Ja, danke, Mr. – äm – Edelman.« Es ließ seinen Blick über den Hof gleiten. »Den Camaro haben Sie noch?« sagte er.

Misha lächelte. »Ja, den hab ich noch.«

»Könnte sein, daß Sie zuviel dafür haben wollen«, meinte der Junge. »Sechstausend ist eine Menge.«

»Stimmt, das ist 'ne Menge.«

Sie standen beide da und betrachteten den Camaro. Im Gesicht des Jungen lag ein Ausdruck der Bewunderung. »Na«, sagte er schließlich und rüttelte sich aus seinem Traum auf. »Es ist wirklich ein tolles Auto.« Er wandte sich zum Gehen. »Bis Samstag.«

Es war komisch. Als Misha den Jungen zum erstenmal gesehen hatte, war er ihm unsympathisch gewesen. Diesmal machte er einen netten Eindruck, höflich, eifrig. Vielleicht war es nur die Hitze gewesen. Oder eine seiner Launen, die manchmal ohne Warnung und augenscheinlich ohne Grund über ihn kamen. Was war das auch für eine Situation: eben aus der Schule und schon Frau und Kind am Hals. Vielleicht haben sie wenigstens ein tolles Sexualleben. Das wäre ihm wirklich zu wünschen.

Er dachte an die Matratze. Er hatte sie aus einem Impuls heraus verschenkt, mit dem Hintergedanken, daß ihn das dazu bringen würde, sich um das Haus zu kümmern und irgendwie umzuräumen. Statt dessen hatte er lediglich die Schlafcouch aus dem Hobbyraum ins Schlafzimmer geschoben. Er ließ sie immer ausgeklappt. Eigentlich war sie recht bequem. Trotzdem kam er sich dadurch vor, als wäre er zu Gast in seinem eigenen Haus, was eigentlich keine Verbesserung gegenüber dem war, wie er sich gefühlt hatte, als er in dem Bett geschlafen hatte, das er mit Brenda geteilt hatte.

Kurz vor der Mittagspause ging er zu Homer hinüber und fragte ihn, ob er glaubte, der Junge würde eine Hilfe sein. Homer war immer hinter ihm her gewesen, noch wen einzustellen. »Ja, sicher, warum nicht? Eine Hilfe bestimmt.«

Er war kein Mann, mit dem man sich leicht unterhalten konnte, aber er wußte alles, was es über Autos zu wissen gab, und mehr. Einige Autos machte er so sorgfältig wieder zurecht, daß sie buchstäblich fast wie neu waren, vielleicht sogar besser. Und da er sich höchst ungern von ihnen trennte, paßten sie wunderbar zusammen. Er machte immer ein langes Gesicht, wenn Misha erzählte, daß er ein Auto verkauft hatte, an dem er lange gearbeitet hatte. »Du hast den Olds verkauft?« sagte er stirnrunzelnd. »An wen denn? Gute Leute?« Misha war sich nie sicher, was er mit »guten Leuten« meinte. Ihn interessierte nur, ob sie das nötige Bargeld hatten, um das verdammte Ding zu bezahlen. »Ja, gute Leute«, war seine Antwort.

Am nächsten Morgen stieß Misha beim Versuch aufzustehen einen Schmerzensschrei aus. Er entfuhr ihm ungewollt, als hätte jemand eine Steinfliese auf seinen großen Zeh fallen lassen. Der Schmerz schoß wie ein Pfeil durch ihn hindurch, die Wirbelsäule hinunter bis in die Waden. Einen Augenblick später versuchte er sich noch einmal zu bewegen, diesmal ganz, ganz langsam. Es hatte keinen Zweck. Misha seufzte.

Der einzige Trost war, daß er solche Anfälle schon so oft gehabt hatte, daß sie ihm keine Angst mehr machten. Bei den ersten hatte er, wenn er sich mehrere Tage kaum zu bewegen vermochte, voll Panik befürchtet, daß er womöglich für immer gelähmt bleiben könnte oder auf Dauer mit den Schmerzen leben müßte. Doch normalerweise wurde es nach drei Tagen allmählich wieder besser, und nach einer Woche war er vollständig wiederhergestellt, abgesehen von einem Ziehen hier und da. Richtige Aussichten auf Heilung gab es nicht. Er versuchte, jeden Morgen Rückenübungen zu machen, wenn er daran dachte, aber dadurch kamen die Anfälle nur seltener, blieben aber nie ganz weg. Er hatte eine Fläschchen Valium, das noch halbvoll war. Wenn er alle paar Stunden eine nahm, schien der Schmerz zu weichen, aber vielleicht machten sie ihn auch nur so müde und benommen, daß er ihn nicht mehr so merkte.

Er rief Homer vom Telefon am Bett an und erwischte ihn noch, kurz bevor er zur Arbeit aufbrechen wollte. Homer versprach den Laden zu schmeißen. Das hieß, daß er, wenn jemand vorbeikam und eine halbe Stunde herumstand und wartete, gemächlich zu ihm hinschlendern und sagen würde: »Tut mir leid, der Chef ist heute krank. Schauen Sie im Lauf der Woche noch mal rein.« Oder: »Kommen Sie nächste Woche wieder, wenn Sie in der Gegend sind.«

Nach einer Valium verbrachte Misha einen recht angenehmen Morgen im Bett, hörte Kammermusik im Radio, las Puschkin, trank Ginger Ale und Traubensaft aus einem großen Krug auf dem Fußboden am Bett. Als Soldat in den fünfziger Jahren hatte er in einem Schnellkurs Russisch gelernt. Seine Eltern hatten zwar zu Hause russisch gesprochen, aber sie hatten es ihm und Wolf nie beigebracht. Er hatte den Klang immer gemocht, die weichen melodiösen Vokale. Die gelernten Sätze hatte er allesamt vergessen – »Sie befinden sich im Feindgebiet« – »Sie haben zehn Minuten, um Ihr Lager abzubrechen« –, aber ein paar Grundkenntnisse waren noch da, und mit einem Lexikon am Bett ging's. Meistens las er immer wieder dieselben Gedichte, so daß er das Lexikon kaum brauchte; er hatte die englische Übersetzung im Kopf.

Am späten Vormittag schleppte er sich zum Klo. Als er fertig war, klingelte das Telefon. Es war komisch, genau zu wissen, daß das Telefon so gut wie unerreichbar war, weil er für die fünf Meter vom Bad bis zum Bett mindestens zehn Minuten brauchen würde. Das Telefon klingelte und klingelte beharrlich. »Tut mir leid«, sagte er achselzuckend. »Es geht nicht. Ruf später noch mal an.« Als er endlich wieder am Bett war, sank er erschöpft in die Kissen.

Das Telefon klingelte erst wieder am späten Nachmittag. Er war eingedöst, hatte noch eine Valium genommen und war, als er sich in die Küche aufgemacht hatte, um sich etwas zu essen zu richten, überrascht gewesen, daß der Schmerz ein wenig nachgelassen hatte. Als das Telefon jetzt wieder klingelte, ging er beim erstenmal ran. »Hallo?« Seine Stimme klang ihm ein bißchen verschlafen und undeutlich.

»Mish?« Es war Ardis. »Gott sei Dank hab ich dich endlich! Ich war schon außer mir! Wo warst du? Ich hab vorhin angerufen, und du hast nicht abgenommen. Dann habe ich im Büro angerufen, und da ging auch keiner ran!«

»Tut mir leid«, sagte er. »Ich hab das Telefon vorhin gehört, ich konnte nur nicht hin. Mein Rücken. Wieder die alte Geschichte.«

»Ach ... schlimm?«

»Das Übliche ... Geht bald wieder vorbei.«

»Was ist das Übliche?«

»Ach, ich hab immer mal Probleme mit dem Rücken. Sie kommen und gehen. Nichts Ernstes. Ich hab bloß meine Übungen vernachlässigt.«

»Du liegst also im Bett?« Sie klang besorgt, das war ein Trost.

»Jo.« Er stellte das Radio leise.

»Dann erledigt sich eigentlich der Grund meines Anrufs ... Erinnerst du dich an die – die Tochter meines Chefs –«

»Die Harfenspielerin?«

»Tja, sie ist nicht ganz so jung, wie ich dachte ... dreiunddreißig. Und sie sagt, sie würde dich sehr gern kennenlernen. Deshalb wollte ich dich heute abend zum Essen einladen, aber ich kann auch einen andern Termin finden ... Hast du genug zu essen im Haus?«

»Sind noch paar Sachen da«, sagte er vage.

»Was für – Sachen?«

»Dosen und so.«

»Dosen! Und Grundnahrungsmittel?«

Misha lachte. »Was ist das, Dixie?«

Sie seufzte verzweifelt. »Du weißt schon! Brot, Milch, Butter, Gemüse, Fleisch ...«

»Hab ich nicht«, gestand er.

Es trat eine Pause ein.

»Gut, hör zu«, sagte sie. »Wie wär's, wenn ich nach der Arbeit vorbeikomm und dir was bringe? Du mußt was essen!«

»Würde dir das nicht zuviel Mühe machen?« sagte er begeistert.

»Warum? Ich muß sowieso einkaufen. Ich hol bloß ein bißchen mehr. Was willst du haben? Steak? Brokkoli?«

»Steak und Brokkoli klingt wunderbar.«

»Gut, prima ... dann besorge ich alles und seh dich gegen sechs, je nach Verkehr.«

Den Rest des Nachmittags lag Misha im Bett, las bei Radiomusik oder ließ melancholischen erotischen Träumen über Ardis, Steak und Brokkoli freien Lauf. Um fünf stand er auf und quälte sich wieder ins Bad, wo er sich notdürftig rasierte und wusch. Ob er einen frischen Schlafanzug anziehen sollte? Er freute sich unglaublich, daß jemand vorbeikommen und ihn umsorgen wollte. Brenda hatte immer behauptet, daß seine Mutter um ihn und Wolf ein unendliches Theater gemacht haben müsse, wenn sie als Kinder krank gewesen waren. Das stimmte. Zu seinen schönsten Kindheitserinnerungen zählte das Kranksein, wenn er vor dem Radio gelegen hatte und endlose Tabletts mit Suppe, Butterbroten, Kräckers und Schokoladenpudding mit dicken Sahnehauben in sich hineingefuttert hatte.

Ardis kam um zwanzig nach sechs und schloß die Haustür mit ihrem Schlüssel auf. Misha sah Ardis am Schlafzimmer vorbei in die Küche gehen, ihre Stöckelschuhe klakkerten, als sie mit den zwei großen Tüten voller Lebensmittel vorbei wankte. Eine Minute später, noch im Lammfellmantel, trat sie atemlos ins Schlafzimmer.

»Was ist denn hier los?« fragte sie barsch mit einem Blick durchs Zimmer.

»Wieso?«

»Wo ist das Bett?«

»Ich hab's verschenkt.«

»Ja, aber ... dies ist die Schlafcouch, nicht? Hast du kein richtiges Bett?«

»Ich find's bequem so.« Aber er war verlegen.

»Mish, hat dir noch niemand gesagt, daß du unmöglich bist?«

»Viele Leute, oft.«

»Ein Bett kaufen ist nicht so schwer! Nicht mal teuer!«

»Ich weiß, ich weiß«, sagte er lächelnd.

»Ich weiß, ich weiß«, äffte sie und sah ihn voll liebevoller

Verzweiflung an. Ihre Miene wurde sanfter. »Und, hast du schlimme Schmerzen? Wie geht's?«

»Ein bißchen besser ... solange ich alle vier Stunden eine Valium nehme.«

Sie trat näher und nahm das Fläschchen in die Hand. »Die sind angeblich gar nicht gut. Weil sie süchtig machen.«

»Ich nehme immer nur ein paar, wenn mein Rücken Ärger macht«, log er. In Wahrheit nahm er sie auch ein paarmal die Woche, wenn er nicht schlafen konnte.

»Machen sie nicht müde?«

»Klar, aber wenn man sich so fühlt wie ich, ist das ein Segen.«

Sie betrachtete ihn aufmerksam und zog dann ihren Mantel aus und hängte ihn über einen Stuhl in der Ecke. »Gut, bleib liegen und entspann dich. Dauert ungefähr 'ne halbe Stunde.«

Er genoß es, sie in der Küche kramen zu hören. Gelegentlich rief sie: »Wo hast du die Gewürze?« Oder sie kam mit einer Bratpfanne an die Tür und fragte: »Ist das deine größte Pfanne? Was ist mit der, die ich euch zu Weihnachten geschenkt hab?« Köstliche Gerüche strömten zu ihm herüber, ihm lief das Wasser im Mund zusammen. Schließlich kam Ardis mit dem Bridgetisch herein und stellte ihn neben dem Bett auf. »Was möchtest du trinken, mein Herz, Bier oder Wein?«

»Ich glaube nicht, daß was da ist.« Das beiläufige »mein Herz« ging ihm durch und durch; das hatte auch Brenda immer gesagt.

»Ich hab beides mitgebracht ... Worauf hast du Appetit?«

»Was nimmst du?«

»Das ist doch egal, was ich trink, was willst *du* trinken?«

»Wein«, sagte er geschlagen.

Sie griente. »Ich möchte auch Wein ... Es ist ein guter, Bully Hill.«

Als alles fertig war, trug Ardis zwei gehäuft volle Teller auf, öffnete den Wein und zog sich einen Stuhl an den Tisch, daß sie ihm gegenüber saß. »Ich kann nicht Harfe spielen, aber hier bin ich!« sagte sie. Sie stieß mit ihm an und trank nachdenklich den ersten Schluck. »Mm, gut.« Ihre Lippen waren feucht und gerötet.

»Weißt du, ich glaube, dies ist das beste Mahl, das ich je gegessen habe«, sagte Misha nach dem ersten Bissen.

»Das kann nicht sein«, sagte sie, machte aber ein zufriedenes Gesicht. »Als wir klein waren, hat Mama uns zum Geburtstag immer unser Wunschessen gekocht. Bren hat sich immer Lasagne oder Manicotti gewünscht, und ich mir immer Steak und Artischocken mit Erdbeertörtchen zum Nachtisch. Mama meinte: ›Dix, du wirst dir einen reichen Mann suchen müssen.‹ Aber das war wohl nix.«

»Ich fühle mich schon tausendmal besser.« Er schmierte sich Butter auf ein Stück Baguette. »Wozu brauche ich eine Harfenistin? War sie nicht sowieso zu jung?«

»Mish!« Ardis' Wangen waren heiß. »Ich hab dir doch gesagt, daß sie nicht jung ist! Sie ist über dreißig. Ach, sieh doch selbst zu. Ich gebe dich auf.« Sie sah auf die Uhr. »Jetzt geht Simon ins Bett. Muß komisch sein, so einen Rhythmus zu haben, findest du nicht? Acht Uhr abends ist für ihn wie zwei Uhr morgens für unsereinen! Aber weißt du, ihm scheint's zu passen. Er ist kein sehr geselliger Typ.« Als hätte er das noch nicht selbst gemerkt!

Sie war für die Arbeit angezogen, im marineblauen Rock zur weißen Bluse, und wirkte dadurch nüchterner als sonst. Ihre Freizeitkleider waren eher folkloristisch – bestickte polnische Blusen, Jeansröcke mit Rüschen, alles mögliche in Rot. »Wie war die Arbeit?« fragte er. Ihre Gegenwart, das gute Essen, der Wein, ließ alles um ihn herum aufs angenehmste verschwimmen.

»Ganz okay, keine besonders Vorkommnisse ... ach so,

vor zwei Wochen war ich in Toronto. Ich mußte hinfliegen und Fehler im System suchen. Als ich ankam, sprangen da lauter Männer im grauen Anzug in heller Panik im Dreieck. Ich hatte die ganze Nacht nicht geschlafen, war aber gut vorbereitet. Nachmittags um vier hatte ich alle Fehler beseitigt. Sie riefen meinen Chef an und meinten, ich hätte ein Wunder vollbracht. Gott, ist mir das gut runtergegangen! Es war nicht mal so kompliziert.« Sie seufzte. »Dann bin ich ins Hotel gegangen und sofort umgefallen.«

»Allein?«

»Hör mal«, sagte sie. »Ich bin wählerisch. Ich geh nicht mit... Es muß ein Funke überspringen. Ich geh nicht mit –«

»Verzeihung«, sagte er. Und fügte in seiner wohligen Benommenheit hinzu: »Vermutlich bin ich nur manchmal eifersüchtig auf –«

»Auf wen?« Sie beugte sich vor. »Mich? Die?«

»Die.«

Ardis wirkte einen Moment ungewohnt verlegen. »Na ja, es ist keine –« Sie stockte. »Ich liebe sie nicht«, murmelte sie über ihren Teller gebeugt. »Ich tu's bloß.«

Misha streckte einen Arm aus und nahm Ardis' Hand. »Ich wollte dich nicht kritisieren, Dixie. Ich bewundere es. Ich würde das gern können. Etwas wollen, es finden –«

Sie saß stumm da und ließ ihre Hand in seiner ruhen, die Augen groß und sanft in dem matten Licht. »Willst du mich, ist es das? Oder was?«

»Ich will bloß –«

»Ich dachte, es wäre zu kompliziert«, sagte sie leise, stirnrunzelnd. »Beinahe wie ein Tabu.«

»Ich weiß nicht.« Ihre Hand, die er aus einem Impuls heraus ergriffen hatte, schien ihm jetzt ganz selbstverständlich zu gehören. Er streichelte sie sanft, ohne weiter zu wissen.

Ardis rückte näher. Er konnte ihre dunklen Wimpern sehen, wie sie aus den Lidern sprossen, die zarte Ader vor ihrem Ohr. »Glaubst du, Bren hätte was dagegen?« fragte sie zaghaft. »Was glaubst du? Sag ehrlich.«

»Wie sollte sie?« Sein Ton fiel knapper aus, als er wollte oder erwartete – diesen Schmerz konnte das Valium nicht lindern.

»Ich möchte nichts tun, was sie verletzt.« Sie schien kaum sprechen zu können; auf ihren Wimpern glitzerten Tränen.

»Sie ist nicht hier!« rief er, von Zorn, Trauer und Verlangen zerrissen. Er schloß einen Moment die Augen und versuchte, seine Emotionen unter Kontrolle zu bekommen, dann öffnete er sie wieder.

»Glaubst du also –« Ehe sie den Satz vollendet hatte, küßten sie sich, zuerst leicht, dann länger. Ardis warf ihre Jacke zu Boden und richtete sich dann auf, um sich den Rock und dann die Bluse aufzuknöpfen.

Misha war froh, daß alles in einem strahlenden, verschwommenen Nebel zu liegen schien, als wäre er ohne Brille im Kino. Ihr Unterkleid war rosa, mit Spitzen, die ihren Brustansatz freiließen, den Spalt. »Es ist neu«, sagte sie, Komplimente heischend. »Ein Sonderangebot. Gefällt es dir?«

»Es ist wunderhübsch.« Er hatte gedacht, gehofft, daß sie sich ganz ausziehen würde, aber sie legte sich im Unterkleid neben ihn, schloß ihn in die Arme und küßte ihn sanft.

»Kannst du dich bewegen?« fragte sie leise.

»Ein bißchen.«

»Ich mache alles«, versprach sie und streifte ihr Unterkleid und ihren BH ab. »Sag mir nur, ob es so gut ist.«

Wenn er noch einen Monat im Bett bleiben mußte, um dafür zu bezahlen, war das die Sache wert, beschloß er. Der Duft ihrer Haare, die Weichheit der Haut zwischen ihren

Beinen, ihre runden schweren Brüste mit seidigen Brustwarzen. Sie streichelte und küßte ihn am ganzen Körper, aber sanft, als wären die Küsse eine Arznei, die ihn heilen sollte. Und er ließ es geschehen, streichelte ihren Rücken, soweit er konnte, und berührte sie, weniger um die schönen Gefühle zu erwidern, als um zu verhindern, daß sie aus dem Fenster schwebte. Als sie sich sachte auf ihn legte, öffnete er eine Sekunde die Augen und sah plötzlich eine winzige Sommersprossenkonstellation an der linken Brustwarze, genau die gleiche wie bei Brenda, aber der Schmerz, der ihn durchfuhr, war barmherzigerweise so scharf und schnell vorbei, daß die tiefe Freude, die sich danach einstellte, ihn bald vergessen ließ.

Hinterher lag sie, ohne ihn anzusehen, in seinen Armen. »Ist alles in Ordnung?« fragte sie besorgt. »Ich hatte Angst, daß ich dich ... ich wußte nicht, ob du vor Schmerzen vergangen bist und du nur zu höflich warst, um was zu sagen.«

Er lachte. »Ich bin vor Genuß vergangen.«

»Nein, im Ernst. Sag mir ... wie fühlst du dich jetzt?«

»Wundervoll.« Und es war wahr, er war noch nie so gekonnt, aber zärtlich umhegt worden. Er fragte sich, ob er ihr das sagen konnte, ohne daß es wie eine Beleidigung klang oder eine Anspielung auf ihre anderen Erfahrungen.

»Weißt du, ich bin froh, daß du das Bett verschenkt hast«, sagte Ardis plötzlich mit einem Blick in das Zimmer.

»Warum?«

»Einmal wegen Bren. Aber zweitens ... weil ich mit Walter immer hier war, erinnerst du dich?«

»Ich erinnere mich an die Geschichte ... Kennengelernt hab ich ihn nie.«

»Doch ... Er war der Arzt, der sich um Vater gekümmert hat, kurz vor seinem Tod. Weißt du, als sein Bein amputiert werden mußte? Ich nehme an, das war mit ein Grund. Walter war so fürsorglich und konnte so gut trösten, als Brenda und ich so fertig waren.« Sie runzelte die Stirn. »Ich glaube, das war das einzige Mal, daß ich richtig verliebt war. Ich hab sogar dran gedacht, Simon zu verlassen. Gott sei Dank, daß ich das nicht getan habe!«

Sie blieben schweigend liegen. Misha fragte sich: Wenn er Simon mit einem Knopfdruck ins Jenseits befördern könnte, während er friedlich schlief, würde er das tun? Wie wäre es, immer mit Ardis zusammenzusein?

»Manchmal frag ich mich, ob ich ewig so weitermachen werde«, sagte sie. »Es ist komisch. Früher dachte ich, mit vierzig würde es aus sein: weil keine Männer mich mehr wollten. Ich sag immer, wie alt ich bin. Es wäre mir zu blöd zu lügen. Aber es ist ihnen egal! Seltsam ist das ... man liest ständig davon, daß Männer durchdrehen, wenn Frauen über dreißig sind, aber alle, die ich kennenlerne, machen sich nichts draus.«

»Du wirst mit sechzig großartig sein«, versicherte er ihr.

Ardis lachte ein wenig wehmütig. »Und du wirst mit sechzig wieder verheiratet sein, mit einer neuen Familie und einem neuen Haufen Kinder –«

Misha hielt die Hand hoch. »Niemals. Keine neue Familie. Eine neue Frau ist das höchste der Gefühle, mehr kann ich mir wirklich nicht denken.«

»Kann doch passieren«, beharrte sie. »Du lernst eine kennen, du liebst sie, sie vergißt eines Abends ihr Diaphragma ... was willst du machen, sie zur Abtreibung zwingen?«

»Ich glaube nicht, daß ich mir das noch einmal zutraue, in meinem Alter –«

Als sie, nicht ohne vorher alles zu spülen, gegangen war, blieb Misha, von unterschiedlichen Gefühlen hin- und hergerissen, bis zwei Uhr morgens wach. Beim Abschied hatte sie, wieder ganz die Geschäftsfrau, in ihrem blauen Kostüm und ihrem flotten Lammfellmantel und den Stiefeln, zu ihm gesagt: »Also, wenn du mal wieder Lebensmittel brauchst –«

»Ich brauche immer Lebensmittel«, sagte er.

»Die armen hilflosen Männer«, sagte Ardis mit freundlichem Spott, den Kopf zu einer Seite geneigt. »Was würdet ihr nur ohne uns anfangen?«

»Darüber mag ich gar nicht nachdenken.«

Ein einmal gebrochenes Tabu ist kein Tabu mehr. Oder zumindest ein übertretbares. Gott – der wohl mal wieder geschlafen hatte – hatte keinen von beiden totgeschlagen. Und das Gefühl, Brenda betrogen zu haben, das ihn bei jeder neuen Frau belastet hätte, war durch die Tatsache, daß es Ardis gewesen war, gemildert. »Meine bessere Hälfte«, hatten sie einander spielerisch genannt. Manchmal sagte Brenda: »Dixie zu sehen ist, als sähe ich mich als eine andere mit einem andern Leben, die nicht genauso ist wie ich, aber trotzdem fast.« Einmal hatte sie ihm erzählt, daß sie in ein Zimmer getreten war und »Hallo, Dixie« gesagt hatte, ehe ihr aufging, daß sie ihr eigenes Spiegelbild begrüßt hatte.

Fünf

Seit fünf Wochen putzte Maddy bei Mrs. Grayson. May Hooper, die Frau von Jeds Chef, hatte ihr zwei Putzstellen verschafft, beide bei pensionierten Collegedozentinnen. »Die Arbeit ist nicht schwer«, sagte sie und: »Thornie meinte, ihr könntet noch Geld gebrauchen.« Maddy hatte sich gefreut. Jed war tagsüber immer fort und jetzt meistens sogar samstags und an einigen Abenden, und sie fühlte sich einsam, so allein in der Einzimmerwohnung. Sie hatte keine Freunde! May war nett, aber sie war über dreißig und sehr beschäftigt. Sie hatte vier Kinder im Schulalter und einen Frisiersalon im ehemaligen Postamt.

Maddy hörte die ältere Dame langsam und vorsichtig die Treppe herunterkommen. Es war kurz vor Mittag. Meistens machte Maddy das Obergeschoß zuerst. Es hatte drei Zimmer, von dem aber nur eins wirklich benutzt wurde. Eins war das Gästezimmer, da mußte sie nur Staub wischen. Das andere war das Zimmer, in dem Mrs. Graysons Mann geschlafen hatte – da standen noch sein Bett und seine ganzen Sachen. Als Mrs. Grayson bei ihr hereinschaute, lächelte sie und fragte freundlich. »Na, wie läuft's.«

Mrs. Grayson hatte ein liebes, runzliges Lächeln. Wenn Maddy hier war, fühlte sie sich beschützt, ohne richtig zu verstehen warum, und rundherum wohl. »Prima«, sagte sie. »Ich bin mit Staubsaugen fertig.«

»Oh, gut!« sagte Mrs. Grayson. »Ich hab das Staubsaugen immer gehaßt! Ich hasse Maschinen, Sie nicht auch? Obwohl sie natürlich nützlich sind. Was würden wir nur ohne sie machen?« Sie trat ins Zimmer. Sie trug wie häufig das Kleid aus grauschwarz bedrucktem Stoff mit einer grauen Wolljacke drüber. Maddy war froh, daß Mrs. Grayson die Kleider nicht allzu oft wechselte, weil auch sie nur zwei Schwangerschaftskleider besaß, die ihr noch paßten. Die trug sie jetzt schon so lange Tag für Tag, daß sie sich kaum noch dran erinnern konnte, jemals normale Kleider getragen zu haben, hübsche Kleider, in denen sie sich bewundernd im Spiegel angesehen hatte.

Maddy kam es vor, als wäre sie schon ewig schwanger! Selbst in ihren Träumen war sie jetzt schwanger. Obwohl sie wußte, daß es nicht sein konnte, fragte sie sich, ob das Baby vielleicht nie rauskommen würde. Man sollte doch meinen, daß es rauswollte. Man sollte meinen, daß es ihm langweilig würde, sich monatelang faul im Bauch herumzuwälzen. Es mußte doch eng und dunkel sein, wie in einem Schrank, in dem man eingesperrt war. Schon jetzt war das Kind eine Woche über den Termin. Natürlich meinte der Arzt, daß die Berechnungen immer ungenau waren. »Die lassen sich Zeit«, sagte er. »Sie richten sich nach ihrer eigenen inneren Uhr.«

May fand, sie habe Glück. Ihre Kinder waren alle zu früh gekommen und zu klein gewesen, so daß eines sogar einen ganzen Monat in der Klinik bleiben mußte. »Den hättest du mal sehen sollen«, sagte sie von ihrem Sohn, der mittlerweile ein richtiger Kleiderschrank war. »Winzig und rot und schrumplig, wie eine Nuß. Und dann dagegen jetzt!« Es stimmte natürlich, daß es nicht schön wäre, das Kind in der Klinik lassen zu müssen, aber Maddy fragte sich allmählich, ob nicht fast alles andere diesem Zustand vorzuziehen wäre. Das Komische war, daß sie nicht einmal sicher war, ob Mrs. Grayson wußte, daß sie ein Kind erwartete. Jedenfalls sagte sie nie etwas dazu. Das konnte an ihrer Höflichkeit liegen oder an ihren schlechten Augen, über die sie oft klagte.

Und Maddy selbst war es peinlich, davon anzufangen, also sprach sie auch nie davon.

»Wie wär's mit einer Tasse Tee?« fragte Mrs. Grayson.

»Gern«, sagte Maddy, erleichtert, den Staubsauger zur Seite legen zu können.

Sie setzten sich an den Tisch, und Mrs Grayson brachte zwei Tassen Tee. »Nun, meine Liebe«, sagte sie. »Wie gesagt, läßt mein Gedächtnis sehr zu wünschen übrig. Wohnen Sie hier in Athena?«

»Ja«, sagte Maddy. Sie hatte es tatsächlich schon ein paarmal erzählt.

»Und Ihre Familie auch?«

»Nein, meine Familie lebt in Auburn«, erklärte Maddy. »Ich wohne mit meinem Mann hier.«

»Ihrem Mann!« Mrs. Grayson machte ein erstauntes Gesicht, obwohl Maddy auch das bereits erzählt hatte. »Was für ein Fach unterrichtet er?«

»Er unterrichtet nicht«, erklärte Maddy. »Er arbeitet beim Haus- und Platzwart im Geländedienst.«

Mrs. Grayson und ihr Mann hatten Kunstgeschichte gelehrt, aber sie war seit fünfundzwanzig Jahren pensioniert. »Beim Geländedienst«, sagte sie nachdenklich. »Nun, hoffentlich war er nicht einer von diesen jungen Männern, die neulich darauf bestanden haben, meine Auffahrt neu zu teeren.«

»Davon weiß ich nichts«, sagte Maddy. »Ich glaube nicht.«

»Sie kamen an die Tür und sagten, es müßte gemacht werden. Ich sagte: ›Warum, die Auffahrt ist noch gut, warum muß sie geteert werden?‹ – ›Es wird bei allen Auffahrten auf dieser Straßenseite gemacht‹, sagten sie. ›Na schön, dann bitte‹, sagte ich . . . und ehe ich mich versah, hatten sie der Eiche einen dicken Ast abgehackt, dies schwarze Zeug auf dem Rasen verschüttet und mir dann noch eine Rechnung über fünfundzwanzig Dollar präsentiert! Ich bin pensioniert, und da sind fünfundzwanzig Dollar eine Menge Geld. ›Wird das nicht vom College bezahlt?‹ fragte ich. Früher war das so. Sie zuckten nur die Achseln.

»Ich glaube nicht, daß Jed das war«, sagte Maddy und nahm noch einen Löffel Zucker für ihren Tee.

»Jed?«

»Mein Mann heißt Jed.«

»Ach, ich wußte nicht, daß Sie verheiratet sind, Schätzchen«, rief Mrs. Grayson aus. »Sie sind noch so jung!«

»Ich bin auch noch nicht lange verheiratet.« Wie lange, wollte sie wegen ihrer fortgeschrittenen Schwangerschaft nicht sagen.

»Das könnte auch schwerlich sein ... Und Ihnen und Ihrem Mann gefällt es hier?

»Ja, sehr«, sagte Maddy und fügte leise hinzu. »Wir lieben den See.«

»Ja«, stimmte Mrs. Grayson zu. »Der See ist wunderschön, nicht? Mein Mann und ich sind früher jeden Nachmittag am See spazierengegangen.« Sie rührte gedankenverloren in ihrem Tee. »Wie finden Sie die Studentinnen?« fragte sie.

Maddy war nicht sicher, was sie meinte. Sie sah die Collegemädchen jeden Tag vorbeigehen, aber sie hatte noch nie mit welchen geredet. »Sie scheinen ganz nett zu sein.«

»Aber was halten Sie von ihrem intellektuellen Kaliber?«

»Wie bitte?« Maddy verstand kein Wort.

»Wie wirken diese Studentinnen auf Sie, meine Liebe? Sie sind Ihnen im Alter näher als mir.«

»Sie wirken«, Maddy suchte das richtige Wort, »klug.«

»In welchem Sinne?« Mrs. Grayson kniff die Augen zusammen.

»Ich weiß nicht«, gestand Maddy.

»Ja, das ist es!« rief Mrs. Grayson erfreut. »Ich weiß es

auch nicht. Sie wirken recht klug, aber wenn man sie in der Drogerie miteinander reden hört, ist man verwundert. Was ist das nur für eine Sprache!«

Sie blieben noch eine Weile sitzen und tranken ihren Tee, dann stand Mrs. Grayson auf, um Maddy zu bezahlen. Sie gab ihr die fünfzehn Dollar, die sie ihr schuldete, und brachte sie zur Tür.

Maddy zwängte sich in ihren Mantel. Sie hatte ihn in einem Secondhand-Laden am Stadtrand gekauft. Die Ärmel waren viel zu lang, aber sie konnte ihn noch zuknöpfen, und er hatte eine Kapuze, und das war die Hauptsache. Oh, wie sie ihn aber haßte! Sobald das Kind da war, würde sie ihn in Stücke reißen! Oder vielleicht nur noch als Decke benutzen.

Auf dem Nachhauseweg kam Maddy eine Gruppe Studentinnen entgegen. Eine von ihnen erzählte eine Geschichte, und die andern schauten sie alle an und lachten. Sie wirkten fröhlich, glücklich, nicht schwanger. Natürlich waren sie eigentlich, wenn sie richtig überlegte, kein bißchen hübscher als die Mädchen, mit denen sie auf der High School gewesen war. Einige hatten Hautprobleme, einige waren zu dick, einige wirkten einsam oder seltsam, wenn man ihnen ins Gesicht sah. Doch trotzdem kam es Maddy vor, als hätten sie eine Art Aura, einen Glanz, der sie von anderen abhob. Sie würden, dessen war sie sicher, ein anderes Leben führen als die Mädchen, die sie gekannt hatte. Sie würden gutaussehende, reiche Männer heiraten und Karriere machen, nicht bloß Jobs haben. Wenn sie Kinder kriegten, würden sie ausgebildete Kindermädchen haben, die alles über kleine Kinder wußten. Es war schwer, sie nicht zu beneiden, auch wenn Maddy sich Mühe gab.

Am nächsten Tag putzte Maddy im Haus nebenan, bei Miss Saunders, Mrs. Graysons Freundin. Miss Saunders war noch älter als Mrs. Grayson. In einem halben Jahr würde sie neunzig werden, erzählte sie. Während Mrs. Grayson klein und rundlich war, war Miss Saunders groß, mit einer Adlernase und durchdringenden Augen. Maddy hatte ein bißchen Angst vor ihr. Sie fühlte sich an eine Lehrerin erinnert, die sie in der sechsten Klasse gehabt hatte und die, wenn man einen Fehler machte, schadenfroh krähte: »Na, jetzt schämst du dich aber, was?« Miss Saunders' Haus machte weniger Arbeit. Es war eingeschossig, mit einem riesengroßen Wohnzimmer voller Bücher und Papier, einem kleinen Schlafzimmer und der Küche. Das Staubwischen war mühselig, weil Maddy die Papierstapel nicht verrücken durfte. »Für Sie sehen sie vielleicht aus wie unordentliche Haufen«, sagte die alte Dame, »aber der Wahnsinn hat Methode.«

Anders als Mrs. Grayson, die sie im wesentlichen in Ruhe ließ, folgte Miss Saunders manchmal Maddy und zeigte ihr Dinge, die sie sauberzumachen vergessen hatte oder die ihr nicht sauber genug geworden waren. Das machte Maddy nervös. Sie hatte schreckliche Angst, daß sie etwas kaputtmachen könnte, eine der chinesischen Vasen auf dem Kaminsims zum Beispiel. Wenn die nun furchtbar teuer waren?

Miss Saunders wußte, daß Maddy schwanger war. Irgendwie, obwohl Maddy nichts hatte sagen wollen, hatte sie in Erfahrung gebracht, daß sie erst ein paar Monate verheiratet war. Es stellte sich heraus, daß Miss Saunders in ihrer Zeit am College – sie war Englischprofessorin gewesen – auch eine Verbindung zu einem Heim für unverheiratete Mütter gehabt hatte. »Das ist nichts, wofür man sich schämen müßte«, versicherte sie Maddy energisch. »Einige haben später die tollsten Dinge mit ihrem Leben gemacht. Der Sexualtrieb ist etwas, gegen das wir uns behaupten müssen. Wo würden wir sonst abbleiben?«

Maddy zuckte bloß die Achseln. Es machte sie verlegen,

eine fast Neunzigjährige über Sex reden zu hören. »Mein Mann ist sehr nett«, hörte sie sich sagen, obwohl Jed eigentlich gar nicht angegriffen worden war.

»Ach, natürlich ist er nett!« sagte Miss Saunders. »Daran habe ich nicht den geringsten Zweifel. Warum hätten Sie ihn sonst zum Vater Ihres Kindes machen sollen? Gene sind *sehr* wichtig, meine Liebe. Entscheidend. Das weiß jede Frau instinktiv, wenn die Zeit kommt, sich ihren Partner auszusuchen.«

Irgendwie hörte es sich bei Miss Saunders an, als wäre das dunkle, heimliche, manchmal aufregende Fummeln auf dem Rücksitz eines Autos von bewußten Absichten gelenkt gewesen, auch wenn Maddy es damals nicht gemerkt hatte. Sie wollte Miss Saunders nicht die Illusion rauben, deshalb sagte sie nichts. Und sie war nicht einmal richtig sicher, was ein Gen war.

An diesem Tag schien sie fürs Putzen noch länger zu brauchen als sonst. So war das mit allem in letzter Zeit. Das Baby strampelte die ganzen drei Stunden lang in ihrem Bauch, und Miss Saunders folgte ihr ständig auf den Fersen und plauderte über lauter Dinge, die Maddy kaum verstand. Endlich war die Zeit um. »Mögen Sie Stollen?« fragte Miss Saunders, als Maddy gehen wollte.

»Ja, schon«, sagte Maddy, obwohl sie sich nicht erinnern konnte, häufig welchen gegessen zu haben.

»Na, dann.« Miss Saunders holte ein in Alufolie gewickeltes Päckchen hervor. »Jedes Jahr schickt Helen mir diesen Stollen. Sie weiß, daß ich ein Gebiß habe und nichts davon essen kann. Aber jedes Jahr kommt wieder einer. Ich hab Andeutungen gemacht, bis mir die Luft wegblieb, daß sie das Geld sparen kann, aber es nützt alles nichts! ... Nehmen Sie ihn mit und essen ihn mit Ihrem Mann. Aber Helen nichts sagen! Es soll unser kleines Geheimnis bleiben.«

Jed fand den Stollen lecker, auch wenn er meinte, daß beide alte Damen ein bißchen plemplem klangen. Er aß hungrig drei Scheiben davon zum Nachtisch. Über eine neue Entwicklung in ihrer Beziehung freute sich Maddy. Sie hatte befürchtet, daß Jed böse werden würde, als der Arzt ihr empfohlen hatte, nicht mehr mit ihm zu schlafen. Er haßte Regeln und Zwänge. Aber er hatte nur gesagt: »Ach, macht nichts, Mad«, und hatte sie seitdem kaum berührt. Ein paarmal hatte er sie nachts im Bett umarmt, und sie hatte befürchtet, daß es eine Ouvertüre zu mehr Leidenschaft sein würde, aber das war nicht der Fall gewesen. Maddy fand ihn sehr verständnisvoll und lieb, wo doch der Sex so wichtig für ihn war. Es zeigte, daß er nicht nur Rücksicht auf sie nahm, sondern auch auf das Kind.

Außerdem hatte er ihr netterweise angeboten, sie zu ihren Eltern zu fahren. Maddy hatte ihrer Mutter eine Postkarte geschrieben, als sie nach Athena gezogen waren. Eine Zeitlang hatte sie geglaubt, daß ihre Mutter überhaupt nicht darauf reagieren würde, aber vor einer Woche hatte sie plötzlich angerufen. Offenbar hatte sie die Nummer von Vonnis Mutter bekommen. Sie sagte, es würde sie freuen, wenn Maddy und Jed am Wochenende zu Besuch kämen. Das paßte gut, da Jed samstags zur Arbeit beim Gebrauchtwagenhändler nach Auburn mußte. Er bot an, sie bei ihren Eltern vorbeizubringen und später wieder abzuholen.

Im Auto fing Maddy an, sich vor der Begegnung mit ihrer Mutter zu fürchten. Sie wünschte, das Kind wäre schon da. Es wäre so viel besser, mit einem süßen kleinen Baby aufzutauchen, als mit einem Bauch, der aussah, als wäre sie im achtzehnten Monat! Aber sie war so erleichtert gewesen, daß ihre Mutter beschlossen hatte, ihr zu »vergeben«, daß sie gern gleich fahren wollte.

»Ach ich wußte, daß sie es sich anders überlegen würde«, sagte Jed unterwegs. »Schließlich bist du ihre Tochter, oder?«

Jed hatte keine Schwestern, und er hatte seine Mutter, seit er elf war, kaum gesehen. Maddy wußte, daß es keinen Zweck hatte, ihm das Verhältnis zwischen ihr und ihrer Mutter zu erklären. Ihrem Eindruck nach gab es zwei Arten von Töchtern, die ihrer Mutter lieb gewesen wären, und sie entsprach keiner von beiden. Die einen waren fügsame, freundliche, kontaktfreudige Töchter wie Doreen und Betsy, die immer viele Freunde hatten, gut in der Schule waren und nie Kummer machten. Maddy wußte, daß ihre Mutter, die als Mädchen schüchtern und unscheinbar gewesen war und auf einer Farm fünfzehn Kilometer vom nächsten Ort gewohnt hatte, gern so gewesen wäre. Die andere Art Tochter sollte wie Jarita sein, die aufsässig war und wilde Sprünge machte, was ihre Mutter in Kinderkriegen und Ehe gebändigt hatte. Egal wie oft Jarita in der Patsche saß, sie rettete sich immer kurz vor zwölf aus eigener Kraft, und Maddy wußte, daß ihre Mutter, auch wenn sie Jarita anschrie, sie für die Art bewunderte, wie sie Autoritäten eine lange Nase drehte und ihr Leben selbst bestimmte. Das Problem mit ihr selber, fand Maddy, war, daß sie keinem dieser Vorbilder glich. Sie war nicht kontaktfreudig und hübsch wie Betsy und Doreen, und sie hätte niemals, nicht in tausend Jahren, Jaritas extravagante Energie entfalten können. Sie war bloß, wie ihre Mutter oft gesagt hatte, »ein Nachkömmling«.

Immerhin, dachte sie, um sich aufzumuntern, bin ich verheiratet! Sie war sicher, daß ihre Mutter nicht damit gerechnet hatte, daß Jed sie heiraten würde. Maddy warf einen Blick zu ihm hinüber. Mindestens heimlich müßte ihre Mutter doch zugeben, daß Jed gut aussah, weit besser als Doreens oder Betsys Männer. Und jetzt hatte er sogar Arbeit. Sogar zwei Stellen.

Maddys Mutter kam an die Tür und winkte sie mit einer leicht spöttischen Geste der Begrüßung ins Haus. Sie hatte ihren dunkelgrünen Hosenanzug an, den sie zum Bowling trug und der ihr für die Arbeit zu fein war. »Willkommen«, sagte sie.

Jed streckte den Arm aus und schüttelte ihr die Hand. »Ich hol dich gegen eins ab«, sagte er zu Maddy und warf ihrer Mutter einen nicht gerade freundlichen Blick zu.

»Wo geht's denn hin?« fragte die Mutter in ihrem trockenen, ironischen Ton.

»Jed hat einen Teilzeitjob bei Edelman«, antwortete Maddy. »Er arbeitet auch Donnerstag abends da.« Sobald er zur Tür hinaus war, fügte sie hinzu: »Und er hat eine richtige Stelle beim Haus- und Platzwart in Coolidge.«

»Das hast du schon geschrieben«, sagte Mrs. O'Connell. »Das lob ich mir. Dann übernimmt er also endlich Verantwortung!« Sie nahm Maddys Mantel und betrachtete ihn gründlich, bevor sie ihn aufhängte. »Wo hast du *den* denn her?«

»Aus einem Secondhand-Laden im Ort«, erklärte Maddy. »Die haben gute Sachen. Einige der Studentinnen geben dort ihre abgelegten Sachen ab, die kaum getragen sind.«

»Studentinnen!« schnaubte Mrs. O'Connell.

Maddy ging ins Wohnzimmer. Ihr Vater saß auf seinem üblichen Sessel. Er war schwerhörig, und man mußte ihm deutlich ins linke Ohr sprechen, um sich verständlich zu machen. Maddy bückte sich und gab ihm einen Kuß. »Hallo, Papa«, sagte sie, plötzlich froh, wieder zu Hause zu sein.

»Kein Baby?« fragte er lächelnd.

»Laß ihr Zeit!« warnte Mrs. O'Connell. Sie sah Maddy an. »Kann nicht mehr lange dauern.«

»Ja«, sagte Maddy. »Es ist schon überfällig.«

Mrs. O'Connell inspizierte die Figur ihr Tochter weiter. »Du wirst doch wohl keine Zwillinge kriegen, oder?«

»I-ich glaube nicht«, stammelte Maddy. »Der Arzt hat nichts von Zwillingen gesagt.«

»Ärzte!« rief Mrs. O'Connell mit der gleichen Verachtung, mit der sie »Studentinnen« gesagt hatte. »Na, in unserer Familie liegen Zwillinge jedenfalls nicht.«

»In Jeds auch nicht«, versicherte Maddy.

»Einige Frauen erholen sich nie von Zwillingen«, bemerkte Mrs. O'Connell düster. »In der Fabrik haben wir eine, die behauptet, bis heute nicht wiederhergestellt zu sein. Soll ich dir was sagen? Am Tag, als die Zwillinge geboren wurden, hat sie ihren Geschmackssinn verloren, und der ist nie wiedergekommen! Bis heute nicht! Sie kann Putenfleisch nicht von Rührei unterscheiden... Das kommt dabei raus, wenn man Zwillinge kriegt.«

»Wie geht's Jed?« fragte Vater.

Maddy wußte nicht, ob er Jed gesehen hatte, als sie gekommen waren. »Viel Arbeit, Papa«, sagte sie laut in seine Richtung.

»Nicht zuviel, hoffentlich«, sagte er.

»Warum sollte er nicht hart arbeiten?« sagte Mrs. O'Connell beleidigt, weil er ihre Ansichten untergrub. »Er ist jung und stark.« Mit einem Mal lächelte sie Maddy zu. Wenn sie lächelte, war ihr Gesicht hübsch, so anders, daß Maddy vor Freude erstarrte. »Na, Babys können ganz nett sein«, sagte sie.

»Ja, ich –«, setzte Maddy an.

»Was für Namen habt ihr denn?«

»Frank«, sagte Maddy, »nach Jeds Vater.«

»Und wenn es ein Mädchen ist?«

Sie zögerte. »Einen Mädchennamen haben wir noch nicht.«

»Wirklich nicht?« Mrs. O'Connell wirkte entsetzt. »Das bringt Unglück, Maddy. Du kannst nicht ohne Namen ins Krankenhaus! Wir suchen jetzt gleich einen aus.« Sie schloß die Augen und dachte konzentriert nach, dann schlug sie sie wieder auf. »Ich hab's, Minerva!«

Minerva klang Maddy sehr extravagant. »Wieso Minerva?« fragte sie.

»Minerva hieß meine Großmutter«, sagte Mrs. O'Connell. »Eine echte Dame! Hat zwölf Kinder großgezogen, ihr eigenes Geschäft gegründet... Du brauchst einen Namen, der dem Kind hilft, Maddy, nicht bloß einen hübschen Namen.«

»Aber er ist so lang«, sagte Maddy, wohl wissend, daß sie bei Minerva bleiben mußte, wenn es ein Mädchen war. Sie würde es in solchen Sachen nie wagen, sich ihrer Mutter zu widersetzen.

»Lang?« ihre Mutter runzelte die Stirn. »Finde ich nicht.« Und an ihren Mann gewandt, sagte sie mit viel lauterer Stimme: »Wie findest du Minerva, Schatz?«

»Hmm?«

»Wir reden gerade darüber, wie das Baby heißen soll«, erklärte Maddy dicht am Ohr ihres Vaters. »Gefällt dir Minerva als Name?«

»So hieß doch deine Großmutter, nicht?« sagte er zu seiner Frau. »Klar, Minnie ist ein schöner Name.«

Minnie war kürzer, aber leider mußte Maddy dabei an Minnie Mouse denken. Na ja, wenn es ein Junge wurde, würden sie keine Probleme haben.

»Wo ist Jed?« fragte der Vater. »Ist er nicht mitgekommen?«

»Er ist bei Edelman, dem Gebrauchtwagenhändler. Da arbeitet er ein paar Stunden die Woche.«

»Bei dem Juden? Ja, der hat einen guten Ruf«, sagte Mr. O'Connell.

»Er ist nett«, sagte Maddy. »Er hat uns eine Matratze geschenkt!«

Mrs. O'Connell machte ein argwöhnisches Gesicht. »Wozu denn das?«

»Wir brauchten eine, und er –« sie beschloß nichts davon zu sagen, daß seine Frau tot war – »hatte eine zu verschenken.« Nach eine Pause fügte sie hinzu: »Es ist eine bequeme Matratze.«

Einen Augenblick war es still. Dann sagte Mrs. O'Connell: »Marian sagt, ihr habt da unten eine hübsche kleine Wohnung.« Marian war Vonnis Mutter.

»Ja«, sagte Maddy. »Sie ist klein ... aber ganz schön.«

»Habt ihr Platz für das Baby?«

»Es kann in einer Zimmerecke schlafen«, sagte Maddy. »Das Bettchen paßt in eine Art Nische.«

»Und ihr habt alles, was ihr braucht?«

Maddy zuckte die Achseln. »Mehr oder weniger.«

»Was braucht ihr denn noch? Habt ihr eine Wiege?«

»Nein.« Maddy hatte gedacht, sie könnten das Kind eine Zeitlang in dem Kartonbett aus dem Krankenhaus schlafen lassen, bis es zu groß war.

Mrs. O'Connell sprang auf. »Ich rufe Doreen an. Ihr Mann kann euch die Wiege am Wochenende bringen.«

Wenn ihre Mutter nett zu ihr war, fühlte sich Maddy wie früher in der Schule, wenn ein besonders schöner Junge, auf den sie ein Auge geworfen hatte, sie ansprach: begeistert, aber starr vor Angst, daß es gleich wieder vorbei sein würde. »Wird sie sie nicht selber brauchen?« Doreens Jüngstes war drei. Sie hatte fünf Kinder.

Mrs. O'Connell seufzte. »Ich wollte es dir eigentlich nicht erzählen, Schatz, aber als Doreen im Krankenhaus war, um Timmy auf die Welt zu bringen, da hat ihr der Arzt die Eileiter abgebunden! Ohne sie zu fragen! Wie du weißt, ist das gegen das Gesetz. Sie hätte ihn verklagen können! Aber er hat gesagt: ›Mrs. Murphy, beim nächsten Kind werden Sie bei der Geburt sterben, und ich will keinen Mord auf dem Gewissen haben.‹ Und Doreen sagte: ›Mom, er hat recht. Er hat mir das Leben gerettet.‹ Sie hat was mit dem Blut, was ich nicht ganz begriffen hab ... Jedenfalls wird sie keine Babysachen mehr brauchen!«

Während ihre Mutter am Telefon alles arrangierte, saß Maddy mit ihrem Vater im Wohnzimmer. Seine Taubheit machte es schwer, sich mit ihm zu unterhalten. Dinge, die so laut gesagt werden mußten, hörten sich oft albern an, deshalb sagte sie oft gar nichts. Als Kind war sie am glücklichsten gewesen, wenn sie zu zweit spazierengingen, weitab von anderen Leuten, und sie so laut brüllen konnte, wie sie wollte, ohne sich und ihn in Verlegenheit zu bringen.

»Du siehst nicht alt genug aus, um verheiratet zu sein«, sagte er jetzt mit einem liebevollen Blick. »Und schon gar nicht, um Mutter zu werden.«

»Ich bin bald sechzehn«, erinnerte Maddy ihn.

»Trotzdem ... du bist so klein!«

Wahrscheinlich lag es daran, daß sie so klein war, gerade einsfünfundfünfzig, und die Jüngste in der Familie, daß alle meinten, sie wäre nicht alt genug, dachte Maddy. Aber der Arzt hatte gesagt, die Körpergröße habe beim Kinderkriegen überhaupt nichts zu sagen. Er meinte, wichtig seien nur die Beckenknochen, und Maddys seien prima. Das machte sie stolz.

Als Jed ankam, um sie abzuholen, war ihre Mutter so guter Stimmung, daß sie ihn mit einer Einladung begrüßte: »Wie wär's mit einer Tasse Kaffee, Jed. Du bist bestimmt müde.«

»Okay«, sagte er, anscheinend über ihren freundlichen Ton erstaunt. Er lächelte Maddy zu. »Alles klar?«

»Wir haben sie wie eine Prinzessin behandelt«, versicherte Mrs. O'Connell. »Da mach dir keine Sorgen.«

Es stimmte. Ihre Mutter hatte ihr Lieblingsessen gemacht – Tomatencremesuppe und dazu Käse- und Schinkentoast und zum Nachtisch kernlose Clementinen. Maddy hoffte, daß der Zauber auch noch halten würde, wenn das Baby da war.

Auf dem Nachhauseweg merkte Maddy plötzlich, daß sie völlig erschöpft war. Sie war bei ihren Eltern so nervös gewesen, und das hatte sie genausoviel Anstrengung gekostet, als hätte sie die ganze Zeit in einem Theaterstück gespielt. Jetzt im Auto fielen ihr die Augen zu, sie schlief fest ein und hatte merkwürdige Träume von sich und Jarita an einem Strand in Portugal, wo überall Babys lagen und schrien . . . Sie schreckte hoch.

»Wir sind da«, sagte Jed.

Sie waren schon zu Hause! Maddy kam es vor, als wären sie erst vor einer Minute losgefahren. »Ich bin so müde«, sagte sie gähnend. »Ich glaub, ich leg mich einen Augenblick hin.«

Ohne erst richtig wach zu werden, legte sie sich hin und fiel in einen tiefen, traumlosen Schlaf. Als sie aufwachte, war es draußen stockfinster, und Jed brachte ihr aus der Küche etwas zu essen. Er hatte den Tisch gedeckt und das Huhn von gestern abend aufgewärmt und sogar Reis und Erbsen dazu gekocht. Maddy meinte, noch selten in ihrem Leben einen solchen Tag erlebt zu haben, an dem ihr so viel Gutes getan wurde.

Beim Essen fragte sie: »Wann treffen wir Vonni und Luther?«

Vonni und Luther, die sie seit über einem Monat nicht gesehen hatten, wollten aus Ithaca kommen und sie im *Turning Point* auf ein paar Bier treffen.

Jed wirkte betreten. »Mad, das Dumme ist, während du geschlafen hast, ist Thornie vorbeigekommen. Ein Notfall im College. In einem der Kunsträume ist ein Rohr geplatzt, und er hat mich gebeten, bei der Reparatur zu helfen.«

»Heute abend?«

»Ja, sonst steht da alles unter Wasser.«

»Ach«, Maddy sah ihn an. »Und was machen wir nun?«

»Na, ich dachte, ich bring dich zum *Turning Point*, und wenn ich fertig bin, komm ich nach. Es sollte nicht allzu lange dauern, nicht mehr als ein, zwei Stunden.«

Maddy war enttäuscht. Sie hatte sich hauptsächlich auf den Abend gefreut, weil Jed da sein würde. Aber auf Vonni und Luther freute sie sich auch.

Als sie am *Turning Point* eintrafen, waren Vonni und Luther schon da. Die Kneipe war dunkel und voller Gäste, Studentinnen mit ihren Freunden und Leuten aus dem Ort, im Hintergrund dröhnte laute Rockmusik. Jed erklärte Vonni und Luther, wo er hin wollte. »Paßt gut auf Maddy auf«, sagte er und klopfte ihr auf die Schulter.

»Aber klar doch«, sagte Luther.

Maddy sah Vonni an. Sie kam nicht drüber hinweg, wie dünn sie war! Natürlich war das okay. Sie war nicht schwanger, sie war schon immer schlank gewesen. Sie trug ein Kapuzenshirt mit vielen Fragezeichen, genau so eins hatte Maddy zu Hause. Sie hatten sie zusammen gekauft. Maddy mußte an all die Sachen denken, die sie so lange nicht angehabt hatte. Das Umstandskleid erschien ihr nicht einmal mehr wie ein Kleid, mehr wie eine Uniform, die man jeden Tag selbstverständlich trug, ob man Lust hatte oder nicht. Vor ihrer Schwangerschaft hatte Maddy ihre Kleider nach allen möglichen Gesichtspunkten ausgesucht, je nach Wetter oder Stimmung oder Erwartungen für den Tag. Blau war für besondere Tage, die schön werden sollten.

»Ich glaube, ich werde ewig schwanger bleiben«, gestand sie Vonni traurig.

»Nein, viele Babys kommen zu spät«, beruhigte sie Vonni. »Stimmt doch, Luth, oder?«

»Was?« Luther mußte sich vorbeugen, weil es so laut war.

»Babys!« schrie Vonni. »Die kommen doch oft zu spät?«

»Klar«, sagte Luther auf seine lockere Art. »Das hört man oft ... Willst du ein Bier, Maddy?«

Ein Problem mit dem Trinken war, daß Maddy ohnehin zwanzigmal am Tag zum Klo mußte. Andererseits würde es keinen Spaß machen, ohne Getränk dabeizusitzen, wenn alle andern tranken. Sie fühlte sich auch so abseits genug. »Okay«, sagte sie. Als das große Glas kam, trank sie zwei tiefe Schlucke, denn sie hatte richtig Durst.

Luther stand auf. »Hast du was dagegen, wenn Von und ich mal tanzen?«

»Nein«, sagte Maddy. »Alles klar.«

Aber sie kam sich dick und unbeholfen vor wie eine alte Frau, und furchtbar allein. Sie senkte den Blick und malte mit verschüttetem Bier Muster auf den Tisch. Dann spürte sie, wie jemand sie auf die Schulter tippte. Es war Jeds Freund Craig. Er war einer der häßlichsten Männer, die Maddy je gesehen hatte, aber sein Lächeln war freundlich. »Wo ist dein Alter?« fragte er.

»Er mußte arbeiten«, erklärte Maddy. »In einem der Kunsträume ist ein Rohr geplatzt.«

Craig runzelte die Stirn. »Oh.« Er stand da und sah aus, als wäre ihm nicht wohl in der Haut. »Möchtest du tanzen?« fragte er schließlich.

Maddy lächelte schüchtern, von seinem Angebot gerührt. »Ich kann nicht!« sagte sie und deutete auf ihren Bauch.

Er nahm ihre Hand. »Klar kannst du.«

»Ich kann nicht schnell tanzen«, warnte Maddy.

»Dann tanzen wir eben langsam.« Er legte den Arm um sie, als würde eine ganz andere Musik spielen.

»Das muß doch sein, als ob du mit einem Elefanten tanzt«, bemerkte Maddy. Er war nicht so groß wie Jed, deshalb mußte sie nicht so hoch zu ihm aufschauen. Sein Bart berührte leicht ihre Stirn. Er kitzelte weich wie Moos.

»Du siehst richtig hübsch aus, Maddy«, sagte Craig leise.

Seine Miene wirkte so aufrichtig, daß Maddy nur ungläubig sagte: »Wirklich?«

Er lächelte. »Du hast sehr schöne Augen.«

Maddy seufzte. »Danke schön«, sagte sie förmlich.

Sie hatte gedacht, es würde schrecklich sein zu tanzen, wenn rundum alle so wilde Verrenkungen machten, aber es war gar nicht schrecklich. Es war, als wären sie in einem eigenen Zimmer an einem eigenen Ort. Und obwohl sie sich keineswegs sexy vorkam, gab ihr seine herzliche, höfliche Art zumindest das Gefühl, hübsch zu sein, und sie hatte sich so lange nicht mehr hübsch gefühlt. Aber auf einmal spürte sie, wie ihr ein heißer Schwall die Beine hinunterfloß. Maddy wäre am liebsten im Boden versunken. Der Arzt hatte sie gewarnt, daß sie eine Binde tragen sollte, weil es vorkommen konnte, daß man sich in die Hose machte. Aber Maddy hatte sich dagegen entschieden. Hätte sie doch bloß kein Bier getrunken!

»Was ist los?« fragte Craig. Offenbar hatte er nichts gemerkt. Sie hatte befürchtet, daß seine Schuhe naß geworden waren.

»Ich –« Maddy überlegte, wie sie es ihm erklären sollte, als sie plötzlich ein scharfer Schmerz durchfuhr, so daß sie in seine Arme fiel wie ein gefällter Baum.

»Hast du Schmerzen?« fragte er unruhig und stützte sie.

Maddy öffnete den Mund, um etwas zu sagen, aber ihre Kehle war so trocken, daß ihre Stimme quiekte. »Das Kind kommt«, flüsterte sie.

Er erschrak. »Jetzt sofort?«

Maddy nickte und brach dann gegen ihren Willen in Tränen aus.

Alles, was von da an geschah, spielte sich in einem seltsamen Stakkato ab. Craig winkte Vonni und Luther herbei, und sie brachten sie zu dritt wieder an den Tisch.

»Kommt es schon raus?« fragte Luther. »Jetzt?«

»Nein«, schluchzte Maddy. »Aber ich muß schnell ins Krankenhaus.«

»Wir bringen dich mit dem Pickup hin«, sagte Luther.

»Ich trag sie«, bot Craig an.

»Wo ist Jed?« sagte Vonni. »Wir sollten ihn holen.«

»Ich glaub nicht, daß wir dazu Zeit haben«, sagte Craig. »Wir müssen uns beeilen.«

Maddy fühlte, wie er sie auf den Arm nahm und nach draußen trug. Es war sehr kalt. Auf dem Boden lag tiefer Schnee.

Auf dem Weg ins Krankenhaus behielt Maddy größtenteils die Augen zu. Irgendwie hatte sie das Gefühl, wenn sie die Augen zu ließ, würde das Baby nicht kommen, bis sie da waren. Auf einer Seite von ihr saß Vonni und auf der andern Craig. Sie hielten jeder eine ihrer Hände und fragten von Zeit zu Zeit. »Wie geht's, Maddy?«

»Okay«, sagte sie dann. »Alles okay.«

Jedesmal wenn eine Wehe kam, war Maddy sicher, daß es das Kind war, aber sie täuschte sich. Wenn der Schmerz nachließ, war es wunderbar. Alles wurde still und hell und klar. Maddy dachte zwischendurch an Jed. Ausgerechnet jetzt mußte er arbeiten und konnte nicht einmal dabeisein, wenn sein Kind geboren wurde. Sie hoffte, er würde es verstehen und ihnen verzeihen, daß sie ihn nicht hatten holen können. »Erklärst du es ihm, bitte?« fragte sie Craig mehrmals, und er sagte: »Klar, Maddy, mach ich.«

Als sie am Krankenhaus hielten, liefen ihnen die Krankenschwestern gleich entgegen, aber da kamen die Wehen schon so oft, daß Maddy keine Pausen mehr hatte. Sie sah Vonnis Gesicht, und dann verschwand es, und eine Schwester sagte: »Soll ich sie ihr jetzt geben?« Jemand stach sie mit einer Nadel in den Rücken, und schon bevor sie herausgezogen wurde, spürte Maddy, wie sie in tiefe Finsternis hinabwirbelte.

Als sie wieder aufwachte, hatte sie Kopfschmerzen. Sie lag in einem seltsamen Zimmer. Es war dunkel, und eine Krankenschwester mit einer Mappe ging vorbei. Maddy rief sie. Die Schwester kam ans Bett.

»Hab ich ein Kind bekommen?« fragte Maddy.

»Aber natürlich«, sagte die Schwester forsch, »sonst wären Sie doch nicht hier.«

»Was ist es geworden?«

Die Schwester schaute auf ihr Blatt. »Ein Mädchen«, sagte sie.

»Ist sie gesund?«

Da wurde das Gesicht der Schwester endlich sanfter. »Sie kriegen sie morgen früh gebracht.«

Maddy hatte gedacht, sie würde nicht mehr schlafen können. Sie hatte den Eindruck, daß sie, seitdem sie bei ihren Eltern aufgebrochen waren, fast nur geschlafen hatte. Dann fiel ihr wieder ein, daß sie im *Turning Point* gewesen war und mit Craig getanzt hatte. War das in Ordnung, fragte sie sich plötzlich rückblickend. Mit einem andern Mann zu tanzen, wenn sie schwanger war? Aber er war Jeds Freund, und sie fand ihn überhaupt nicht sexy, deshalb beschloß sie, daß nichts dagegen einzuwenden war.

Das Kind war häßlich. Maddy war so enttäuscht, als sie ihr Baby sah, daß sie betete, man hätte es verwechselt. Es hatte ein paar schwarze Haare, aber das Gesichtchen war ganz zerknautscht, und mit den Augen war irgendwas verkehrt. Mit einem schaute es – sie – geradeaus, und das andere glitt zu einer Seite ab, als suchte es etwas. Während das Baby trank, las Maddy das kleine Plastikband am Handgelenk. Da stand Parker. Also war es doch ihr Kind! Aber gab es nicht eine Chance, daß zwei Babys Parker hießen?

Sie schämte sich ihrer Gedanken, als das Kleine sich an ihre Brust schmiegte und begierig saugte. Das Baby schien zu spüren, daß es zu Maddy gehörte, es schien nicht die geringsten Zweifel zu haben, viel weniger als Maddy. Sie wartete darauf, von einem heiteren, geheimnisvollen

Gefühl der Freude überflutet zu werden, während das Baby trank, aber nichts kam. Bald schlief das Baby ein, ohne den Nippel freizugeben, es machte nur den Mund so weit auf, daß es Luft bekam.

Als Jed später am Vormittag kam, schämte sich Maddy. Sie hatten ihr das Kind weggenommen. »Hast du sie gesehen?« fragte sie.

»Ja«, sagte er. Dann kam er zu ihr und küßte sie und überreichte ihr einen Blumenstrauß. »Es tut mir sehr leid, daß ich nicht da war«, sagte er, so sehr um ihre Vergebung besorgt, daß sie ganz erleichtert war.

Maddy nahm die Blumen. Sie wußte nicht recht, was sie mit ihnen machen sollte, deshalb behielt sie sie in der Hand. »Es ist so schnell gegangen«, sagte sie zurückdenkend.

»Ja, Luther meinte, er hätte Angst gehabt, daß er es nicht rechtzeitig schaffen würde, besonders als der Pickup ins Rutschen kam.«

»Ja?« Daran hatte Maddy gar keine Erinnerung.

Jed ging eine Schwester suchen, die ihm eine Vase geben konnte. Er kam mit einer anderen zurück als die, mit der Maddy nachts gesprochen hatte. Diese war mollig und freundlich und so klein wie Maddy. Nachdem sie die Blumen in die Vase gestellt hatte, sagte sie zu Jed: »Okay, Papa, jetzt bekommen Sie Ihr Kind zu sehen.«

»Aber er hat sie schon gesehen«, sagte Maddy schnell.

»Aber er will sie doch auf den Arm nehmen, oder? Er kann ihr sogar das Fläschchen geben, wenn er mag.«

Jed machte ein unsicheres Gesicht. Er sagte nichts. Aber als die Kleine gebracht wurde, drückte die Schwester sie ihm in den Arm. Er nahm sie und stand steif da.

»Sie beißt nicht«, sagte die Schwester lächelnd. »Entspannen Sie sich.« Damit gab sie Jed das Fläschchen und zeigte ihm, wie er die Kleine füttern mußte. »Sie haben am

Anfang oft noch keinen richtigen Hunger«, erklärte sie. »Geben Sie ihr nur so viel, bis sie genug hat.«

Jed setzte sich mit der Kleinen auf einen Lehnstuhl und fütterte sie. Maddy rührte seine Unbeholfenheit. Kaum war die Schwester raus, blickte er auf und sagte zu Maddy: »Ich glaub nicht, daß ich das richtig mache. Vielleicht solltest du . . .«

Maddy war auch nicht sicher, wie sie es machen sollte, aber sie nahm das Baby und die Flasche. Sie betrachtete es in der Hoffnung, es könnte seit dem letztenmal schöner geworden oder vielleicht gar ein anderes Baby sein. Aber das Baby sah noch genauso aus. Sie hatte sogar noch eine Eigenart, die Maddy vorher nicht aufgefallen war, und das waren die Ohren. Sie standen an beiden Seiten ab wie Henkel, große weiche Ohren, die an einem Hundebaby vielleicht niedlich gewesen wären. Leider wußte Maddy, woher diese Ohren kamen. Ihr Vater hatte auch solche Ohren. Alle Brüder von ihr hatten solche Ohren, und selbst ihre standen ein bißchen ab, deshalb hatte sie ihre Haare immer drübergekämmt. Vielleicht würden sie nicht mehr so auffallen, wenn ihre Haare wuchsen.

»Wie sollen wir sie nennen?« fragte Jed.

»Wie wär's mit Minerva?« Maddy war plötzlich stolz, ihn da zu haben, er war sehr ansehnlich in seinen Khakihosen und dem blauen Pullover. »So hieß meine Urgroßmutter.«

»Klar, das ist ein guter Name«, sagte Jed.

Stimmte er nur zu, weil er enttäuscht war, daß es ein Mädchen war und es ihm egal war, wie sie hieß? Maddy hätte ihn gern gefragt, wie er sie fand, aber sie befürchtete, er könnte dieselbe Kritik äußern, die sie im Kopf hatte, deshalb blieb sie stumm.

Aber als Vonni und Luther eine Weile später kamen, rief Vonni gleich laut: »Wow, guck dir die Ohren an!«

Luther berührte eins. »Sie sieht aus wie einer von den sieben Zwergen«, sagte er.

Vonni stieß ihn in die Rippen. »Mann, bist du hart! Ist nicht wahr!« Aber nach einer kleinen Pause fuhr sie fort: »Weißt du, wenn sie größer ist, könntest du sie ankleben, Maddy, mit Klebestreifen oder so.«

»Ankleben!« Luther klang verächtlich. »Womit? Superkleber?«

»Klar«, sagte Vonni. »Oder weißt du was, du könntest ihr einfach eine Mütze aufsetzen.«

Maddy überlegte, ob sie erzählen sollte, daß sie auch abstehende Ohren hatte, aber sie wollte nicht, daß Jed sie für die Ohren verantwortlich machte; sie entschied sich, nichts zu sagen. Vonni nahm die Kleine, sie wachte gerade auf. »Ich find sie süß«, sagte sie und schaute zu ihr hinunter. »Wie soll sie denn heißen?«

»Minerva«, sagte Maddy, »Minnie als Abkürzung.«

»Minnie Mouse«, sagte Vonni zärtlich. »Hei, Minnie, ich bin Vonni.« Einen Augenblick drauf schaute sie mit einem besorgten Gesicht auf. »Ich glaub, sie mag mich nicht. Ein Auge guckt mich an, und das andere wandert in eine ganze andere Richtung!«

Luther sah hin. »Sie schielt bloß.«

»Quatsch«, sagte Vonni. »Schielen ist zur Mitte, so.« Sie schielte und stellte die Augen dann wieder richtig. »Nein, wißt ihr, was ich glaub? ... Ich glaub, sie haben uns das in Bio beigebracht, bei der Geburt sind die Muskeln manchmal noch schwach, und sie brauchen eine Weile, bis sie die Augen richtig bewegen können.«

Maddy hoffte, daß sie recht hatte.

Vonni spielte mit ihrem Finger vor dem Gesicht der Kleinen: »Komm schon, Baby... guck mich mit beiden Augen an.« Nach einem Augenblick sagte sie: »Sie scheint keine Lust zu haben.« Sie gab Jed das Kind. »Wo warst *du* gestern abend?« fragte sie. »Hast dir einen tollen Zeitpunkt ausgesucht, um nicht da zu sein.«

»Ich hab doch gesagt, daß ich arbeiten mußte«, sagte Jed wütend.

»Sehr glaubhaft«, sagte Vonni gutgelaunt. Zu Maddy sagte sie mit einem Seufzer: »Mama sagt, mein Vater war bei uns allen nicht dabei. Sie meint, er wäre in Ohnmacht gefallen. Vielleicht hätten sie weniger Kinder gekriegt, wenn er gesehen hätte, wie es ist.«

»Es war gar nicht so schlimm«, sagte Maddy. »Ich glaub, sie haben mir eine Spritze gegeben.«

»Das will ich auch«, sagte Vonni. »Ich will von der ersten Sekunde an nichts mitkriegen.«

»Ich auch«, sagte Luther.

»Du!« rief sie. Sie wandte sich an alle: »Könnt ihr euch den als Schwangeren vorstellen? Mann!«

Die Schwester kam und verkündete, die Besuchszeit sei zu Ende. Maddy war froh. Sie war müde und freute sich darauf, das Kind eine Weile loszusein. Sie hatte das Gefühl, daß es noch dauern würde, bis sie sich daran gewöhnt hatte, Mutter zu sein, und bis sie sich an die Kleine gewöhnt hatte. Aber es würde schon werden. Irgendwann in nicht allzu weiter Ferne würde sie sich ein Leben ohne Kind kaum noch vorstellen können.

Sechs

»Ich bin in ein paar Minuten wieder da, okay?« sagte Craig. Er war mit Jed in der Bibliothek, wo sie einen Raum mit Bücherkisten aus dem Keller vollstellten.

»Klar«, sagte Jed gähnend. In der Sekunde, als Craig ging, setzte er sich hin und lehnte den Kopf an eine Kiste. Zwei Sekunden später war er eingeschlafen. Es war das Kind! Es schlief nie! Jed kam nicht dahinter. Es mußte doch manchmal schlafen, warum dann nicht in der Nacht? Bis vor kurzem hätte er von sich ganz selbstverständlich gesagt, daß er leicht einschlafe. Er hatte nie Probleme damit gehabt. Er konnte bis mittags schlafen, selbst wenn andere Leute im Haus rumrumorten. Aber mit der Kleinen war es anders. Vielleicht weil sie im selben Zimmer war. Normalerweise blieb sie ungefähr eine Stunde still, nachdem sie ins Bett gegangen waren. Dann ertönte ein leise brummelndes Schreien, das Jed auszublenden geübt hatte. Wenn Maddy dann gleich aufstand, hörte das Geräusch auf. Aber manchmal hörte sie nichts oder blieb in der Hoffnung still liegen, daß die Kleine wieder einschlafen würde. Dann wurde das Schreien lauter und fordernder, wie Hundebellen. Natürlich war es in mancher Hinsicht für Maddy schlimmer, die ganze Nacht auf zu sein. Aber die konnte wenigstens tagsüber manchmal ein Stündchen schlafen. Sie putzte immer noch bei den beiden alten Damen, und sie half May Hooper zwei Tage die Woche im Salon, aber das war alles nur stundenweise, nie den ganzen Tag. Trotzdem war sie auch müde. Eines Morgens, als er aufstand, um zur Arbeit zu gehen, fand Jed sie mit dem Baby im Schaukelstuhl, und beide schliefen fest. Oft wenn er abends zum Essen kam, lagen die beiden im Tiefschlaf.

Wie sollte er so arbeiten? Es gab Tage, da fühlte er sich wie ein Schlafwandler, Tage, da war er im Stehen eingeschlafen. »Wir lassen dir das durchgehen«, lautete Thornies Kommentar. »Die ersten paar Monate sind immer hart.« Er sagte es eher beiläufig wie einer, der einen Krieg mitgemacht hat und sich an eine lang vergangene, besonders grausame Schlacht erinnert. Trotzdem war das für Jed tröstlicher als die andern, die alle unverheiratet waren und denen das Leben in einer jungen Familie total fremd war.

»He, Parker, was ist mit dir?« Craig rüttelte ihn wach.

Jed schüttelte den Kopf. »Häh?«

»Was ist heute mit dir los?«

»Ich hab ungefähr drei Stunden Schlaf gekriegt, mehr nicht!« schnaubte Jed. »Das verfluchte Kind treibt mich die Wände hoch.«

»Na ja . . .«

Ihr Verhältnis war seit dem Abend, an dem Maddy ihr Kind zur Welt gebracht hatte, merklich abgekühlt. Jed wußte, daß Craig von den dreien, die dabei gewesen waren, als einziger genau wußte, daß er an dem Abend nicht gearbeitet hatte. Er wußte, daß die Rohre in den Kunsträumen eins a in Ordnung waren. Ob er auch wußte, wo Jed gewesen war – er hatte in einem Kunstsaal mit Capri gevögelt –, blieb unklar. Aber es kam Jed so vor, als behandelte Craig ihn seitdem eher kühl.

Das machte Jed richtig sauer. Was wußte der schon? Er konnte mit jeder vögeln, wenn er wollte, ohne daß jemand daran Anstoß nahm. Er war nicht derjenige, der mit einer Frau und einem schreiende Balg dasaß. Gut, vielleicht hatte er mal 'ne schwangere Freundin gehabt, die toll war. Sollte er doch mal versuchen, mit einer zusammenzuleben.

Jed wußte, daß es am Schlafmangel lag, aber in letzter Zeit ging ihm alles an die Nieren. Über Witze, die alle zum Schießen fanden, konnte er nicht lachen. Wenn er wenigstens mit Maddy wieder ein Sexualleben hätte – aber Maddy war ständig so müde, daß sie, wenn sie sich hinlegte, in der nächsten Sekunde einschlief. Manchmal ging sie gleich nach dem Abendessen ins Bett, um acht Uhr! Einmal war er so spitz gewesen, daß er Lust gehabt hätte, sie zu ficken, während sie schlief. Er hatte das Gefühl, sie würde wahrscheinlich nicht einmal aufwachen. Aber er hatte es gelassen.

Wenn sie doch bloß abnehmen würde. Sie war nicht richtig dick, nicht einmal ausgesprochen mollig, aber ihr Körper fühlte sich schlaff und weich an. Ihr Bauch hing immer noch wie ein Sack. Ihr Arzt habe ihr gesagt, sie müsse Gymnastik machen, erzählte sie, aber sie habe keine Zeit. Das Problem war, daß er sich nach Capri sehnte, daß es nicht so leicht war, zu Maddy zurückzugehen, wie er sich das gedacht hatte. Es war nicht nur ihr Gesicht oder das Baby. Maddy war einfach so, wie sie immer gewesen war. Sex war ihr nicht so wichtig. Sie machte mit, hatte vielleicht manchmal auch Freude dran – nicht einmal das wußte er genau –, aber er hatte das Gefühl, es wäre ihr auch recht, wenn sie es nur einmal im Monat machten. Eine zu haben, mit der er schlafen konnte, die mitmachte, die hübsch war, war ihm auf der High School vorgekommen wie ein Wunder. Aber jetzt war es nur das deprimierende Zweitbeste.

Aber er hielt sich brav. Und er würde brav bleiben! Zum Glück hatte Capri Weihnachtsferien. Das College war ziemlich menschenleer, und das würde bis Mitte Januar so bleiben, wenn die Studentinnen wiederkamen. Jed empfand diese Frist als Trainingszeit. Wenn es ihm jetzt gelang, sie aus seiner Phantasie zu verbannen, würde es ihm leichtfallen, wenn sie wieder da war.

Als er nach der Arbeit heimkam, waren Maddy und das Baby auf. Maddy hatte die Kleine gerade gefüttert, und sie lag in ihrer Wiege, ohne zu weinen, und schaute sich im Zimmer um. Jed beugte sich über sie. Sofort verzog sie das Gesicht, als ob ein faules Ei neben sie gefallen wäre. Er ging schnell weg. Das war auch so ein Problem. Aus irgendeinem Grund mochte das Baby ihn nicht. Er bildete sich das nicht bloß ein. Jedesmal wenn sie ihn sah, machte sie ein empörtes Gesicht oder brach in Weinen aus. Wenn Maddy zu ihr kam, lächelte sie oder gurrte leise. »Sie ist dich nicht gewöhnt«, sagte Maddy. »So sind Babys nun mal.«

An ihrem Sexualleben störte ihn auch, daß Maddy sich weiterhin weigerte, Verhütungsmittel zu nehmen. Es leuchtete ihm nicht ein, daß es ihr recht war, wenn Jed Kondome benutzte. Das wollte sie sogar. Sie sagte, sie wolle nicht wieder schwanger werden. Aber irgendwie fühlte sie sich weniger sündig, wenn er derjenige war, der verhütete. Herrje! Er konnte nicht immer dran denken, Kondome zu kaufen, aber als er es einmal ohne versucht hatte, hatte sie sich abgewendet, mehr aus Angst als Empörung. Er hatte gewartet, bis sie eingeschlafen war, und hatte sich dann wütend selbst befriedigt. War das der Sinn der Ehe? Daß man wichste, wenn die Frau schlief? Außerdem mochte er Gummis nicht. Er hatte sie nie gemocht. Capri hatte die Pille genommen, und er hatte nicht aufpassen müssen. Das machte es jetzt besonders ärgerlich, ja schmerzhaft. Daß Capri die Pille nahm, war für ihn außerdem ein Zeichen gewesen, daß ihr der Sex wichtig war. Sie wollte ungezwungen Spaß haben und sah Sex nicht als eine große Aufgabe, für die man sich rüsten mußte.

Einen Abend kamen Maddys Eltern zu Besuch, und er ging mit Maddy in einen Film, der im College spielte, »Die Frau des französischen Leutnants«. Es war ein seltsamer Film, er konnte manchmal nicht folgen, aber zuweilen erinnerte die Hauptdarstellerin ihn an Capri. Vor allem ihr Haar. Capri hatte helleres Haar, aber wenn sie es offen ließ, fiel es genauso buschig und lockig. Und die Frau im Film hatte den gleichen durchdringenden Blick, als könnte sie durch einen hindurchsehen und bis in Innerste prüfen. Dem Mann, der ihr zu entkommen versuchte, um sie nicht mehr zu sehen, fühlte sich Jed so nahe, daß ihm ganz flau wurde. Er rutschte auf dem Sitz hin und her und ging auf die Toilette.

Draußen fragte Maddy, ob ihm der Film gefallen habe.

»Er war ganz okay«, sagte er.

»Sie sah irgendwie komisch aus«, sagte Maddy. »Die Verlobte fand ich schöner ... du nicht auch?«

»Weiß ich nicht«, sagte Jed kurz voll Angst, daß sie sehen könnte, was er fühlte.

»Und sie war gemein zu ihm«, fuhr Maddy fort. »Seine Verlobte liebte ihn wirklich.«

Jed fragte sich, ob der Mann nicht vielleicht besser dran gewesen wäre, wenn er einfach beide verlassen hätte. Aber er war gefangen gewesen, hatte sich nicht rühren können. Mist.

In der Woche, als das Semester wieder losging, gab Craig ihm einen Brief, als er zur Arbeit kam. »Von wem?« fragte Jed zögernd.

»Irgendeinem Mädchen«, sagte Craig knapp.

Jed wartete mit dem Öffnen, bis er allein war. Er las: »Hei! Wie geht's so? Ist es schon da? Samstag sehen wir uns, oder? Ruf mich an ... C.«

Er zerknüllte den Zettel und warf ihn fort. Doch nachts träumte er von ihr und wachte mit einer Erektion auf, schnappte sich Maddy und versuchte, so zu tun, als wäre sie Capri. Es ging nicht, und ihm ging's dreckig. Trotzdem war er entschlossen, fest zu bleiben. Gegen Ende der Woche stand er auf der Ladefläche und belud den Laster, als er sie nur ungefähr zehn Meter entfernt sah. Sie kam in ihrem roten Dufflecoat auf ihn zu, die Kapuze zurückgeklappt, obwohl es schneite.

»Beeil dich mal endlich«, sagte er ungeduldig zu Mickey, der mit ihm den Laster belud.

Mickey sah ihn erstaunt an. »He, Mann, immer langsam. Wo brennt's denn?«

»Mir ist kalt.«

»So? ... Mir auch. Komm, spring rein.«

Jed sprang in die Fahrerkabine und sah sich nicht um. Er fühlte sich wie einer aus einem Western. Mit letzter Not entkommen. Es war verrückt, aber er fühlte sich an den Tag in der Schule erinnert, als Maddy ihm gesagt hatte, daß sie glaubte, sie sei schwanger. Jedesmal wenn sie um eine Ecke kam, kriegte er Knoten im Bauch und verspürte den Drang, die Beine in die Hand zu nehmen. Aber dies war anders. Ein Teil von ihm wollte weg, und der andere Teil wollte das Gegenteil.

Freitag bekam er wieder einen Brief. Diesmal überreichte ihn Craig mit einem ironischen Grinsen. Jed hielt seinen Blick trotzig aus.

»Sie ist schön«, sagte Craig schließlich.

Wider Willen war Jed stolz. »Ja«, sagte er und lächelte. Er faltete den Brief auf und zu.

»Mach schon auf. Ich guck nicht«, Craig drehte ihm den Rücken zu.

Jed riß den Brief auf. Er war mit der Maschine geschrieben. Auf jeden Satz zeigte eine kleine Hand.

Soll ich mir die Haare rot färben? Würde das helfen? Paß auf: ruf an, und wenn es nur ist, um mir zu sagen, daß es aus ist. Ich halt's nicht aus. Ich will bloß wissen, was los ist.

Unten auf die Seite hatte sie geschrieben: »P.S. Du fehlst mir!!!«

Sie hatte recht. Er sollte sie wenigstens anrufen und sie wissen lassen, wozu er sich entschieden hatte und warum. Eigentlich hatte er das vor der Geburt des Babys machen wollen, aber dann hatte er gedacht, daß sie vielleicht auch so wüßte oder erraten könnte, was in ihm vorging. Sie redeten nie über Maddy oder die Tatsache, daß er verheiratet war, so daß er es, wenn er mit ihr zusammen war, selber beinahe vergaß.

An dem Abend ging er in die Kneipe und rief sie vom Münzapparat aus an. Er hoffte halb, daß sie nicht da sein würde. Aber sie war da.

»Ach, hallo«, sagte sie und klang so froh, seine Stimme zu hören, daß sein Herz wie verrückt zu schlagen anfing. »Ich freu mich so, daß du anrufst.«

»Na ja, ich hatte viel zu tun«, sagte er.

»Ist es da?«

»Was?«

»Hat deine Frau das Kind schon?«

»Oh . . . ja.«

»Was ist es?«

»Ein Mädchen.«

»Maseltow!«

Jed lachte und freute sich, daß er den Ausdruck kannte.

»Und, was ist mit Samstag? Ist es okay?«

Er schluckte. »I-ich weiß nicht.«

»Was weißt du nicht – ob du Zeit hast, oder ob du willst?«

»Ich –«

»Hör zu, Jed, laß uns doch offen drüber reden, okay? Ich meine, ich kann deine . . . moralischen Bedenken verstehen. Meine Eltern sind für zwei Wochen in Guadeloupe, wir könnten also ungestört rumsitzen und reden. Heute abend gehe ich aus, aber wenn du Lust hättest, morgen nachmittag einfach irgendwann vorbeizukommen ...«

Er starrte die Wand an. Er wußte, was passieren würde, wenn er »einfach vorbeikäme«, und er war sicher, daß es ihr genauso klar war. »Klar, na ja, solange du dir im klaren bist, daß wir nicht unbedingt –«

»Ja, kein Problem.«

»Gut, dann bis gegen zwei«, sagte er.

»Wunderbar.« Und nach einer kleinen Pause leiser: »Ich hab dich so vermißt.«

Jeds Magen krampfte sich zusammen. »Ich hab dich auch vermißt.« Er legte schnell auf, bevor die Unterhaltung sich weiter in diese Richtung bewegen konnte.

Bis zum nächsten Tag hatte er sich fast eingeredet, daß nichts zwischen ihnen passieren müsse und daß es nur richtig und ehrenhaft wäre, ihr gegenüberzutreten. Es war nicht fair, was mit einem Mädchen anzufangen und sie dann einfach fallenzulassen, egal wie sie war. Und außerdem – er konnte sich eines gewissen Stolzes nicht erwehren – mochte ihn Capri sehr. Er wußte das, auch wenn sie nie über »Liebe« oder so etwas geredet hatten. Er war froh, daß ihre Eltern nicht da sein würden. Er hatte sich bei seinen wenigen Besuchen jedesmal so wenig wohl gefühlt wie beim erstenmal.

Capris Eltern, vor allem ihre Mutter, waren auf eine Art ungezwungen und komisch, mit der er sich nicht auskannte. Ihre Mutter lief oft ganz ähnlich herum wie Capri, mit ausgeblichenen Jeans, Sandalen und weiten Riesenhemden. Sie wirkte ein bißchen geistesabwesend und verträumt. Einmal war er hereingekommen, und sie hatte nur in den Garten hinausgestiert. »Der Baum da fasziniert mich«, hatte sie gesagt, als sie ihn gesehen hatte. »Komm mal gucken, Jed. Was hältst du davon?« Und sie hatten die zehn Minuten, bis Capri auftauchte, damit zugebracht, über Bäume zu reden, ob sie Gedanken und Gefühle hatten und ob die Form von Pflanzen und Tieren einen Einfluß auf die Qualität ihrer Seelen hatte. Oft hatte er nicht die geringste Ahnung, wovon ihre Mutter redete, genau wie die Hälfte der Bemerkungen, die Capri über das College und ihr Studium machte, an ihm vorbeigingen.

Sie fragten ihn beide nach seiner Meinung und hörten sorgfältig zu, wenn er eine äußerte. Zu seiner Freude war Capris Vater bei beiden Besuchen nicht dagewesen. Ihm wurde kalt, wenn er nur an den scharfen, forschenden Blick des Mannes dachte. Er fühlte sich wie ein Bankräuber, der einem Polizisten vorgeführt wurde.

»Hi!« Capri war in Jeans und einem knallroten Velourspulli, der ihr knapp über den Po ging. Ihr Haar, das sie normalerweise nur offen trug, wenn sie miteinander schliefen, weil er es gern hatte, war nur lose mit einer roten Schleife zurückgebunden. An der Schleife hing ein kleiner Weihnachtsanhänger, ein weißes Einhorn aus Filz mit Lamettaschmuck.

Im Kamin brannte ein Feuer. Capri setzte sich im Schneidersitz ans Feuer. »Sitz!« sagte sie ironisch, weil er zögerte.

Er ließ sich einen halben Meter von ihr in die Hocke nieder, wie zur Flucht bereit.

»Wie ist es denn, Vater zu sein?« fragte sie mit einem kleinen Lächeln.

Jed zuckte die Achseln. »Nicht so toll ... nachts krieg ich nur ungefähr drei Stunden Schlaf.«

Sie machte ein mitfühlendes Gesicht. »So ist das wohl einfach ... Obwohl meine Eltern behaupten, ich wär ein perfektes Baby gewesen, das nie geweint und schon nach zwei Wochen durchgeschlafen hat ... aber für deine Frau muß das hart sein.«

»Ja«, sagte Jed und fühlte sich sogleich unbehaglich.

Sie sahen sich unverwandt an. Er spürte, daß sie auch nervös war, was ihn zwar erleichterte, aber irgendwie auch noch zu seiner Unsicherheit beitrug.

»Wir könnten einfach nur Freunde sein«, sagte sie, »wenn du willst.«

Wenn du willst. Was er wollte, war sie. Er ließ seinen Blick über ihr krauses Haar schweifen und über ihren vom roten Pulli verhüllten Körper. »Ich weiß nicht«, sagte er und verabscheute sich für seine mangelnde Beredsamkeit. Ihre Augen ließen ihn nicht los. Er wußte so genau, was in ihr vorging, als säße er in ihrem Kopf. Er ließ seine Hand über ihr Haar gleiten. »Ich mag es, wenn du es so trägst«, sagte er leise.

»Ich weiß«, sagte Capri. »Deshalb trage ich es so.«

Und dann lagen sie sich auf dem Teppich in den Armen und küßten sich vor dem Feuer, und sie zog sich den Pulli aus und die Jeans, und er schleuderte seine Sachen in die Zimmerecke. Ihre Haut war kühl und glatt, obwohl sie so nah am Feuer lagen. Trotz der Eile, die sie beide drängte, liebten sie sich langsam und ausgiebig, als könnten sie sich, da sie beide zu dem Schluß gelangt waren, ein Liebespaar zu bleiben, alle Zeit der Welt lassen, einander zu genießen. »O Gott, Jed«, flüsterte Capri bei seinem letzten Aufbäumen. Ihr entrang sich ein Seufzer, der halb klang, als singe sie, und verlor sich im Raum.

Er blieb lange auf ihr liegen, wollte nicht von ihr weg und wußte, daß sie nichts dagegen hatte. Es kam ihm vor, als atmeten sie sogar vereint. Schließlich ließ er sich runterrollen und blieb auf dem Rücken liegen. Sie waren so dicht am Feuer, daß er die Hitze der Flammen auf den Armen und am Hals spürte. Sie strich ihm mit der Hand sanft über den Bauch. »Deine Haut ist so heiß!« sagte sie. »Als hättest du Fieber.« Einen Augenblick später lächelte sie. »Du kannst mir alles Gute wünschen. Ich hatte gestern Geburtstag.«

Jed lächelte. »Das ist komisch. Meiner ist morgen.«

»Wie alt wirst du?«

Er zögerte. »Achtzehn.«

»Ich bin zwanzig geworden... He, ich bin deine erste ›ältere Frau‹.«

Merkwürdigerweise rückte die Tatsache, daß sie zwanzig war, sie irgendwie in weitere Ferne. Sie war kein Teenager mehr. »So alt siehst du noch gar nicht aus«, sagte er halb im Scherz.

»Weißt du, das mit den älteren Frauen hat was«, sagte sie. »Mein Vater hatte seine erste Affäre mit einer älteren Frau. Ich glaube, das ist irgendwie typisch. Er war achtzehn oder so und studierte noch, und sie war achtundzwanzig, und er mußte nicht erst lange um sie werben und ihr versprechen, sie zu heiraten. Sie sind einfach gleich ins Bett gegangen... Es war in den fünfziger Jahren, und man machte um alles, was mit Sex zu tun hatte, ein Riesentheater.«

»Ich kann nicht sehen, daß es jetzt so anders ist«, entgegnete Jed.

»Wie meinst du das?«

»Bei den meisten Mädchen muß man doch immer noch einiges durchmachen, um sie rumzukriegen... Man muß immer noch so tun, als wäre es die große Liebe und man wollte sie heiraten.«

»Wirklich?« Sie machte ein erstauntes Gesicht, als hätte sie so etwas noch nie gehört. »Hast du das mit deiner Frau so gemacht?«

Er wurde verlegen. »In gewisser Weise schon... im Grunde hab ich den Eindruck, die Frauen machen es bloß, weil sie wissen, daß die Typen es wollen. Sie würden ebensogern... zum Bowling gehen.«

»Nein!« rief Capri. »Es ist genau andersrum. Frauen sind millionenmal mehr auf Sex aus als Männer.«

»Quatsch!« sagte Jed. »Du spinnst!«

»Nein! Darum gehts doch in der ganzen Zivilisation.« Erregt setzte sie sich auf, ihre Haare standen ihr wie elektrisch aufgeladen strahlendhell um den Kopf. »Die Männer haben von Anfang an, schon als die Menschen noch in Höhlen lebten, gespürt, daß Sex für die Frauen unendlich wichtig ist. Nicht bloß wichtig, sondern auch einfacher. Weil, äh, Männer sich um Erektionen sorgen müssen und Sex für sie eine komplexe Angelegenheit ist ... deshalb haben sie all diese gesellschaftlichen Strukturen geschaffen, die garantieren sollten, daß Frauen keinen Spaß am Sex haben. Wie die Doppelmoral und so. Was glaubst du denn, warum man erst ungefähr vor fünfzig Jahren Verhütungsmittel entwickelt hat? Weil die Männer eine Todesangst hatten, daß die Frauen über sie herfallen und den lieben langen Tag nur vögeln wollten.«

»Seltsame Theorie«, sagte Jed.

»Aber wahr!« versicherte Capri. »Jedes Wort. Hör zu, sie erklärt fast alles, was je auf dieser Erde passiert ist. Kriege, Fabriken, alles! ... Hast du auf der High School je irgendwelche Frauenkurse mitgemacht?«

»Nein«, sagte er. »Was lernt man da? Hauswirtschaft?«

»Hauswirtschaft! Nein! Ich meine so was wie ›Frauen in der amerikanischen Geschichte‹, ›Feministisches Denken‹, solche Themen.«

»Nein ... so was wurde auf unserer Schule nicht angeboten.«

»Das ist ein Fehler ... aber du brauchst dir keine Sorgen zu machen. Du hast ja mich, um dir alles zu erklären.« Sie grinste selbstgefällig.

Jed legte sie aufs Kreuz. »Wer sagt, daß Männer Schwierigkeiten haben, eine Erektion zu bekommen?«

Capri kicherte. »Du doch nicht! Nicht die Teenager ... die Mittelalten.«

Er drang in sie ein. »Ich hab da nie Probleme.«

»Eigenlob stinkt«, sagte sie, und ihr Blick verschwamm. »Oh, Mann, aber das muß man dir lassen.«

Als sie nach dem zweiten Mal noch dalagen, fragte Capri plötzlich: »Hat sie jetzt mehr Spaß am Sex?«

»Nicht viel.«

Sie schwieg stirnrunzelnd und stierte ins Leere. »Vielleicht macht ihr nicht genug Vorspiel... Für viele Frauen ist das unheimlich wichtig. Für mich nicht. Ich weiß nicht warum... machst du's?«

»Was soll ich machen?«

»Machst du mit ihr viel Vorspiel?«

»Was ist Vorspiel?« fragte Jed lachend.

»Das muß ich dir wohl zeigen«, sagte Capri, »nur damit du eine ungefähre Vorstellung kriegst.« Sie küßte ihn von oben bis unten zum Schwanz und lutschte dann sanft dran. »Es gibt jede Menge Variationen«, sagte sie. »Die Hauptsache ist, daß man sich Zeit läßt und nicht bloß drauflosbumst.«

Es gab einen Moment gegen Ende des Nachmittags, als sie verschlungen auf ihrem Bett lagen, da dachte er: Dies ist der schönste Tag meines Lebens. Deshalb traf ihn die Schwermut, die ihn in dem Augenblick erfaßte, als er das Auto anließ, um nach Hause zu fahren, überraschend und vollkommen unvorbereitet. Draußen war es stockfinster und eisig kalt, weit unter Null. Es hatte angefangen zu schneien, Eisschnee, der auf der Windschutzscheibe klebte, daß die Wischer kratzten. Er hatte schnell heimfahren wollen, so schnell das Auto fahren konnte, aber auf den vereisten Straßen war das zu gefährlich. Auch so kam er zweimal ins Rutschen und steuerte einmal haarscharf am Graben vorbei.

Die Autoheizung funktionierte nicht; seine Hände – er hatte die Handschuhe vergessen – waren spröde und eiskalt. Gott, was für eine Scheißkarre. Sie war zehn Jahre alt gewesen, als er sie gekauft hatte, und eigentlich hatte es ihm immer gereicht, überhaupt einen fahrbaren Untersatz zu haben. Jetzt mußte er wieder an den roten Camaro bei Edelman denken. Das war ein dermaßen schönes Auto, daß er es sich ab und zu, ehe er ging, noch mal gründlich anschaute, wie man sich ein Gemälde anschauen würde, das irgendein Museum für eine Million Dollar gekauft hat. An einem Tag war Edelman krank gewesen und Homer früher gegangen. Jed hatte hin und her überlegt, ob er eine kleine Runde mit dem Auto drehen sollte, nur um es auszuprobieren. Aber er hatte sich dagegen entschieden. Soweit er sehen konnte, waren weder Edelman noch Homer darauf aus, das dicke Geld zu machen, aber sie waren beide vorsichtig. Sie würden ihm vermutlich keine zweite Chance geben. Und die Arbeit gefiel ihm. Warum also was aufs Spiel setzen?

Eine zweite Chance. Wenn die Sache für Capri doch nur nicht so einfach wäre. Sie wollte ihn, fand Maddy unwichtig und überließ ihm alle Gewissenskämpfe alleine. Sie war noch nie verheiratet gewesen! Es war einfach anders. Er erinnerte sich daran, wie Garnet mal, als er schon mit Maddy ging, in der Schule mit ihm geflirtet und ihn für abends zu sich eingeladen hatte. Am nächsten Tag, als er gesehen hatte, wie Maddys freundliches, vertrauensvolles Gesicht bei seinem Anblick aufleuchtete, hatte er eine wesentlich mildere Variante dessen gefühlt, was er jetzt durchmachte.

Jed hatte das Gefühl, zwei Seelen in der Brust zu haben. Die eine war unangepaßt, lehnte sich gegen Regeln und Vorschriften auf, vor allem von Idioten, aber manchmal auch von jedem. Er kam lieber selbst dahinter, wie er Dinge machen sollte, als daß er sich nach Vorschlägen oder Ratschlägen richtete. Vielleicht lag das daran, daß seine Mutter so früh in seinem Leben ausgezogen war und sein Vater ihn ziemlich in Ruhe gelassen hatte. Ein paarmal hatte ihm seine Auflehnung schon Ärger eingetragen. Aber wenn das passierte, gewann sein Bedürfnis, brav zu sein und keine Wellen zu schlagen, die Oberhand, und er lenkte ein. Er wußte nicht einmal, welche seiner Seiten er lieber hatte. Sein Hang zur Auflehnung machte ihn wütend, wenn er sich kindisch fand, aber wenn er sich beherrschte, war er meist ein bißchen verdrießlich und bedrückt. Manchmal dachte er, es wäre vielleicht besser, entweder so oder so zu sein. Total wild, ohne sich um andre zu scheren, oder ein durch und durch »netter Kerl« wie Luther, der niemals eine Verlockung zu verspüren schien, etwas Schlechtes zu tun. Die wilde Seite seiner Seele hätte Maddy nie geheiratet. Die hätte ihr nur das Geld für eine Abtreibung in die Hand gedrückt und damit basta. Und die würde sich die Erinnerung an den Nachmittag mit Capri von keiner Reue trüben lassen, sondern nur befriedigt zurück- und erwartungsvoll in die Zukunft schauen.

Zu Hause war Maddy beim Essenmachen. Es roch gut – Schweinekoteletts und Süßkartoffeln. Er schämte sich, als sie aufschaute und mit bekümmerter Stimme sagte: »Ich hab mir solche Sorgen gemacht wegen dem Schnee. Ich war nicht sicher, ob das Auto durchhält.«

»Mit letzter Kraft«, sagte er und gab ihr einen Kuß.

Sie strahlte. »Das Baby war ziemlich brav«, sagte sie. »Gegen vier wurde sie unruhig, aber da hab ich sie gefüttert, und jetzt ist sie friedlich.«

Sie sagten beide immer noch »das Baby«, statt sie beim Namen zu nennen.

»Hast du das Zeug gekriegt?« fragte sie, während sie seinen Mantel aufhängte. Er hatte ihr gesagt, er müsse Sachen für Thornie einkaufen.

»Ja, kein Problem.« Ohne recht zu wissen, warum, fuhr er fort: »Als ich da unten war, hab ich beschlossen, noch ins Kino zu gehen. Deshalb hat's so lange gedauert.«

»Was hast du dir angeguckt?« fragte sie arglos, ohne ihn anzusehen, beim Kochen.

Jeds Kopf war wie leergefegt. Er hätte wenigstens nachschauen sollen, was lief. »Äh ... *Die Frau des französischen Leutnants*.«

»Den hatten wir doch schon gesehen!«

»Na ja, er lief gleich nebenan.«

»Ich dachte, er hätte dir gar nicht so gefallen.«

»Beim zweiten Mal war er besser.«

Sie verbrachten einen ruhigen Abend, das Baby schlief weniger unruhig als sonst, und am nächsten Morgen wachte Jed auf und dachte: vielleicht kann ich Capri aufgeben. Vielleicht kann ich die Fahrt nach Ithaca als Abschied betrachten. Der Gedanke hielt sich bis zum Mittag des darauffolgenden Tages und fing dann an zu zerbröseln und zu zergehen, bis er ganz verschwand wie etwas, das man anfassen konnte, ein Schneeball, der sich in Erde auflöst.

Am Samstag drauf fuhr Maddy nach Auburn, um ihre Eltern zu besuchen. Vom College fuhr samstags um elf ein Bus, und ihr Vater hatte gesagt, er würde sie zum Abendessen nach Hause bringen. Jed fragte, ob es ihr was ausmachen würde, wenn er nicht mitkäme.

»Aber nein«, sagte Maddy. »Du hast so schwer gearbeitet.«

Er blieb am Bus stehen, bis sie eingestiegen war. Als »besonderes Entgegenkommen« hatte er sich bereit erklärt, den Nachmittag das Baby zu nehmen. Das Baby war still, bis Maddy in den Bus stieg. Kaum war sie weg, schrie sie sich die Lunge aus dem Hals. »Ach, herrje«, stöhnte Jed. Es war zwei Uhr. Maddy würde frühestens um sechs wieder da sein.

Wieder in der Wohnung, schälte er die Kleine aus dem Schneeanzug und legte sie in ihre Wiege. Auf dem Fußboden stand eine halbleere Flasche. Er bot sie ihr an, aber sie wandte sich ab und drehte ihm den Rücken zu, als schmollte sie. Aber immerhin, sie weinte nicht. Dann schmoll doch! Bitte sehr. Mein Gott, das lernten sie wirklich früh.

Er aß einen Apfel, sah zu, wie draußen der dichte Schnee fiel, und rief, ohne drüber nachzudenken, Capri an. Sie war in ihrem Zimmer und lernte.

»Willst du hierher kommen?« fragte er. Er erklärte, wo Maddy war.

»Klar ... Muß ich Angst haben, gesehen zu werden?«

»Nö, warum?«

»Was ist mit den Leuten nebenan?«

»Komm einfach von der andern Seite.« Er beschrieb ihr, an welcher Tür sie klopfen mußte.

Nach dem Anruf überfiel ihn einen Moment lang die Angst, die aber sogleich von trotziger Freude abgelöst wurde. Sie brauchte eine halbe Stunde, bis sie da war.

»Wieso hat es so lange gedauert?« fragte er fast böse, als er ihr die Tür aufmachte.

»Ach, gleich nach dir haben meine Eltern angerufen ... und ich mußte das Kapitel noch fertiglesen.« Sie legte ihren Mantel auf einen Stuhl und schaute sich im Zimmer um. »Niedlich, irgendwie ... habt ihr nur das eine Zimmer?«

Er nickte.

Capri trat an die Wiege. »Oh, das Baby ist da! Das ist ja toll! ... Ich war schon so neugierig.« Sie ging auf die andere Seite der Wiege. Das Baby lag da, stierte vor sich hin und hielt sich die eigene Hand fest. »Sie sieht dir nicht besonders ähnlich«, sagte Capri. Sie beugte sich hinunter und berührte ihre Hand. »Hallo«, sagte sie leise. »Ich bin Capri.«

»Sie sieht ein bißchen komisch aus«, sagte Jed.

»Meinst du das eine Auge? Was hat sie damit?«

»Ich weiß nicht ... Der Arzt meint, sie muß später vielleicht operiert werden, oder es gibt sich von selbst.«

»Na und? Sie ist keine Miss America. Macht doch nichts.« Sie sah sich weiter um und blieb am Bett stehen. »Sieht bequem aus.«

»Ja.« Aber plötzlich war Jed nicht sicher, ob er den Mut hatte, da mit ihr zu schlafen, vor allem, wenn das Baby zuschaute.

»Ich war bis drei auf«, sagte Capri und streckte sich, die Arme hinter dem Kopf verschränkt, auf dem Bett aus. »Ich bin völlig k. o.«

»Wieso?«

»Ich hab dir doch von dem Typen erzählt, wegen dem ich letztes Jahr so 'n Ärger hatte – Sam?«

Jed schüttelte den Kopf.

»Es ist eine ziemliche komische Geschichte. Wir waren zusammen in einem Seminar über die Literatur des zwanzigsten Jahrhunderts, und wir waren beide ziemlich die Besten da. Deshalb haben wir füreinander 'ne Schau gemacht und gleichzeitig um die Aufmerksamkeit des Seminarleiters gewetteifert. Und heute nacht um eins hat Sam plötzlich angerufen. Wir haben zwei Stunden gequatscht!«

Jed war eifersüchtig auf das lange Gespräch. Worüber hatten sie bloß zwei Stunden geredet?

»Er meint, du tust mir gut«, sagte sie.

»Was hat er gesagt?«

»Nur daß ich jemand brauchen kann, der nicht so kopflastig und nicht so flippig ist, mit soliden Werten und so.«

Jed lachte. Solide Werte! Aber eigentlich war er böse, sowohl über das »kopflastig« als auch darüber, daß sie überhaupt über ihn geredet hatte. Capri sah ihn an. »Bist du sauer?«

»Ja!« explodierte er. »Ich rede mit niemandem über dich.«

»Das ist was anderes ... Er ist ein alter Freund.«

»Ich hab auch alte Freunde.«

»Worüber ärgerst du dich – über das kopflastig? Ich wollte nicht, ich wollte bloß –«

»Ich will es nicht«, sagte er böse. »Das ist alles.«

»Ich tu's nicht wieder, okay?« sagte sie lammfromm. Aber ihre Nachgiebigkeit war anders als bei Maddy. Unter der Oberfläche lauerte irgendwie Zorn.

»Hör mal, warum gehst du nicht einfach wieder?« sagte Jed mit einemmal.

»Was?«

»I-ich denke, irgendwie ist das nicht richtig ... Jemand könnte dich sehen, das Baby –«

»Wer soll mich sehen? Erwartest du Besuch?«

»Ich ... ach, wir können nicht, wenn das Baby da ist, nicht, wenn sie wach ist.«

»Warum nicht? Urszene? Wir können doch unter die Decke kriechen.«

»Nicht, wenn sie zuguckt«, sagte er entschieden.

»Und außer Sex wissen wir nichts mit uns anzufangen?« sagte Capri. »Ist das der einzige Grund, weshalb wir uns sehen?«

Er schwieg. »Na ja, es –«

Jetzt war sie wütend. »Dann bums doch deine Frau, wenn du Sex brauchst.« Ihre Augen funkelten.

»Mach ich ... keine Sorge.«

Capri sprang vom Bett. »Kann sein, daß dir das völlig neu ist, aber manche Leute *reden* tatsächlich miteinander. Ich meine, die finden das tatsächlich wichtig. Ich weiß zwar, daß du es niemals glauben würdest, aber manche Männer finden Frauen als Menschen interessant, nicht bloß als – Organe!«

Jed zögerte. Ihre Wut erregte ihn, er wollte nicht, daß sie ging. »Gut, reden wir«, sagte er leise. »Worüber willst du reden?«

Sie starrte ihn nur voll Grimm mit schmalem Mund an.

Sie saßen sich stumm gegenüber. Bei einem Blick auf die Wiege sah Jed, daß das Baby eingeschlafen war. Er trat zu Capri und legte ihr die Hand auf die Schulter. »Das ist ein hübscher Pullover«, sagte er. Er war weiß mit aufgestickten roten Schneeflocken.

Sie stierte, ohne sich zu rühren, zu Boden und wirkte eher wehmütig als böse. »Ich bin ein schlechter Mensch«, sagte sie plötzlich.

»Das bist du nicht. Wieso denn?«

»Ich meine, du bist der Erzeuger dieses Kindes!« sagte sie. »Du hast dieses Baby! Du bist nicht seit neuntausend Jahren verheiratet, und deine Frau säuft nicht oder macht fremde Männer in Kneipen an... Was will ich eigentlich hier? Wieso gerate ich dauernd in krumme Situationen? Warum kann ich nicht einfach einen ›ganz normalen‹ Freund haben wie alle andern?«

Er wußte keine Antwort auf ihre Fragen.

Dann warf sie ihm plötzlich die Arme um den Hals und küßte ihn leidenschaftlich auf den Mund. »Ich liebe deinen Mund«, sagte sie und berührte ihn mit einem Finger. »Du bist so ... schön.«

»Du auch.« Jed schob die Hände unter ihren Pullover und ließ sie zu ihren Brüsten hinaufgleiten. »Ich glaube, das Baby schläft«, flüsterte er.

»Wir können doch eh unter die Decke gehen«, flüsterte Capri und zog sich den Pullover über den Kopf.

Aber im Bett mit ihr schlug seine Stimmung wieder um. Aus Angst, daß die Kleine aufwachen könnte, legten sie schnell los. Das machte Capri nichts. Sie war stolz darauf, rasch »in Fahrt« zu kommen, wie sie sagte. Und normalerweise hatte Jed auch nichts dagegen. Aber diesmal fing das Telefon an zu klingeln, als er gerade eingedrungen war. Er stockte.

»Willst du rangehen?« flüsterte Capri.

Er zögerte. »Die rufen wieder an«, sagte er. Es mußte Maddy sein, die ihm sagen wollte, daß sie losfuhren, oder sich erkundigen wollte, wie es dem Baby ging. Er wandte sich wieder Capri zu. Sie war kurz vorm Orgasmus gewesen und erreichte ihn einen Moment drauf, als hätte es keine Unterbrechung gegeben. Sie kam oft vor ihm, aber diesmal war er sauer, daß sie die Realität ihrer Umgebung auszublenden vermochte und daß er nicht konnte. Er konnte nicht kommen. Er hielt sie umschlungen, aber er hatte das Gefühl, daß sie gelangweilt und ein wenig ungeduldig dalag. Ihn hemmte die Angst davor, daß das Telefon wieder klingeln oder das Baby aufwachen könnte. Er hatte sogar Angst, daß es längst wach war und ihnen zuschaute.

»Willst du erst mal aufhören?« flüsterte Capri schließlich.«

»Glaub ja.«

Gedemütigt ging Jed raus. Was für eine dumme Idee es gewesen war! Was wollte er eigentlich beweisen?

»Wahrscheinlich nicht so einfach«, sagte Capri, »im selben Bett, wo ihr sonst –«

»Das ist es nicht«, sagte Jed hastig.

»War es das Telefon?«

»Ich weiß nicht.«

Obwohl sie eindeutig keine Schuld traf, war er ihr böse, vor allem dafür, daß sie so bereitwillig nach Ausreden für ihn und sich suchte.

Capri schaute auf die Uhr. »Ich sollte lieber gehen. Bald ist Zeit zum Abendessen.«

»Gut.« Er sah ihr beim Anziehen zu.

An der Tür sagte sie förmlich: »Ich freu mich, das Baby gesehen zu haben.« Sie winkte in Richtung der Wiege. »Tschüs, Minnie.«

»Ich ruf dich wieder an«, sagte er tonlos. Er wollte einerseits, daß sie ging, und andererseits, daß sie länger bliebe, damit die Stimmung sich noch wieder wandeln konnte.

Er sah ihr nach, wie sie in ihren schwarzen Stiefeln durch den Schnee davonstapfte, wie der rote Parka kleiner wurde, als sie den Hügel hinabging. Dann machte er das Bett. Er zog die Laken und Decken sorgfältig glatt und stopfte sie unter. Das Telefon klingelte erneut. diesmal nahm er beim ersten Klingeln ab. Es war Maddy.

»Hallo, Jed?«

»Oh, hallo«, sagte er. »Wir sind gerade wieder da.«

»Wo wart ihr denn?«

»Ach, ich bin bloß kurz mit ihr – unten im Laden gewesen.«

»Hat sie der Schnee gestört?«

»Nö.«

Maddy erklärte, daß sie jetzt losfahren wollten und in einer halben Stunde dasein würden. Jed sah auf die Uhr. Halb sechs. Er würde noch schnell in den Supermarkt flitzen und irgendwas holen, egal was, nur um zu beweisen, daß er da gewesen war. Er schnappte sich das Baby und zog ihm den Schneeanzug über, schlüpfte in seinen Mantel und fuhr mit dem Auto in den Ort. Der kleine Supermarkt war fast ausgestorben. Es herrschte selten viel Betrieb, weil es draußen vor der Stadt große Filialen der Lebensmittelketten gab. Er erspähte eine Hand Bananen und nahm sie, holte noch ein Glas Apfelmus und eine Schachtel Kekse und zahlte mit einer Fünfdollarnote, die er in der Tasche hatte.

Die Kleine schien sich durch den Wirbel nicht gestört zu fühlen. Im Auto hatte er sie in einen Karton auf dem Rücksitz gelegt, mit einer Wolldecke bis an den Hals zugedeckt und die Heizung angelassen, damit sie nicht fror. Als er sie daheim wieder auspackte, merkte er, daß sie stank. Ihm ging auf, daß er sie den ganzen Nachmittag nicht gewickelt hatte. Igitt. Sollte er damit auf Maddy warten? Er hätte es gern getan, aber in dem warmen Zimmer breitete der Gestank sich unglaublich aus.

Jed hielt die Luft an und legte sie, wie er es bei Maddy gesehen hatte, in ihre Wiege. Er zog ihr das Strampelhöschen aus. Es war schon alles aus der Windel gequollen! Der ganze Rücken war beschmiert, fast bis an den Hals. Das Komische war, daß es ihr nicht das geringste auszumachen schien. Sie lag da und schaute ihn mit ihrem merkwürdigen Blick an, aber sie jammerte nicht. Unterdessen wurde auch das Bettlaken in der Wiege von ihrer fast flüssigen Kacke befleckt. Er versuchte durch den Mund zu atmen, legte ein paar Zeitungen unter sie und holte eine Rolle Papiertücher aus der Küche. Nachdem er sie abgewischt hatte, besprenkelte er ihren Popo reichlich mit Puder aus einer Dose, die Maddy an der Wiege stehen hatte. Die Haut des Babys war rot und gereizt, aber das weiße Pulver verdeckte die Röte und linderte die Schmerzen vielleicht. Was dachte sie, während sie dalag und ihn so unbeirrt ansah? Obwohl Jed wußte, daß es nicht sein konnte, kam es ihm vor, als wüßte sie alles, was an dem Nachmittag geschehen war, selbst als sie geschlafen hatte. Als wüßte sie, daß er Capri angerufen hatte, als hätte sie den Streit mitbekommen und sein Versagen. All dies Wissen war irgendwo in ihrem Kopf verstaut, an einem geheimen, unbekannten Ort. Ihr Blick war ihm unheimlich; er machte ihn nervös.

Als er fertig war – er hatte das Laken gewechselt und das stinkende Strampelhöschen samt Laken in die Badewanne geworfen, für Maddy, die sicher wußte, was zu tun war –, stöhnte er erleichtert und wusch sich die Hände. Er hatte nicht gewußt, daß ein so kleines Kind die Windeln so voll machen konnte. Laß Maddy bald nach Hause kommen, betete er.

Das Baby war die ganze Zeit recht ruhig gewesen, aber in dem Augenblick, als Maddy den Schlüssel ins Schloß steckte, stieß es einen gellenden Schrei aus, der so laut war, daß Maddy Jed nichts fragen konnte und umgekehrt. Sie rief erschrocken: »Was hast du denn?« und lief zum Baby.

»Bis jetzt hatte sie gar nichts«, sagte Jed schuldbewußt. »Ich hab sie gerade gewickelt.«

Irgendwie schien das Baby mit Maddys Rückkehr wieder in seine übliche geringe Rolle in seinem bewußten Leben zurückzufallen. Er setzte sich hin und schaute zu, wie Maddy ihr ein Fläschchen gab, sie im Zimmer umhertrug und leise mit ihr redete und sie dann wieder in die Wiege legte. Er staunte, wie Maddy mit der Kleinen redete, als könnte sie alles verstehen. Glaubte sie es wirklich, oder machte sie es bloß so? »Es hat geschneit«, sagte Maddy zu der Kleinen. »Wie fandst du den Schnee, Minnie? Wie fühlte er sich an? ... Ich war bei meinen Eltern. Sie waren traurig, daß du nicht mit warst.«

Bei ihren ersten Besuchen bei den Eltern war Maddy hinterher immer in Tränen aufgelöst gewesen, weil ihre Mutter über nichts anderes redete als über das Problem mit dem Auge des Babys und darüber, daß es, wenn es sich nicht von selber besserte, eine furchtbar teure Operation brauchen würde. Wo wollten sie das Geld hernehmen? Sie steigerte sich mit fast makabrer Begeisterung in alle Schwierigkeiten hinein, die das Baby haben würde, wenn es größer wurde, wie es von andern Kindern gehänselt werden würde und vielleicht gar nicht lesen lernen könnte. Aber offenbar war es diesmal besser gewesen. Jedenfalls war Maddy guter Laune und erzählte munter dies und das, über die neue Polaroidkamera ihres Vaters und daß ihre Schwester Jarita vielleicht bald zu Besuch käme.

Jed hörte mit halbem Ohr zu. Während sie sprach, schossen ihm quälend Fetzen der nachmittäglichen Unterhaltung durch den Kopf. »Sie ist keine Miss America. Na und? ... Er meint, du tust mir gut – jemand, der nicht so kopflastig und flippig ist, mit soliden Werten ... Manche Männer finden Frauen als Menschen interessant, nicht bloß als Organe! ... Willst du erst mal aufhören?«

Nach dem Essen sahen sie eine Zeitlang fern. Sie hatten einen kleinen, nicht sehr guten Schwarzweißfernseher von Luther und Vonni bekommen. Es war ein friedlicher Abend, und Jed genoß ihn, aber mißtraute gleichzeitig dem Frieden. Ihm kam es vor, als baute Maddys Munterkeit auf einer Täuschung auf, als lebten sie, obwohl sie verheiratet und im selben Zimmer waren, in unterschiedlichen Welten mit unterschiedlichen Dingen, die sie angingen oder ihnen wichtig waren. Wahrscheinlich war das immer so gewesen, aber das Wissen drum war wie eine statische Störung, die das stille Gewebe durchschlug. Das belastete ihn.

Sieben

Die Postkarte trug das Datum »12. Feb.« und war in Toronto abgestempelt. Wenn seine Schwiegertochter nicht den Namen ihres Mannes beibehalten hätte, hätte Misha nicht mehr gewußt, wer sie war. Bewußte Verdrängung. Natürlich wußte er, wer sie war, und natürlich wußte er auch, daß sie ursprünglich aus Toronto stammte, aber erst, als er die Postkarte bekam, merkte er, wie vollständig er sie aus seinen Gedanken verbannt hatte. Sicher, sie war bei dem Unfall nicht umgekommen, war nicht einmal mit im Auto gewesen, aber ihre einzige Verbindung zu ihm hatte über seine Frau, seinen Sohn und seinen Enkel bestanden, die alle nicht mehr da waren. Mithin hatte er sie, per Übertragung, ebenfalls aus seinem Dasein gestrichen. Es erschien ihm einfacher. Auf der Karte stand:

Lieber Vater Edelman:
Wie geht es Dir? Hättest Du Lust, am 20. Februar mit mir essen zu gehen? Ich werde auf der Durchreise durch Auburn kommen. Ich hoffe, es ist Dir gut ergangen. Ich rufe Dich am 20. morgens an, um zu hören, ob es Dir paßt.
Herzliche Grüße
Celia
Edelman

Wollte er sie sehen? Eigentlich eher nicht. Trotzdem hätte er es nicht richtig gefunden, abzulehnen. Er mußte eine symbolische Rolle in ihrem Leben haben, ihre einzige Verbindung zu einer Vergangenheit, die in mancher Hinsicht noch gründlicher zerstört worden war als seine. Vielleicht auch nicht. Sie war jung, keine dreißig. Sie war erst vier Jahre verheiratet gewesen. Sicher würde sie wieder heiraten und Kinder bekommen. Er war sogar, auch wenn das vielleicht ungerecht war, überrascht, daß sie nicht schon längst wieder verheiratet war. Warum? Glaubst du, es ist so einfach, jemanden zu ersetzen? Oder lag es nur daran, daß er nie recht gewußt hatte, wie glücklich sie mit Seth war, auch wenn er Brenda gegenüber nie offene Zweifel geäußert hatte?

Brendas einzige Sorge war gewesen, ob Celia gut genug war für Seth. Bei ihm war es umgekehrt gewesen. Warum hatte ein Mädchen, das ihm hübsch erschien, nicht umwerfend, aber sehr ansprechend und recht intelligent, seinen Sohn geheiratet? Brenda behauptete, daß Seth in den drei Jahren nach dem College »zu sich gefunden« habe. Er hatte in Syracuse Sozialpädagogik studiert und arbeitete in einem Krankenhaus. Gut, er hatte sein Diplom gemacht, aber wie sehr unterschied er sich wirklich von dem anhänglichen, stotternden, asthmatischen Kind, das er über ein Jahrzehnt gewesen war? Celia gegenüber war Seth genauso aggressiv und nörgelig wie mit allen Freundinnen bis dahin, erst reizte er sie mit Worten, und wenn sie nicht nach seiner Nase tanzten, schmollte er wie ein Kind. In Mishas Augen hatte die stille, nüchterne Celia eine phantastische Art, mit Seths Launen umzugehen, indem sie diese entweder ganz ignorierte oder sich schlicht nicht aus der Ruhe bringen ließ. »Ach, es ist wohl an der Zeit, eine Spaziergang zu machen!« hatte sie eines Nachmittags verkündet, als er sie mit irgendeiner Idiotie genervt hatte. Sie schien eine Frau zu sein, die praktische »Lösungen« für Probleme fand. Brenda meinte, ihr fehle Seths »Sensibilität« und Blick für Leute. Für sein Gefühl war sie tausendmal sensibler als sein Sohn.

Vielleicht waren sie glücklich miteinander gewesen. Wenn sie damals verkündet hätten, daß sie die Scheidung einreichen wollten, Misha wäre nicht überrascht gewesen, aber das lag wohl an ihm. Er wurde den Verdacht nicht los, daß er aus Gründen, die er nie verstanden hatte, einen verborgenen Wunsch hegte, sein Sohn möge scheitern. Es gefiel ihm, wenn Celia mit Seth schimpfte, vielleicht bloß, weil Brenda ihn so verhätschelt hatte, während er in erster Linie beobachtend dabeigestanden und sich gewünscht hatte, daß sie mehr Kinder gehabt hätten, damit ihre Muttergefühle sich verteilen konnten.

Celia Edelman, geborene Cowger, hatte wie er zweieinhalb Jahre lang zumindest teilweise mit imaginären Leuten im Kopf gelebt und sich von Grund auf ein neues Leben aufbauen müssen. Interessant, daß sie wieder in ihre Heimatstadt gegangen war. Er wußte noch, wie sie einmal gesagt hatte, daß sie Toronto haßte und niemals als Erwachsene dort leben wollte. Oder war sie nur besuchsweise da? In der Woche, nachdem er die Postkarte bekommen hatte, stiegen ständig Erinnerungsfetzen in ihm auf, von denen er nicht gedacht hatte, daß sie sich so in seinem Kopf festgesetzt hatten. Dinge, die sie gesagt oder getan hatte; ihre Art, Apfelsinen zu servieren zum Beispiel, die ihn immer als sehr kunstvoll beeindruckt hatte. Sie ordnete die Scheiben zu einem perfekten Kreis auf dem Teller und goß genau in die Mitte einen Klecks Honig. Hatte sie nicht mal gesagt, daß sie Künstlerin hatte werden wollen, aber nie eine Ausbildung bekommen hatte?

Er war in seinem Büro und betrachtete zum x-ten Mal die Karte, als es leise klopfte, so leise, daß er dachte, er habe es vielleicht beim erstenmal überhört. Es war das kleine blonde Mädchen, Parkers Frau. Sie stand mit ihrem Baby in einer Art Schlinge vorm Bauch an der Tür und lächelte unsicher. »Äh . . . hallo«, sagte sie. »Ich bin Maddy. Ist Jed hier?«

»Ich glaube, er ist da drüben«, sagte Misha und zeigte nach draußen.

»Ich bin seine Frau«, erklärte sie überflüssigerweise.

»Ja, natürlich«, sagte er. »Ich hab Sie wiedererkannt.«

»Sie haben uns die Matratze geschenkt«, erinnerte sie ihn.

»Und, taugt sie was?«

Sie wurde rot. »Ja, sie ist prima... Und ich hab mein Kind.«

»Das sehe ich.«

»Sie ist fast drei Monate alt.«

Misha kam zu ihr, um sich die Kleine anzuschauen, aber er konnte nicht viel sehen. Sie hatte eine große Wollmütze auf und schlief. »Na ja«, sagte er hilflos, »er ist dort drüben, wenn Sie ihn sprechen wollen.«

Sie ging über den Hof zur Garage. Sie war hübscher als an jenem heißen Tag im Juli, hatte aber immer noch einen unsicheren und sorgenvollen Zug. Hübsche Augen. Gott, wie konnten solche Kinder schon Eltern sein? Verrückt.

Wenige Minuten später kam sie wieder. »Äh, dürfte ich«, sagte sie, »könnte ich mal telefonieren?«

»Kein Problem.«

Sie wählte eine Nummer und wartete, aber offensichtlich ging niemand ran. Sie legte den Hörer auf und sagte: »Ich glaube, es ist keiner da.«

»Wen wollten Sie denn erreichen?«

»Meine Mutter.« Sie runzelte die Stirn. »Es ist bloß... Ich hab einen Termin beim Zahnarzt, und ich wollte das Baby zu ihr bringen. Sie muß es vergessen haben.«

»Wann ist der Termin?«

Sie sah auf die Uhr. »Jetzt.«

»Na ja, den Zahnarzt zu verschieben gehört zu den angenehmeren Dingen im Leben.«

»Das Problem ist, daß ich mir ein paar Weisheitszähne ziehen lassen muß. Sie müssen mir Lachgas geben. Ich hab

Angst davor – ich weiß nicht.« Sie sah ihn bittend an. »Ich weiß, daß das unverschämt klingt, aber könnte sie vielleicht bei Ihnen bleiben, bis ich wiederkomme? Ich dachte, ich könnte sie bei Jed lassen, aber er sagt, er ist mitten bei einer Sache... Sie wird wahrscheinlich bloß schlafen. Sie ist ziemlich freundlich. Ich kann dafür bezahlen –«

Misha lächelte. »Ich mache das mit Vergnügen«, sagte er. »Ich hab kleine Kinder gern.«

»Wirklich?« Sie machte ein erstauntes Gesicht.

»Ich kann sogar Windeln wechseln«, sagte er trocken.

Maddy seufzte. »Das ist wunderbar. Ich bin, so schnell ich kann, wieder da, das verspreche ich.«

»Lassen Sie sich Zeit«, sagte Misha. »Keine Eile... Wie heißt sie?«

Maddy wickelte das Baby aus dem Tuch und gab sie ihm. »Minnie.«

Misha behielt das Kind auf dem Arm und fragte sich, was er mit ihm anfangen sollte, als Maddy mit einem Pappkarton angelaufen kam und einem kleinen Plastiksitz. Im Karton waren ein paar Papierwindeln und ein fertiges Fläschchen. »Bin bald wieder da!« rief sie und lief schnell davon, als fürchtete sie, er könnte es sich noch anders überlegen.

Als die Tür zum zweitenmal zufiel, schlug die Kleine die Augen auf und stieß einen Schrei aus. »He«, sagte Misha. »Nicht aufregen. Sie kommt gleich wieder.«

Sie horchte beim Klang seiner Stimme auf und sah ihn neugierig an. Hatte sie was mit den Augen? Ein Auge schaute ihn direkt an, aber das andere wanderte zu einer Seite. »Nun, hör zu«, sagte Misha. »Was kann ich dir erzählen? Mit kleinen Kindern bin ich ein alter Hase. Ich war Vater und Großvater. Ich habe eins a Zeugnisse. Willst du sie sehen, oder vertraust du mir einfach?«

Plötzlich lächelte die Kleine. Sie hatte das bezauberndste Lächeln, das Misha je gesehen hatte, schief, begeistert, als ob etwas sehr Lustiges und Unerwartetes geschehen wäre. Er erwiderte ihr Lächeln. »Vergiß das mit deinem Auge«, sagte er. »Das werden die schon hinkriegen. Und mit so einem Lächeln kommst du überall durch. Glaub mir. Ein Lächeln öffnet viele Türen.« Die Kleine schien an einer Seite der Mütze zu zerren. Misha machte die Schleife auf. Sie hatte dünnes schwarzes, lockiges Haar, nicht viel, und zwei ungeheure Ohren, die in der Sekunde, als er ihr die Mütze abnahm, hervorsprangen.

Wem sah sie ähnlich? Irgend etwas an ihr war ihm verblüffend vertraut. »Mir ist klar, daß du den Spruch nicht zum erstenmal hörst«, sagte er zu ihr, »aber ich habe das Gefühl, wir kennen uns von irgendwoher ... Was ist deine Stammkneipe?«

Die Kleine streckte die Hand aus und packte ihn an der Nase.

»He, immer sachte! Die ist fest. Ich weiß, daß sie aussieht, als wär sie zur Dekoration angehängt ... Willst du was zum Spielen haben? Mal sehen.« Er sah sich im Büro um und fand die Postkarte von Celia. Auf einer Seite war ein buntes Bild von einer Frau beim Volkstanz. Er gab sie dem Kind, das sie sofort in den Mund nahm. Misha drehte die Karte um, um ihr die Tänzerin zu zeigen. »Dies ist eine Karte von einer Frau, die Celia heißt. Sie hat denselben Nachnamen wie ich. Edelman. Kapiert? ... Sie hatte auch mal ein Kind, aber dem ist was passiert. Ein Unfall.«

Die Kleine betrachtete ihn aufmerksam. Sie hatte ein waches, kluges Gesicht, nicht berechnend, aber beobachtsam.

Durch das Bürofenster sah er, wie ein Ehepaar das Gelände betrat. Kundschaft, oh je. Er zögerte und nahm dann das Kind mit nach draußen. Es war ein milder Tag für Februar, fast fünfzehn Grad, und es roch schon ein wenig nach Frühling. »Kann ich Ihnen helfen?«

Es war ein Paar in den mittleren Jahren, das ein bißchen mürrisch wirkte. »Tauschen Sie alte Autos ein?« fragte der Mann knapp.

»Sicher ... was für einen haben Sie?«

»Wir haben ihn nicht dabei«, erklärte die Frau, »aber er ist gut gepflegt.«

»Achtundsiebziger Pontiac«, sagte der Mann. »Sechsundneunzigtausend drauf. Keine größeren Macken.«

»Und wonach suchen Sie?« fragte Misha. »Übrigens, das ist meine ... Enkeltochter. Ich paß ein paar Stunden auf sie auf.«

Die Frau strahlte. »Ach, ist die süß!« rief sie. »Schau mal, Harold.«

»Sie hat was mit dem Auge«, sagte Harold argwöhnisch.

»Eine Muskelschwäche«, sagte Misha.

»Das läßt sich operativ beheben«, sagte die Frau. »Machen Sie sich da keine Sorgen. Erinnerst du dich an Mildred Webbs Sohn, Schatz? Der hatte so was auch. Ich weiß nicht mehr genau, was ... aber jetzt ist nichts mehr zu sehen. Aber machen Sie es zeitig. Wenn sie erst in der Schule sind, wird's schwer. Sie wissen doch, wie Kinder sind. Sie können so hart sein!«

»Das haben wir auch vor«, sagte Misha. »Stimmt's, Kind?«

Die Kleine lächelte.

»Sie ist so süß«, sagte die Frau. »Sie Glücklicher! Ich würde mir den rechten Arm abhacken lassen, um ein Enkelkind zu bekommen, und das sag ich nicht bloß so, ich meine das ganz ernst! ... Aber sehen Sie sich die Kinder heute an! Unseren Sohn Nathan zum Beispiel. Neunundzwanzig ist er und lebt seit vier Jahren mit einer Frau zusammen. ›Wann wollt ihr endlich heiraten?‹ frage ich. ›Wir müssen uns das noch überlegen‹, sagt er. Überlegen! Was gibt's da zu überlegen? Man macht es, oder man macht es nicht. Bis sie sich das überlegt haben, sind sie zu alt.« Sie schüttelte den Kopf. »Aber daran denken sie nicht, die Kinder. Eines Tages wachen sie auf, und es ist zu spät. Es ist –«

»Hallie«, unterbrach ihr Mann. »Ich denke, dieser Mann hat viel zu tun.«

»Nein, ich versteh das«, sagte Misha.

»Ich hoffe bloß, Sie wissen, was Sie an dem Kind haben, mehr wollte ich gar nicht sagen. Wissen Sie's?«

»Ja«, sagte Misha bestimmt.

»Gut!« Sie wirkte zufrieden.

Sie suchten ein kleineres Auto als das, was sie hatten. »Es muß nichts Dolles sein«, sagte Harold, »nur ein Wagen, der uns von hier nach da bringt, ohne daß die Benzinkosten uns um Kopf und Kragen bringen.«

Misha zeigte ihnen ein paar Fahrzeuge. Das Baby schien es zufrieden zu sein, mit herumgetragen zu werden, und betrachtete interessiert die Autos. Schließlich beschlossen sie, noch einmal »drüber nachzudenken« und gegen Abend wiederzukommen.

»Wie lange haben Sie geöffnet?« fragte Harold.

»Bis sechs.«

»Prima... Wir haben gehört, Sie sind ein ehrlicher Mann.«

»Harold!« protestierte Hallie. »Natürlich ist er ehrlich.«

»Das ist heute nicht mehr selbstverständlich«, sagte Harold grimmig. Und an Misha gewandt: »Stimmt's?«

»Ich fürchte, ja.«

Als sie weg waren, ging Misha wieder ins Büro. Er sah einen kleinen Plastikbeutel mit Zwieback, holte ein Stück hervor und gab es dem Baby. Sie untersuchte den Zwieback ausgiebig und lutschte dann an einem Ende. »Na, was denkst du, Kleine? Willst du ins Gebrauchtwagengeschäft einsteigen?« Misha seufzte. »Soll ich dir mal was sagen? Ich weiß, daß es verrückt klingt, aber ich hasse Autos. Nicht erst seit dem Unfall. Ich hab sie noch nie gemocht. Deshalb will ich dir einen Rat geben. Früher war ich Lehrer. Gut, ich hab nicht viel verdient, aber es hat Spaß gemacht. Geschichte hat mir Spaß gemacht, und die Kinder auch. Dann ist mein Bruder gekommen und hat mich ›gerettet‹. Weißt du, was ich hätte tun sollen? Ich hätte sagen sollen: ›Wolf, ich weiß, du willst mein Bestes, aber halt dich da raus. Das ist mein eigenes Leben.‹« Das Baby sah ihn während der ganzen langen Rede aufmerksam an.

Er überlegte, wie er die Kleine unterhalten konnte, bis ihre Mutter wiederkam. Spielten sie in dem Alter schon mit Spielzeugen? Sie wirkte auf seinem Arm völlig zufrieden, als reichte es ihr, seinen Reden zu lauschen. Dann kam ihm eine Idee. »Ich werde dir ein paar Bilder zeigen«, sagte er zu ihr und nahm mit einer Hand eine Zeitschrift aus dem Regal. »Dies hier, das ist Florida.«

Die Kleine legte eine Hand auf die Zeitschrift. Sie schien sie zu tätscheln oder vielleicht auf etwas zu zeigen. »Da ist es ganz warm, ein wunderschönes Klima. Fast nie unter fünfzehn Grad . . . Also, was ich mir denke, ist das Folgende. Warum sollte ich den Laden nicht verkaufen und dahin ziehen und doch versuchen, wieder an der Schule zu arbeiten? Was hält mich hier?«

Sie blätterten das Heft zweimal durch. Als sie fertig waren, sah Misha, daß die Kleine ihr Strampelhöschen von oben bis unten vollgesabbert hatte. Und jetzt saugte sie an ihrem Ärmel. Er nahm das Fläschchen aus dem Karton, schraubte einen Sauger drauf und fütterte sie. Sie trank gierig und leerte die Flasche, ohne abzusetzen, in einem Zug. Er hatte vergessen, oder vielleicht hatte er nie gewußt, welche Energie und Leidenschaft kleine Kinder aufs Essen verwendeten. Sie saugte mit geschlossenen Augen, mit konzentrierten tiefen Bewegungen. Einmal schlug sie die

Augen auf und sah ihn mit einem schläfrigen Lächeln an, wie jemand, der sich betrinkt und es genießt. Ihre Lippen lächelten um den Sauger herum. Als sie fertig war, richtete er sie auf. Sie machte sofort ein lautes Bäuerchen. Ein bißchen Milch kam mit und tröpfelte auf ihren Kragen.

Dann lächelte sie wieder mit ihrem wunderbaren schiefen Lächeln. »Ich weiß, daß es komisch klingt«, sagte Misha, »aber du bist meinem Bruder Wolf wie aus dem Gesicht geschnitten. Ich weiß nicht, woran es liegt, aber es ist wirklich so.« Sie streckte die Hand aus und berührte seine Wange. Misha fiel auf, daß sie naß war. Er legte sie in den Karton und wickelte sie. Sie lag still und breitbeinig da, als er die neue Windel unter die alte schob.

In weniger als zwei Stunden war Maddy wieder da. Sie war außer Atem, als wäre sie den ganzen Weg gelaufen. Die untere Hälfte ihres Gesichts war geschwollen, so daß sie ein bißchen wie ein Hamster aussah. »Sehen Sie mich nicht an«, sagte sie. »Ich sehe furchtbar aus.«

»Wieviel Zähne mußte er ziehen?«

»Vier! Er meinte, es sei besser, gleich alle auf einmal zu ziehen.« Das Baby war eingeschlafen und lag auf dem Bauch im Karton. »Wie ist es gegangen?« fragte Maddy ängstlich. »War sie lieb?«

»Prima ... sie hat mir beim Autoverkaufen geholfen. Sie war toll.« Misha lachte. »Hat Spaß gemacht. Sie können sie mir jederzeit wieder bringen.«

Der folgende Mittwoch war der Tag, für den sich Celia angemeldet hatte. Er war gespannt, ob sie tatsächlich anrufen würde, und hoffte beinahe, daß sie es nicht tun würde. Aber um halb elf klingelte das Telefon, und er hörte ihre Stimme.

»Ist da Edelman?«

»Am Apparat.«

»Mm ... hier ist Celia Edelman. I-ich hatte dir eine Karte geschrieben. Hast du sie bekommen?«

»Sicher ... Es war nett, nach all den Jahren von dir zu hören.«

»Kannst du?«

»Wie bitte?«

»Können wir heute abend essen gehen? Ich bin nur heute in Auburn.«

Misha zögerte. Es wäre kein Problem gewesen, sich eine Ausrede auszudenken. Aber er hörte sich antworten: »Sag mir einfach, wo und wann.«

Er traf vor Celia in dem Restaurant ein. Er war sein Leben lang immer zu früh gekommen; wenn er bewußt versuchte, sich zu verspäten, kam er pünktlich. Aber er setzte sich still an einen Tisch und las Zeitung, bis sie erschien. Als er aufschaute und sie auf sich zukommen sah, spürte Misha einen so unerwarteten, scharfen Stich, daß er dachte, er müsse in Ohnmacht fallen. Sie sah noch ganz genauso aus wie damals. Warum auch nicht? Zweieinhalb Jahre waren keine Zeit. Sie trug die hellbraunen, natürlich gewellten Haare kurz, fast wie ein Junge. Sie hatte eine knabenhafte, androgyne Zierlichkeit, eher niedlich als hübsch: Grübchen, einen anmutigen, kecken Gang. Sie trug fast immer Jeans oder lange Hosen, und sie standen ihr gut. Brenda hatte ewig etwas dagegen gehabt, daß sie sich die Fingernägel anmalte. Sie waren perfekt blaßrosa lackiert, passend zum Lippenstift. Die Tatsache, daß beides so aufeinander abgestimmt war, regte Brenda noch mehr auf als die angemalten Fingernägel an sich. Ihrer Meinung nach wirkte das billig.

»Tut mir leid, daß ich mich verspätet habe«, sagte Celia und schob sich auf die Bank gegenüber. Sie beugte sich vor und gab ihm einen freundschaftlichen Kuß auf die Wange. »Hallo.«

Misha befürchtete, daß sie merken könnte, wie ihm zumute war, und daß sie es persönlich nehmen könnte. Sie zu sehen machte die ganze Sache wieder lebendig. Er hatte Angst, daß er es nicht aushalten würde. Seine Hände zitterten. Als die Kellnerin kam und fragte, ob sie etwas trinken wollten, bestellte er einen Bourbon mit Eis, obwohl er selten etwas anderes trank als ein gelegentliches Glas Wein oder Bier. Er glaubte, eine Droge zu brauchen, um die nächsten ein, zwei Stunden heil zu überstehen.

»Na, wie ist es dir ergangen?« fragte er und trank einen tüchtigen Schluck. »Du siehst gut aus.«

»Ach, ich ... Ich weiß nicht! Mal gut, mal weniger gut.« Sie hatte Tränen in den Augen. »Das erste Jahr war für mich schrecklich ... aber jetzt bin ich da durch, glaube ich.«

»Bist du wieder nach Hause gezogen? Ich erinnere mich noch, daß du aus Toronto warst.«

Sie nippte an ihrem Whisky Sour und wirkte nervös. »Das ist so, ich ... ich hatte einen Nervenzusammenbruch, ungefähr ein halbes Jahr danach ... i-ich wurde irgendwie nicht damit fertig. Ich hab's versucht! Ich bin morgens aufgestanden und hab versucht, all die Dinge zu tun, die ich sonst auch getan hatte. Ich bin zur Arbeit gegangen. Ich hab versucht, mit Männern auszugehen, aber es war, ich kann's nicht richtig erklären, aber es war, als wäre da irgendwie ein komischer Spalt zwischen mir und dem, was außerhalb von mir los war, als guckte ich falsch rum durch ein Fernrohr. Kannst du dir das vorstellen?«

»Ja«, sagte Misha. Der Whisky zeigte bereits seine Wirkung und machte ihn teils benommener, teils aber auch noch empfindlicher.

Sie sah ihn nachdenklich an. »Jetzt geht es mir wieder gut!« sagte sie, offensichtlich um Munterkeit bemüht.

»Gut.« Er versuchte, es ihr gleichzutun.

»Ich hab oft an dich gedacht. Und mich gefragt, wie du

es packst. Ich wollte schreiben, aber ich bin keine gute Briefeschreiberin, und dann hab ich gedacht... Ein Teil von mir wollte einen vollständigen Bruch vollziehen. Der Arzt meinte, das sei mein Fehler gewesen, daß ich mich von der Vergangenheit abgeschnitten habe, anstatt zu versuchen sie zu begreifen.«

Misha mußte daran denken, wie Ardis ihn in den ersten paar Monaten gedrängt hatte, zum Arzt zu gehen. Er hatte sich geweigert und behauptet, auch so damit fertig werden zu können. »Ich hab auch Schwierigkeiten gehabt«, sagte er, die eigene Stimme wie aus weiter Entfernung hörend, »aber jetzt geht's wieder.«

»Hast du wieder geheiratet?«

»Nein.«

Vielleicht war seine Stimme zu barsch gewesen, denn Celia sagte eilig: »Ich wollte nicht... du wirktest immer sehr glücklich mit deiner Frau. Männer sind bloß manchmal – mein Vater hat nach dem Tod meiner Mutter wieder geheiratet und ist sehr glücklich.«

»Ich bin fünfzig.«

»Das war er auch.«

»Du hättest doch auch wieder heiraten können«, entgegnete er.

»Von der Nervenanstalt aus?« Sie lachte bitter. »Schon einen Abend ausgehen kostete einen unglaublichen Aufwand. Ich hätte wirklich eine tolle Ehefrau abgegeben!«

Die Kellnerin kam wieder. Sie bestellten, und Misha bat um noch einen Whisky. Er fühlte sich ein wenig besser, aber dicht unter der Oberfläche lauerten Gefühle, die ihm angst machten.

»Tut mir leid«, sagte Celia leise. »Hab ich dich beleidigt, mit dem Wiederverheiraten?« Sie stierte in ihr Glas, ebenfalls schon das zweite. »Ich hoffe, ich trink nicht zuviel. Ich brauchte bloß was, weil die Begegnung mit dir das alles wieder so lebendig macht... das hatte ich nicht erwartet.«

»Ja, ich weiß«, sagte Misha. »I-ich –« Und dann brach er, gerade als die Kellnerin mit ihrem Essen kam, in Tränen aus. Er war so erstaunt und erschrocken, als hätte die Kellnerin beim Servieren auf ihre Teller geweint. Er nahm die Hände vors Gesicht, und seine Schultern zuckten. Er hörte die Kellnerin sagen: »Braucht er Hilfe?« und wie Celia antwortete: »Nein, ist schon gut. Bitte, gehen Sie.«

Die Tränen und die Erleichterung, die eintritt, wenn das Peinlichste, Undenkbarste geschehen ist und die Welt einfach weitergeht, hatten etwas sehr Schönes. Als er sich beruhigte, hatte sich Celia neben ihn gesetzt und ihm die Hand auf die Schulter gelegt. »Geht's wieder?« fragte sie sanft.

Misha nickte.

»Verzeih mir«, sagte sie. »Ich wollte bloß gemütlich mit dir essen. Auf dem Weg hierher hab ich mir die ganze Zeit überlegt, was ich dir alles erzählen wollte, von lauter anderen Dingen, und dann ... ist es einfach rausgekommen.«

»Macht nichts«, sagte Misha. »Vielleicht sollte man es gelegentlich« – er machte eine Geste mit der Hand – »alles mal rauslassen.«

Sie setzte sich wieder gegenüber hin, und sie aßen. Von da an war der Abend, wenn auch anders als sie erwartet hatten, entspannt.

»Wohin fährst du jetzt?« fragte er. »Hast du Arbeit?«

Sie nickte. »Ich arbeite in Atlanta. Ich mach Textverarbeitung.«

»Ich dachte, das machten Computer.«

Celia lachte. »Sicher. Bloß die können es nicht von selbst. Man muß es ihnen sozusagen beibringen. Und das ist das, was ich mache ... Im Moment bin ich nicht viel mehr als eine bessere Sekretärin, aber ich dachte, mit Computern läßt sich was anfangen.«

»Ja, ich hab eine Freundin, die Software macht«, sagte Misha. Die Kellnerin räumte die Teller ab. Er war froh, denn er war zwar ruhiger, aber hatte keinen rechten Appetit und sein Essen kaum angerührt.

Vor dem Restaurant gab sie ihm zum Abschied einen Kuß auf die Wange. »Ich schick dir eine Karte aus Atlanta«, sagte sie. »Wenn du je dahin kommst –«

»Ja«, sagte er, und es kam ihm sehr weit weg vor. »Ich wünsch dir alles Gute, Celia.«

Daheim im Bett liefen die Bilder des Abends noch einmal vor seinem inneren Auge ab: das Restaurant, seine Tränen, Celia. Dazwischen drängten sich Szenen mit Celia und Seth, wie sie sich zankten, miteinander redeten, wie sie das Baby fütterte, ein Abend, als er und Brenda bei ihr zum Essen eingeladen waren und Celia den Hauptgang anbrennen ließ, so daß sie ins Restaurant gehen mußten. Wenn man sie jetzt sah, schmerzte die Vorstellung, daß sie eine Mutter von mehreren kleinen Kindern sein könnte, die sie zur Schule fuhr und mit ihnen Plätzchen buk.

Acht

Der Höhepunkt des Tages war für sie alle, wenn sie mit der Arbeit aufhörten und »General Hospital« guckten. Sie hatten Glück, weil sie gar nicht richtig aufhören mußten zu arbeiten. Zwei Häuser weiter von May's Frisiersalon, auf der anderen Seite des ehemaligen Postamts, lag ein kleiner Wohltätigkeitsladen, und die Besitzerin war eine Witwe von Mitte Fünfzig, Mrs. Grace Jahr. In ihrem Laden war nie viel los, und sie hatte, um sich die Zeit zu vertreiben, dort einen Fernseher aufgestellt. Sie sah fern, während sie auf Kundschaft wartete. Es war ein großer Farbfernseher, mit einem Neunzehn-Zoll-Bildschirm, auf einem Tisch mit Rädern. Nachmittags um drei rollte sie mit May den Fernseher in den Frisiersalon, und alle, May, Maddy, Grace und die Frauen, die sich gerade die Haare machen ließen, guckten zusammen. Während die Serie lief, wurden nur kurze, abgehackte Sätze gesprochen, wie von Chirurgen bei einer Operation am offenen Herzen. »Bitte, mehr Größe zwei«, bat May Maddy etwa, oder: »Sieh mal nach Mrs. Becker, ich glaube, sie ist lange genug drunter.« Auch die Frauen unter den Trockenhauben guckten mit, der Fernseher wurde so laut gestellt, daß er das Dröhnen übertönte und durch die Watte in ihre Ohren drang.

Seit Minnies Geburt arbeitete Maddy drei Tage die Woche bei May. Es war ein idealer Job. May sagte, sie könne Maddy nichts wirklich Kompliziertes machen lassen, wie Haareschneiden oder Dauerwellen, da Maddy keine Lehre gemacht habe. Aber sie ließ sie Haare waschen und ausfegen und dann und wann eine Maniküre machen. Mays Kundinnen stammten hauptsächlich aus dem Ort, es waren Frauen zwischen vierzig und sechzig, die sich die Haare entweder einmal die Woche legen ließen oder für besondere Anlässe. Auch Studentinnen kamen, aber nur zum Schneiden und Fönen. May fand sie geizig, weil sie wenig Trinkgeld gaben. »Reiche Kinder haben keine Ahnung vom Geld«, sagte sie immer verächtlich zu Maddy, wenn eine zur Tür hinaus war.

Nicht alle Studentinnen sahen reich aus, fand Maddy. Und schick gekleidet waren sie schon gar nicht. May behauptete, das liege daran, daß es ein Frauen-College sei. »Am Wochenende legen sie sich ins Zeug«, sagte sie. »Für wen sollen sie sich denn in der Woche hübsch machen?« Maddy hatte den Eindruck, daß die Mädchen viel für ihr Studium tun mußten. Sie brachten dicke Bücher mit in den Salon und lasen darin, statt in den Zeitschriften zu blättern, die May für ihre Kundinnen auf einem Ständer hatte. Die Zeitschriften waren für Maddy interessant, weil sie das Privatleben der Stars aus dem Fernsehen schilderten. Das Leben einiger Stars war fast so kompliziert wie die Seifenopern, in denen sie spielten. Sie schienen dauernd irgendwelche Affären zu haben und jemand Neues zu heiraten, nicht selten welche aus derselben Serie! Aufregend und ereignisreich fand Maddy ihr Leben, weit entfernt von dem, was sie als Alltag kannte.

Sie hatte Glück gehabt, nicht nur mit dem Job, sondern auch mit der Regelung, die sie für das Baby hatte treffen können. Die Frau aus dem Haus nebenan, Geraldine Farnum, hatte einen zweijährigen Sohn, der jeden Morgen fast um die gleiche Zeit schlief wie Minnie. Geraldine hatte sich bereit erklärt, alle halbe Stunde bei Minnie hereinzuschauen, ob alles in Ordnung war. Sie meinte, sie müsse ohnehin zu Hause sein, weil sie an einer längeren Arbeit schrieb, damit sie als Lehrerin arbeiten konnte, wenn ihr Kind größer war. Als Maddy ihr Geld dafür anbot, protestierte sie heftig. »Ich bin doch sowieso da«, sagte sie. »Es tut mir gut, ab und zu eine kleine Pause einzulegen.« Meistens ging alles gut, nur einmal hatte sie Maddy im Salon angerufen, um ihr zu sagen, daß Minnie sich ein bißchen heiß anfühlte und daß sie ihr ein Aspirin gegeben habe. Ein anderes Mal hatte sie Minnie mit zu sich genommen, weil sie einsam gewirkt habe. »Ich hoffe, das macht dir nichts aus«, sagte sie. Sie vertraute Maddy an, daß sie sich heimlich eine Tochter wünschte und sich immer noch bemühte, damit fertig zu werden, daß sie immer noch keine hatte, obwohl ihr Sohn schon fast zwei war. »Du hast so ein Glück!« sagte sie und schaute Minnie mit so offensichtlich herzlicher Zuneigung an, daß Maddy Schuldgefühle bekam. Sie war nie auf den Gedanken gekommen, daß sich jemand mehr über eine Tochter freuen konnte als über einen Sohn, vor allem beim ersten Kind. »Aber dein Mann ist sicher froh«, sagte sie zu Geraldine.

»Nein, er hat sich auch ein Mädchen gewünscht«, sagte Geraldine traurig. »Wir hatten schon tausend Mädchennamen gefunden ... Na ja, eines Tages können wir die ja vielleicht benutzen.«

In Maddys Augen war Geraldine ziemlich alt, um noch so ein kleines Kind zu haben. Ihre Haare wurden schon grau, und sie trug eine Brille. Geraldine hatte einen munteren, aber besorgten Gesichtsausdruck und die Gewohnheit, sich die Haare hinter die Ohren zu streichen. Da Maddy wußte, daß Geraldine aufpaßte, machte sie sich morgens keine Sorgen, wurde aber trotzdem nie das schlechte Gewissen los, weil sie nicht da war. In der Mittagspause lief sie eilig nach Hause und riß atemlos die Tür auf. Meistens war Minnie wach und lag gurrend im Bett. Ihre kleinen Laute waren wie eine Privatsprache mit ganz eigenen Tonfällen und Sätzen. Nur einmal war Maddy im Zimmer auf vollständige Stille getroffen. Obwohl sie wußte, daß es eigentlich nur heißen konnte, daß das Baby fest schlief, wurde sie trotzdem von Grauen erfaßt. Sie hatte in einer Frauenzeitschrift vom »Plötzlichen Kindstod« gelesen. Mütter fanden ihre Kinder tot im Bettchen, obwohl ihnen scheinbar nichts gefehlt hatte! Mit eiskalten Händen lief Maddy an die Wiege und suchte Minnies Gesicht. Sie atmete so leise, daß nicht festzustellen war, ob sie lebte oder nicht. »Minnie?« rief Maddy mit pochendem Herzen. Das Baby drehte sich mit einem Seufzen um und streckte ein Fäustchen über den Kopf. Maddy stand vor der Wiege und starrte es an. Der Gedanke, der ihr kam, war so furchtbar wie noch keiner in ihrem Leben, er erschreckte sie noch mehr als das Grauen bei dem Gedanken, daß das Baby tot sein könne. Irgend ein Teil von ihr hatte *gewollt*, daß das Baby tot war. Maddy vergrub das Gesicht in den Händen und weinte.

Sie konnte nicht glauben, daß sie einen solchen Gedanken gehabt hatte. Sie konnte nicht glauben, daß sie zu so etwas Bösem fähig war. »Vergib mir«, bat sie das Baby, das ihre Tränen neugierig betrachtete. »Bitte, vergib mir.« Maddy war lange nicht mehr zur Beichte gewesen, und jetzt war sie fast froh darüber, denn sie hätte niemandem auf Erden von diesem Gedanken erzählen mögen. Selbst jetzt, wo er wieder verschwunden war, hoffte sie, es würde nie jemand erfahren, daß er ihr in den Kopf gekommen war.

Wo war er hergekommen? Konnte es an Jed liegen? Nicht, daß Jed Minnie direkt haßte, aber seit ihrer Geburt vor fast vier Monaten hatte sich irgend etwas zwischen ihnen verändert. Maddy dachte fast ununterbrochen darüber nach und wünschte sich mehr als alles andere, daß sie mit jemandem drüber reden könnte. Sie hätte gern Vonni gefragt, aber Vonni und Luther kamen selten zu Besuch, und meistens war Jed dann dabei. Außerdem hatten sie kein Kind, deshalb kannten sie das, was Maddy gern gewußt hätte, nicht aus eigener Erfahrung. Maddy wollte wissen, ob das, was mit ihr und Jed war, bei allen jungen Eltern so war, ob es kam und auch wieder verging. Sie hätte May fragen können, aber Mays vier Kinder waren schon groß. Sie bezweifelte, ob sie sich noch daran erinnerte, wie es gewesen war, vor allem nach dem ersten Kind.

Es fiel Maddy schwer, sich auch nur selbst Rechenschaft darüber abzulegen, was sie meinte, wenn sie das Gefühl hatte, daß sich mit Jed etwas verändert hatte. Wann war er je anders gewesen? Er war immer schon schweigsam, hatte selten über seine Gefühle geredet, sowohl was sie betraf als auch über alles andere. Er war ihr an dem Tag, als er sie geheiratet hatte, genauso ein Rätsel gewesen wie bei ihrer ersten Verabredung oder an dem Abend, als er zum erstenmal in sie eingedrungen war und sie gestaunt hatte, daß er sie so sehr oder überhaupt wollte.

Trotzdem kam es Maddy vor, als hätte sich etwas verändert, als wäre Jed auf irgendeine Weise gar nicht da. Es erinnerte sie an einen Film, den sie zusammen gesehen hatten, *Die Körperfresser kommen*. Da wurden ganz normale Menschen von geheimnisvollen Wesen von fremden Planeten überfallen, die ihre Seelen okkupierten. Für die Leute, mit denen sie verheiratet waren, sahen sie weiter so aus wie immer, aber in ihren Körpern wohnten Fremde. Aber das war Science-fiction gewesen! Wer hätte Jeds Seele rauben können? Maddy glaubte nicht an solchen Hokuspokus. Vielleicht war sie bloß überempfindlich. Sie sehnte sich nur so sehr danach, daß er liebevoller wäre; daß er ihr sagte, sie mache ihre Sache als Mutter gut, weil sie so oft daran zweifelte; daß er gelegentlich sagte, daß er seine Tochter liebte und stolz auf sie sei und daß er gern mit ihr verheiratet und glücklich sei, mit ihr zusammenzuleben. Es konnte sein –

und Maddy hoffte es sehr –, daß er vor lauter Arbeit keine Zeit für solche Dinge hatte. Sicher, er hatte zwei Jobs und mußte oft abends noch arbeiten. Aber was Maddy Sorgen machte, war nicht die viele Arbeit, mit der er sich belastete. Das schien ihr zu zeigen, wie ernst er die Verantwortung für sie und das Kind nahm. Schlimm waren die Abende, an denen er mit ausdruckslosem, grübelndem Gesicht in ihrem Zimmer saß und aussah, als wäre er tausend Meilen weit weg. Ein paarmal war er aufgesprungen und hatte gesagt, daß er einen Spaziergang machen wolle, daß er sich eingesperrt fühle. Maddy wünschte sich sehr, sie möchte in solchen Momenten den Mut finden, ihn zu fragen, was er dachte, aber sie brachte es nicht über sich. Sie war bloß erleichtert, wenn er wiederkam und ruhiger wirkte.

Aber sie hatte, vielleicht weil sie sich keine Schuld geben wollte, beschlossen, daß sich die Dinge mit der Ankunft des Babys verändert hätten. Nicht, daß man dem Baby die Schuld geben konnte! Es hatte nicht darum gebeten, auf die Welt zu kommen. Aber es kam Maddy vor, als wäre es vorher anders gewesen. Und deshalb sah sich Maddy jeden Tag so wißbegierig »General Hospital« an. Sie wollte wissen, was mit Heather passierte.

Alle andern interessierten sich mehr für Luke und Laura. Ein großer Teil der täglichen Gespräche nach der Serie drehten sich um sie, ob sie sich versöhnen würden, ob Luke wirklich Laura »vergewaltigt« habe. May behauptete, es sei keine Vergewaltigung gewesen. »Sie liebte ihn«, sagte sie. »Sie wollte ihn haben ... Das ist keine Vergewaltigung.«

»Und warum konnte er sie nicht nett bitten?« wollte Grace Jahr wissen.

»Sie war verheiratet«, erklärte May. »Wenn er sie gefragt hätte, hätte sie nein sagen müssen.«

»Dadurch war die Beziehung aber von vornherein schief«, sagte Grace. Sie strickte immer beim Fernsehen –

Fäustlinge, Topflappen, Teemützen, die sie in ihrem Laden verkaufte. Sie war die einzige, die etwas dagegen hatte, daß Luke und Laura heirateten. »Sie hat ihre Wahl getroffen und soll gefälligst dabei bleiben«, riet sie.

Niemand außer Maddy schien sich für Heather zu interessieren. »Die ist einfach durchgeknallt – verrückt«, sagte May verächtlich, wenn eine Episode sie mal zum Mittelpunkt machte.

Heather, die mit Jeff verheiratet war, hatte einen süßen kleinen Jungen zur Welt gebracht, Steven Lars, und hatte diesen dann, ohne ihrem Mann davon zu erzählen, auf dem schwarzen Markt verkauft! Nicht wegen des Geldes, sondern weil sie verrückt war. Maddy glaubte das nicht ganz. Sie hatte nicht alle Fortsetzungen gesehen, und sie hatte irgendwie gehört, daß Heather auch in Geldnot gewesen sein könnte. Aber was hieß das, verrückt? Maddy hatte schon so oft in ihrem Leben gehört, wie das Wort zur Selbstbeschreibung oder zur Beschreibung von andern benutzt wurde, in allen möglichen Zusammenhängen, es schien nicht eine bestimmte Bedeutung zu haben. Ihre Mutter sagte von ihrer besten Freundin Marion: »Da geh ich heute nicht hin. Wenn die ihre Tage kriegt, ist sie total verrückt«; oder in der Schule sagten die Kinder: »Mann, gestern, das war total verrückt!« oder »Billy ist verrückt, warte bis ich dir erzähle, was der gemacht hat«. Maddy hätte gern gewußt, ob diese Verrücktheit etwas war, das in einem lauerte, in allen Menschen, und das eines schönen Tages einfach hervorplatzte. Hatte Heather ihr Baby in »einem Anfall von Wahnsinn« verkauft?

Leider schien sich keiner richtig daran zu erinnern, was Heather dazu getrieben hatte. Jetzt sah man nur die Folgen und ihre Reue. Richtig schlimm wurde die Reue erst, weil Heathers beste Freundin Diana durch einen wirklich komischen Zufall Steven Lars zur Adoption bekommen hatte.

Sie gab ihm den Namen P.J. Als Heather Diana mit dem Kind sah, wurde sie von Eifersucht überwältigt und beschloß, sie in den Wahnsinn zu treiben und P.J. zurückzuholen.

Eines Nachmittags besuchte sie Diana und kippte ihr eine tüchtige Portion LSD in den Tee, aber die Tassen wurden versehentlich vertauscht und sie, Heather, trank den vergifteten Tee und wurde selbst verrückt! Richtig verrückt, so daß man sie in die Psychiatrie stecken mußte.

Wenn es eine Frage gab, die Maddy wirklich gern jemandem gestellt hätte, dann diese: Wurde man wahnsinnig, wenn man sein Kind weggab? Oder bewies die Tatsache, daß man es weggab, schlicht, daß man verrückt war? Führte eine schreckliche Tat unausweichlich zur nächsten? Maddy wünschte sich sehr, sie könnte die Geschichte weniger ernst nehmen, so wie einige Studentinnen, die lachten, wenn »General Hospital« lief, und sich über die Schauspieler lustig machten und sie nachäfften.

Als Vonni und Luther das nächstemal zu Besuch kamen, zeigte Jed Luther das Collegegelände und ließ Maddy mit Vonni allein. Das Baby lag satt in der Wiege. Vonni schaute zu ihr hinein. »Weißt du, ich finde, sie wird niedlicher«, sagte sie. »Die Ohren wirken nicht mehr so groß. Vielleicht schrumpfen sie ... oder vielleicht wird ihr Kopf größer, und sie sehen im Vergleich kleiner aus.«

»Ich mache mir immer noch Sorgen um ihr Auge«, vertraute Maddy ihr an.

»Ja«, sagte Vonni. »Bleibt vielleicht nur die Operation.«

»Das ist doch aber furchtbar teuer«, sagte Maddy.

»Glaub ich auch«, sagte Vonni.

Es trat eine Pause ein.

Maddy hatte sich im Geist so oft mit Vonni über das Baby und Jed und was zwischen ihnen los war unterhalten, daß sie jetzt, wo sie sie endlich da hatte, nicht wußte, wie sie anfangen sollte. »Wünschst du dir manchmal ein Kind?« fragte sie möglichst beiläufig.

»Ich?« Vonni lachte, als fände sie die Idee total abwegig. »Kannst du dir mich als Mutter vorstellen?« Es stimmte, in ihrem Arbeitshemd, ihren engen Jeans und den Arbeitsstiefeln sah Vonni nicht einmal wie ein Mädchen aus. Nur ihr grüner Nagellack, das freche, schief aufgesetzte rote Baseballkäppi und ihr zierlicher Knochenbau hätten sie verraten.

»Ich konnte mir mich auch nicht als Mutter vorstellen«, sagte Maddy.

»Aber jetzt bist du eine«, sagte Vonni.

Maddy hatte gehofft, sie würde etwas Tröstlicheres sagen. Etwa: »Dir hat man doch immer schon angesehen, daß du eine gute Mutter wärst«, aber sie sagte nichts weiter. »Ich bin mir wohl einfach nicht sicher«, sagte sie seufzend, die Augen in eine Zimmerecke gerichtet.

»Worüber denn?« fragte Vonni.

»Das Baby.«

»Du meinst, wie sie aussieht?«

»Nein, irgendwie ... allgemein.«

»Na ja, ist wohl wirklich schwer«, sagte Vonni mitfühlend.

»Ich weiß nicht, ob ich sie genug liebe«, platzte Maddy heraus.

»Es hat aber den Anschein.«

»Manchmal hab ich das Gefühl, ich tu bloß so.«

»Vielleicht geht das allen so.«

Aber der Gedanke war Maddy, obwohl er sie gewissermaßen freisprach, noch schrecklicher. »Ich glaube beinahe, es liegt mehr an Jed«, sagte sie.

»Wieso?«

Maddy zögerte. »Er scheint irgendwie anders zu sein, seitdem das Baby da ist.«

Vonni zögerte ebenfalls. »Ja, finde ich auch.«

Das Gute und zugleich das Furchtbare an ihren Gesprächen mit Vonni war, daß sie immer sagte, was sie wirklich fühlte, und nicht, was Maddy vermutlich hören wollte. »Kommt er dir auch verändert vor?« fragte Maddy, und das Herz klopfte ihr bis zum Hals.

»Ja«, sagte Vonni. »Ich kann es nicht genau erklären ... Aber wir haben euch auch nicht sehr oft gesehen.«

»Was ist denn anders an ihm?« probierte Maddy noch einmal in der Hoffnung, einem Geheimnis auf die Spur zu kommen, das alles in einem neuen Licht erscheinen lassen würde.

»Na ja, in der Schule haben wir immer viel Spaß zusammen gehabt und geblödelt und so. Und jetzt wirkt er irgendwie viel ernster ... und Luther sagt, er erzählt nicht mehr so viel wie früher.«

»Er hat doch noch nie viel erzählt.«

»Stimmt auch wieder ... vielleicht hat er sich gar nicht so verändert.«

»Finde ich aber doch«, sagte Maddy beharrlich.

»Inwiefern denn?«

Maddy überlegte, wie sie es beschreiben konnte. »Ihm scheint nichts mehr am Sex zu liegen.«

Vonni staunte. »Echt? Mann, hast du Glück.«

»Ich meine, früher haben wir dauernd miteinander geschlafen, und jetzt kaum noch.«

»Na ja, er arbeitet auch ziemlich hart.«

»Trotzdem ... als ich noch schwanger war, dachte ich, es lag daran, daß ich so häßlich war, so dick, aber jetzt habe ich das gleiche Gewicht wie früher, und trotzdem.«

»Das zeigt, daß er dich liebt«, sagte Vonni nachdrücklich.

»Wirklich?«

»Ja ... wenn Männer sich bloß für Sex interessieren, dann haben sie nichts als das im Kopf, aber wenn man jemanden liebt, will man alles mögliche vom andern, nicht bloß Sex.«

Diese Erklärung gefiel Maddy sehr. »Das könnte sein«, sagte sie. Dennoch drängte es sie weiter. »Irgendwas ist einfach anders, ich weiß nicht, was ... ich hab manchmal das Gefühl, er wünschte sich, daß er mich gar nicht erst geheiratet hätte, und daß er das Baby haßt.«

Vonni starrte Maddy bloß mit großen aufmerksamen Augen an. »Oh.«

»Abends springt er manchmal auf und geht spazieren, und dann kommt es mir vor, als ob er es hier einfach nicht aushält.« Sie befürchtete, sie würde gleich in Tränen ausbrechen. »Es ist meine Schuld, Vonni. Ich habe ihn gezwungen, mich zu heiraten.« Und plötzlich weinte sie wirklich, vornübergebeugt, und schämte sich ihrer Tränen und all ihrer wirren Gefühle.

Vonni sprang auf und tätschelte Maddys Schulter. »Das ist nicht wahr«, sagte sie. »Er *wollte* dich heiraten ... er wollte doch nicht, daß du abtreibst, oder?«

»Doch, ich glaub schon«, sagte Maddy. »Aber ich hätte es nicht gekonnt!« Sie blickte mit roten Augen zu Vonni auf. »Woran merkst du, daß Luther dich liebt?

Vonni zuckte die Achseln. »Weiß ich nicht.«

»Sagt er es oft?«

Vonni machte ein verlegenes Gesicht. »Luther ist anders«, sagte sie. »Er ist fast das Gegenteil von Jed. Er redet so gern über seine Gefühle, daß es mich ganz verrückt macht. Wenn er doch bloß ab und zu den Mund halten würde!«

Danach gingen sie zu allgemeineren Themen über. Erst später erwähnte Maddy ihren Job im Frisiersalon und erzählte, daß sie dort jeden Tag »General Hospital« guckten. »Du Glückliche!« sagte Vonni. »Ich seh's auch manchmal, aber längst nicht jeden Tag.«

Maddy schluckte: »Was hältst du von der Sache mit Heather und ihrem Kind? Findest du, daß sie verrückt war, es wegzugeben, wo sie doch verheiratet war und alles?

»Sie ist einfach verrückt, Punkt.«

»Aber manche Leute tun das doch«, sagte Maddy.

»Was?«

»Ihre Kinder weggeben ... zur Adoption, meine ich.«

»Wie, wie hieß sie noch, das Mädchen aus meiner Klasse, weißt du noch?«

Das Mädchen, von dem Vonni sprach, war im letzten Schuljahr schwanger gewesen, aber die Schule hatte ihr weiter erlaubt, am Unterricht teilzunehmen. Sie hatte ihr Kind kurz vor den Abschlußprüfungen bekommen und war sogar zum Abschlußball gekommen. Aber wenn ich das getan hätte, dachte Maddy, hätte Jed mich nie geheiratet. Vorsichtig äußerte sie diesen Gedanken.

»Vielleicht doch«, sagte Vonni.

»Glaubst du wirklich?«

»Klar.«

Maddy hatte das Gefühl, sie hätten langsam eine zentrale Wahrheit umkreist, die manchmal fast zum Greifen nahe war und dann wieder zurückwich. Jedesmal wenn sie sich ihr näherten, bekam Maddy Angst und dachte plötzlich, selbst wenn es eine »Wahrheit« gebe, wolle sie die vielleicht gar nicht wissen. Wenn es doch nur ein Zwischending geben könnte, zwischen einer ungeheuren Wahrheit und dieser verschwommenen Angst, die sich jetzt wie ein Nebel durch ihr Leben zog.

Am Abend beschloß Maddy, wohl zum erstenmal in ihrem Leben, diejenige zu sein, die mit dem Liebesspiel anfing. Das mußte doch in Ordnung sein? Beim eigenen Ehemann? Sie hatte Artikel gelesen, die behaupteten, daß aggressive Frauen Männer impotent machen, und das wollte sie auf keinen Fall. Aber als sie ins Bett gingen, berührte sie seinen Penis, der sofort hart wurde. Dann wußte sie nicht weiter. Sie hielt ihn einfach fest und wartete auf eine Bewegung von ihm. Jed lachte. »Den bedient man nicht wie den Schalthebel im Auto, Maddy.«

»Was?« Sie hatte Angst, nur alles falsch zu machen. Sie nahm ihren ganzen Mut zusammen, schob sich hinunter und versuchte, ihn in den Mund zu stecken. Er erschien ihr riesengroß. Sie lag da und wußte wieder nicht weiter und versuchte, ihm nicht mit den Zähnen weh zu tun.

Jed zauste ihr das Haar und zog sie zu sich hoch. »Was hast du denn heute abend?« fragte er.

»Ich dachte, wir könnten mal was Neues probieren«, sagte Maddy verzweifelt. Sie hatte auch einen Artikel darüber gelesen, wie man eine Ehe lebendig hält. »Hab ich es richtig gemacht?« fragte sie.

Er zögerte. »Klar.«

»Wir können's auch einfach so machen wie sonst.«

Also bestieg Jed sie, schob seinen Penis in sie hinein und begann auf und ab zu wippen, und es war wie immer, gleich von Anfang an. Maddy lag da, umfing ihn, hoffte, daß er glücklich war, und fragte sich, warum alle behaupteten, Sex sei so wichtig. Manchmal dachte sie, sie wäre der einzige Mensch auf der Welt, der das nicht begriff.

In der nächsten Woche, als Maddy die kleine Minnie bei Geraldine Farnum abholte, kam ihr eine Idee. Vielleicht wollte Geraldine ihr Baby haben! Sie hatte tausendmal gesagt, wie sehr sie sich ein Mädchen wünschte, wie eine kleine Tochter das eine war, was ihr im Leben noch fehlte. Sie hatte vor Timmy zwei Fehlgeburten gehabt, und hinterher auch wieder zwei. Sie hatte etwas mit der Gebärmutter: bei Timmy hatte sie sieben Monate im Bett liegen und jeden Abend ein Glas Gin trinken müssen! Der Arzt hatte es empfohlen, und es hatte funktioniert, obwohl Geraldine meinte, daß sie sich an den Geschmack nicht hatte gewöhnen können.

Jetzt »versuchten« sie und ihr Mann es wieder. Maddy hatte nicht gewußt, daß manche Leute sich extra bemühen müssen, Kinder zu kriegen. Sie hatte gedacht, es passierte einfach, ob man es wollte oder nicht. Aber Geraldine sagte, das sei nicht so. Man müsse schon genau die vierundzwanzig Stunden treffen, in denen man fruchtbar war, sonst konnte man vögeln bis zum geht nicht mehr, ohne daß es etwas nützte. Das Schwierige sei, meinte sie, mitzubekommen, wann die fruchtbare Zeit sei. Sie hatte eine Temperaturtabelle und ein Thermometer am Bett, und trug jeden Morgen ihre Temperatur ein. An dem Tag, an dem sie ein kleines bißchen anstieg, war sie fruchtbar. Manchmal kontrollierte sie die Temperatur dreimal am Tag und rief in der Sekunde, wenn sie stieg, ihren Mann im College an, und sie gingen hurtig miteinander ins Bett. Einmal hatte sie ihn aus dem Unterricht holen lassen, und er hatte seinem Seminar erzählt, daß er sich zu Hause um einen Notfall kümmern müsse, hatte seine Stunde über die Bedeutung des Todes in der französischen Lyrik der Romantik unterbrochen und war nach Hause gesaust. So sehr wollten sie eine Tochter. »Es macht das Liebesleben nicht gerade spontan«, sagte Geraldine trocken. »Aber was soll man machen?«

»Habt ihr schon mal dran gedacht, ein Kind zu adoptieren?« fragte Maddy.

»Ja ... klar. Das werden wir auch machen, wenn alles andere nicht klappt. Aber es ist so viel schöner, wenn es das eigene ist. Und man kriegt heute ja auch kein Baby mehr! All diese dummen Teenager ziehen ihre Kinder selber groß, sogar ohne zu heiraten. Sie haben keine Ahnung von kleinen Kindern, sie können nicht einmal für sie sorgen und lassen sie dann einfach bei ihren Müttern ... Es müßte verboten werden!« Sie war so wütend, daß Maddy erschrak, obwohl sie nicht glaubte, daß sie in diese Kategorie gehörte. Allerdings nur, gab sie innerlich zu, weil ihre Mutter nie zu Haus geblieben wäre, um für Minnie zu sorgen, wenn Jed sie nicht geheiratet hätte. Sie hatte eindeutig gesagt, daß sie von Kindern genug hatte.

»Ich find Gene wichtig«, meinte Geraldine. »Ich würde wissen wollen, was für Eltern das Kind gehabt hat ... und ich fürchte, Paul würde ein jüdisches Kind haben wollen. Das macht es noch schwieriger. Jüdische Mädchen werden seltener ungewollt schwanger.«

Maddy hatte nicht gewußt, daß Geraldines Mann Jude war. »Bist du auch Jüdin?« fragte sie.

Geraldine lachte. »Nein, nur eine Wald- und Wiesenschikse«, sagte sie. Und als sie Maddys verwirrtes Gesicht sah, fuhr sie fort: »So nennt man Frauen, die nicht jüdisch sind. Es ist normalerweise kein sehr schmeichelhaftes Wort, fürchte ich.«

Maddy war in dem Glauben aufgewachsen, daß Juden für gewöhnlich reiche Leute seien, daß sie selbständig seien und haufenweise Geld sparten wie Mr. Edelman, für den Jed arbeitete. Aber Paul Farnum lief so ähnlich herum wie Luther, mit Jeans und Dufflecoat und Stiefeln. »Wäre es dir wichtig, ein jüdisches Kind zu bekommen?« fragte sie.

»Nein! Das wär mir egal, solange es ein gesundes Kind ist und die Eltern nicht drogenabhängig waren oder so.« Sie seufzte. »Du und ich, wir können uns glücklich schätzen.«

»Ja«, sagte Maddy ein wenig unsicher.

»Wir sind gesund, haben ein normales, hübsches Kind, anständige Männer, die wir achten. Worüber sollten wir uns beklagen?«

Maddy hatte gar nicht gemerkt, daß sie sich beklagten. Aber nach einer kleinen Pause sagte sie: »Ich bin nicht sicher, ob Minnie wirklich so hübsch ist ... Sie hat so abstehende Ohren.«

Geraldine hob ihr Haar. Es war phantastisch. Sie hatte

genau solche Ohren wie Minnie! »Man deckt sie eben zu, trägt die Haare lang«, sagte sie. »Kein Problem.«

Daß Geraldine so große Ohren hatte, entzückte Maddy. Wenn sie Minnie tatsächlich adoptierte, würden die Leute vielleicht wirklich glauben, daß sie Mutter und Tochter wären. Und sie wußte noch, wie ihre Mutter immer wieder gesagt hatte, daß ein adoptiertes Kind aus ihrem Wohnblock seiner Mutter »verblüffend« ähnlich sah, daß Kinder und ihre Eltern sich einander anglichen wie Hunde und ihre Besitzer. »Wenn sie kein Mädchen wäre, würde ich mir wahrscheinlich auch nicht solche Gedanken machen«, gestand sie.

»Was ist daran so wichtig?« fragte Geraldine.

»Na ja, bei Jungs nicht«, erklärte Maddy. »Aber wenn sie älter wird.«

»Ach, das ist doch Blödsinn!« rief Geraldine. »Das Aussehen tut doch wirklich nichts zur Sache!«

»Nicht?« Maddy hatte immer geglaubt, Aussehen sei das einzige, was zähle.

»Nein, und es macht mich ungeheuer wütend, daß Hollywood so tut, als ob. Sieh dir die großen Kurtisanen der Geschichte an, Kleopatra, Madame de Staël. Die haben die Männer durch ihre Persönlichkeit angezogen, nicht nur durch ihren Busen oder ihre hübsche Stupsnase.«

Maddy wußte nicht genau, was eine Kurtisane war, aber die Information gefiel ihr, auch wenn sie sich fragte, ob Geraldines Einstellung daher rührte, daß sie selbst nicht gerade eine Schönheit war. Natürlich hätte sie das nie gesagt, aber einen Moment drauf meinte Geraldine: »Schau mich an! Niemand hat mich je für einen Schönheitswettbewerb aufgestellt. Aber ich habe einen tollen Mann, und wir sind seit fünfzehn Jahren zusammen.«

Was Maddy bei Geraldine besonders gefiel, war, daß sie sich trotz der zwanzig Jahre, die zwischen ihnen lagen, mit ihr wie mit ihresgleichen unterhielt. Sie versuchte nicht, ihr ständig weise Ratschläge zu geben und sie herumzuschubsen wie Maddys große Schwestern. Manchmal fragte sie Maddy sogar nach ihrer Meinung und schien ihre Antworten interessant zu finden. Jetzt fragte sie: »Was meinst du, wann willst du das nächste haben?«

»Das nächste Baby?« fragte Maddy.

»Ja.« Geraldine schenkte sich noch eine Tasse Kaffee ein. Sie trank ungefähr zehn Tassen am Tag, obwohl sie versuchen wollte, es sich abzugewöhnen.

»Ich weiß nicht«, sagte Maddy. Ob es an dem Altersabstand lag oder an der Tatsache, daß sie Geraldine noch nicht lange kannte, jedenfalls mochte sie ihr nicht von den Sorgen erzählen, die sie wegen ihrer Ehe hatte.

»Na ja, du bist ja selbst noch ein Kind«, sagte Geraldine liebevoll. »Du hast noch alle Zeit der Welt. Julie, meine große Schwester, ist nur ein Jahr älter als ich, und sie hat ihre gekriegt, als sie noch ganz jung war, wie du. Jetzt gehen sie schon aufs College, und ich messe immer noch jeden Morgen meine Temperatur! Ich werde wahrscheinlich die älteste Mutter in Timmys Kindergartengruppe sein. Aber weißt du, ich glaube, ich wäre zwischen zwanzig und dreißig noch nicht soweit gewesen. Ich wollte vorher noch so viel tun! Und Paul genauso. Wir haben die zehn Jahre ohne große Verantwortung total genossen.«

Maddy hatte bis dahin noch niemanden gekannt, der früh geheiratet und dann mit dem Kinderkriegen so lange gewartet hatte. Vielleicht würden Vonni und Luther es auch so machen.

»Aber du wirst, wenn du so alt bist wie ich, ein ganzes neues Leben vor dir haben«, versicherte Geraldine lieb.

»Ja«, sagte Maddy leise. Ein ganzes neues Leben. Aber was sollte sie damit anfangen? Es war etwas anderes, wenn man einen Beruf hatte oder ein Ziel. Der Gedanke machte ihr angst. Wenigstens gaben Kinder einem einen Sinn im Leben.

Abends bei sich daheim dachte sie weiter über die Idee nach, Geraldine Minnie anzubieten. Ihr gefiel die Idee in vielerlei Hinsicht. Erstens war sie nicht sicher, selbst wenn Vonni ein Kind hätte haben wollen, wie gut sie sich als Mutter machen würde. Während Geraldine die hingebungsvollste Mutter war, die sie kannte. Sie dachte ständig an ihr Kind, sorgte sich um ihn, plante sogar schon, was er werden sollte, wenn er groß war! Auf die Weise hätte Minnie automatisch einen großen Bruder, der aber nicht zu viel größer war. Timmy wirkte wie ein netter, ruhiger Junge. Maddy fand, er hatte wahrscheinlich das Zeug zu einem netten großen Bruder, der sich um Minnie kümmern und ihr Dinge zeigen und erklären konnte. Und es gab keinen Zweifel, daß Geraldine sich ein Mädchen wünschte und ein zweites Kind. Einmal, als Maddy nach Hause gekommen war, hatte sie Geraldine mit Tränen in den Augen angetroffen, weil sie ihre Tage bekommen hatte. Sie hatten zwei Wochen auf sich warten lassen, und Geraldine war sicher gewesen, daß sie diesmal schwanger war.

Maddy wußte nicht recht, wie sie mit Geraldine auf das Thema zu sprechen kommen sollte. Jedenfalls hatte sie fest vor, es so vage anzusprechen, daß sie, wenn Geraldine nicht richtig reagierte, ohne weiteres zu etwas anderem übergehen konnte, ohne daß es peinlich wurde. Vielleicht konnte sie allgemein mit Adoptionen anfangen.

Dienstag, als Maddy nach der Arbeit nach Hause kam, schippte Geraldine Schnee. Sie winkte Maddy fröhlich zu.

»He, stell dir vor!« sagte sie und umarmte Maddy. »Ich bin schwanger!« Damit ließ sie die Schippe fallen und vollführte einen kleinen Tanz im Schnee.

»Oh, wie toll«, sagte Maddy schwach.

Geraldines Augen leuchteten, ihre Wangen waren rot.

Sie sah überglücklich aus. »Ich hab's erst heute erfahren. Das Labor hat vor einer Stunde angerufen ... Puh, ich hatte solche Angst, daß es wieder nur falscher Alarm ist. Ach, Maddy, ich freu mich so!« Als sie ins Haus gingen, fuhr sie fort: »Wollt ihr nicht heute abend bei uns essen? Ich habe ein riesiges Roastbeef und Sekt. Und unsere Männer kennen sich doch noch gar nicht. Was meinst du?«

»Ja, gern«, sagte Maddy.

Sie war nicht sicher, wie Jed reagieren würde, aber als er nach Hause kam, war er ganz einverstanden. Er machte sich nie wie Maddy Sorgen, ob er andern Leuten gefallen würde oder was er mit ihnen reden sollte. Maddy war trotzdem ein bißchen befangen. Geraldine war so freundlich, daß sie sich keine Sorgen machte, aber ihr Mann, Paul, war Professor. Er hatte sogar ein Buch geschrieben! Und er lehrte Französisch. Maddy hoffte, daß er sich mit Jed unterhalten würde und daß sie und Geraldine miteinander reden konnten wie sonst auch. Sie zog ihr rotes Strickkleid an, ihr »bestes Kleid« aus der High School, und versuchte, ihre Enttäuschung über Geraldines Schwangerschaft zu unterdrücken. Sie wollte sich für ihre Freundin freuen, die solche Mühen durchgemacht hatte, und sie war entschlossen, ihre wahren Gefühle nicht zu zeigen. Doch dem guten Vorsatz zum Trotz ertappte sie sich immer wieder bei der Phantasie, daß Geraldine ihnen, wenn sie die Tür aufmachte, erzählen würde, daß es ein Irrtum gewesen sei. Dann würde Maddy, kaum hätte Geraldine ihr gestanden, wie enttäuscht sie sei, die Möglichkeit erwähnen, daß sie Minnie adoptierten. Sie und Paul würden begeistert sein ... Hör auf! schalt sie sich. Wie konnte sie sich bloß solchen Phantasien hingeben!

Geraldine hatte gesagt, sie könnten Minnie mitbringen. Maddy fütterte sie grimmig, wickelte sie und packte vorsichtshalber noch ein Fläschchen und eine Windel ein. In letzter Zeit schlief die Kleine meistens gegen acht ein, aber in einer fremden Wohnung konnte man nicht wissen.

Sie sah Jed an. Er trug einfach Jeans und ein kariertes Wollhemd, aber er sah sehr gut aus, und sie dachte flüchtig, daß sie sich vielleicht alles, was sie in den letzten Monaten fühlte, nur einbildete. Eine von Maddys Lehrerinnen in der Schule hatte gesagt, daß »ihre Phantasie leicht mit ihr durchgehe«.

Die Wohnung der Farnums war riesig. Das Haus war 1867 gebaut worden, und alle Zimmer waren sehr geräumig. Sie hatten ein Wohnzimmer und ein Eßzimmer mit einer fünf Meter hohen Decke. Geraldine meinte, zuerst sei ihr das kalt und gespenstisch vorgekommen, aber jetzt habe sie sich dran gewöhnt. Maddy beneidete sie wider Willen um den vielen Platz. Sie hatte häufig gedacht, wenn das Kind nur ein eigenes Zimmer haben könnte, würden sie und Jed sich besser verstehen. Er müßte dann nicht ständig Minnie weinen hören. Und die Farnums hatten auch so schöne Möbel, nicht alle neu, aber hübsche blanke Holzmöbel und ein langes braunes Kordsofa mit dicken weichen Polstern.

Paul Farnum entkorkte den Sekt noch vor dem Essen. Es war, ging Maddy auf, das erste Mal seit ihrer Hochzeit, daß sie Sekt trank, das zweite Mal in ihrem Leben.

»Wie gefällt es euch hier?« fragte Paul, nachdem sie einen Schluck auf die Kinder getrunken hatten.

»Ganz gut«, sagte Jed. »Mir gefällt mein Job gut.«

»Ich weiß nicht«, sagte Paul. »Manchmal kommt es mir ein bißchen provinziell vor. Um diese Zeit im Winter werd ich hier schier wahnsinnig.«

»Paul ist aus New York«, warf Geraldine ein.

»Und ich liebe die Stadt«, fuhr er fort. Er sprach hastig, fast atemlos. »Die Leute können auf New York rumhacken, wie sie wollen, aber ich würde lieber in einer Einzimmerwohnung dort leben als anderswo in einem Schloß.«

»Wir sind aus Auburn«, sagte Maddy am Sekt nippend.

Paul lächelte ihr zu. »Maddy, ich muß der Hunderttausendste sein, der dir das sagt, aber du siehst keinen Tag älter aus als zehn! Und du willst wirklich die Mutter eines Kindes sein?«

»Ich bin sechzehn«, sagte Maddy und reckte sich. Hätte sie doch nur Lidschatten aufgelegt, damit sie älter aussah.

»Unglaublich ... wahrscheinlich macht die gute Luft hier fruchtbar. Ich hab den Eindruck, die Hälfte der Mädchen in meinen Seminaren ist schwanger oder macht sich zumindest Sorgen drum.«

Das überraschte Maddy sehr.

»Ich glaube, du übertreibst ein bißchen, Schatz«, sagte Geraldine.

»Nein, was sollen die hier sonst auch machen, vor allem im Winter?« Paul grinste.

»*Ich* finde die meisten nicht auffallend hübsch«, sagte Geraldine knapp. »Du, Maddy?«

»Manche schon«, sagte Maddy.

»Klar, nicht alle«, sagte Paul. »Aber in einem Seminar habe ich ein blondes Mädchen, die ist ein Gedicht. Wenn ich Maler wäre, würde ich sie porträtieren ... Zu schade, daß ich nicht auf Blondinen fliege.«

Maddy wünschte sich, daß Jed den Mund aufmachte. Er saß bloß da und stierte in die Luft.

Paul schenkte nach. »Wie findest *du* blonde Frauen?« fragte er Jed.

»I-ich mag Blondinen«, gestand Jed.

»Die, die ich meine, hat dunkle Augen. Sehr apart. Eine altmodische Schönheit.«

Geraldine stand auf. »Ein Glück, daß ich nicht zu Eifersucht neige«, bemerkte sie trocken. Sie ging in die Küche. Paul lächelte Maddy an.

»Und du?«

»Wie bitte?« Maddy befürchtete, daß sie ihr erstes Glas Sekt zu schnell getrunken haben könnte. Vielleicht war es aber auch nur die Tatsache, daß sie nichts gegessen hatte, jedenfalls verschwamm alles ein bißchen vor ihren Augen.

»Neigst du zu Eifersucht?«

Sie wurde rot. »Ich weiß nicht.«

»Ich glaube, Frauen wissen, wann sie Ursache zur Eifersucht haben«, führte er aus. »Es gibt viele Männer wie mich, die ein Auge für Frauen haben, wir schauen sie gern an, genießen sie, bewundern sie … aber mehr nicht. Frauen sind schöne Geschöpfe, das steht fest.«

Maddy ging es durch den Sinn, daß ein Mann wie Paul sie beunruhigen würde, ob er sie nun betrog oder nicht. Und er redete so viel, das war ihr ebenfalls fast unheimlicher als Jeds Schweigen.

»*Les jeunes Filles en fleur*«, sagte Paul und schenkte sich die letzten Tropfen selbst ein. »Das denke ich, wenn ich sie sehe. Blumen, die darauf warten, gepflückt zu werden.« Sein Gesicht war ernst und verträumt.

Leicht beschwipst mußte Maddy daran denken, wie Paul mitten im Unterricht nach Hause gesaust war, um ein Kind zu zeugen. Er mußte stolz sein, daß es nun geklappt hatte. Zum Essen schenkte er Rotwein ein und sagte: »Diesmal wird es ein Mädchen.«

»Fordere das Schicksal nicht heraus, Liebes«, sagte Geraldine. »Wir freuen uns, egal was kommt.«

»Ich träume seit unserer Hochzeit von einer Tochter«, sagte Paul. »Albertine … große schwarze Augen, lange braune Zöpfe, genau wie das kleine Mädchen von nebenan, mit dem ich als Kind gespielt hab … ich finde, diese Kindheitsphantasien haben einen unglaublich starken Einfluß auf uns als Erwachsene … du auch?« Er sah Maddy an.

»Wie bitte?« Maddy war an sich davon angetan, daß er

ihre Meinung hören wollte, aber sie wußte nicht recht, was sie sagen sollte.

»Dies kleine Mädchen ... mit ihr hab ich jede Frau verglichen, die ich später kennengelernt habe. Wir haben nie was miteinander gehabt, nicht einmal Doktorspiele. Ich hab bloß zugeguckt, wie sie die Bilder in ihrem Malbuch angemalt hat. Sie hat nie übergemalt!«

»Genau wie ich«, sagte Geraldine und trug das Roastbeef auf. »Ich male nie über.«

Paul lachte. »Und du, Maddy? Malst du über?«

»Nein«, sagte Maddy schnell, ohne recht zu wissen, was sie meinten.

»Das hätte ich auch nicht gedacht«, sagte Paul. »Man sieht es einer Frau an, ob sie über den Rand gekritzelt hat und die Kühe grün und den Himmel lila angemalt hat. Denen muß man aus dem Weg gehen, die bringen nur Ärger.«

»Schatz, halt den Mund und schneid das Fleisch«, sagte Geraldine liebevoll.

Maddy dachte flüchtig, die Farnums könnten vielleicht doch Minnie nehmen, wenn es diesmal kein Mädchen wurde. Große schwarze Augen hatte sie!

»Du findest es bestimmt toll, eine Tochter zu haben«, sagte Paul zu Jed.

»Es ist ganz nett«, sagte Jed.

»Mein Bruder hat gerade Zwillingstöchter gekriegt«, fuhr Paul fort. »Gleich zwei auf einmal! Gott, hat der ein Glück.«

So ging es weiter, bis sie gingen. Paul redete, Geraldine trug auf und deckte ab und machte hier und da eine Bemerkung. Maddy sagte nur etwas, wenn sie direkt gefragt wurde, und Jed sagte fast nichts. Beim Abschied umarmte Paul Maddy und küßte sie auf den Mund. Er schmeckte nach Wein und Knoblauch. »Schön, daß ihr beide endlich mal hier wart!« sagte er herzlich. »Wir sollten es bald wiederholen ... Gerry hat mir erzählt, was für eine prima kleine Mutter du bist und was für eine gute Freundin für sie. Jetzt weiß ich, was sie meint.«

Obwohl der Heimweg nur eine Minute dauerte, wachte Minnie auf. Maddy beschloß, sie zu füttern und zu wikkeln, damit sie vielleicht morgens länger schliefe. Währenddessen schlüpfte Jed in den Schlafanzug und legte sich ins Bett.

»Ich glaub, ich hab zuviel getrunken«, sagte er schläfrig.

»Magst du sie?« fragte Maddy leise, da sie eine gemeinsame Wand mit den Farnums hatten.

»Er redet unheimlich viel«, sagte Jed und drehte sich zur Wand.

Das stimmte. Vielleicht lag das daran, daß er Lehrer war, dachte Maddy. Sie war mit der Vorstellung großgeworden, daß Frauen redeten und Männer schwiegen, obwohl sie sich manchmal gefragt hatte, ob Männer wohl miteinander redeten, wenn sie allein waren. Aber ihr Vater sagte kaum was – jetzt war er natürlich taub –, und ihre Brüder redeten auch nicht gerade viel. Dann dachte sie daran, daß Vonni gesagt hatte, Luther spreche so viel über seine Gefühle. Sie versuchte sich vorzustellen, wie das mit einem wie ihm wohl wäre, gab es aber bald wieder auf. Auch wenn Jeds Schweigen sie beunruhigte und ihn noch ferner rückte, hatte sie das Gefühl, daß es sich eher so gehörte. Aber es wäre mal interessant, einen Tag lang ein Mann zu sein, in seiner Haut zu stecken und zu wissen, was er dachte, wenn er schweigend dasaß. Maddy stellte sich vor, daß Männergedanken ganz anders sein müßten als Frauengedanken. Und daß sie nicht bunt durcheinandergingen, sondern sich irgendwie magisch, logisch fügten.

Und sie war, das mußte sie gestehen, eifersüchtig darauf, wie begeistert Paul von der Schwangerschaft seiner Frau zu sein schien. Wenn Jed nur so sein könnte! Wenigstens hatte es ihm gezeigt, daß ein kleines Mädchen für manche Männer etwas ganz Besonderes, Wichtiges war. Sie hoffte, daß er, obwohl er nichts gesagt hatte, alles genau mitbekommen hatte.

Das Baby schlief ein, ohne das Fläschchen leerzutrinken. Maddy wickelte sie und legte sie auf den Bauch. Meistens drehte sie sich im Laufe der Nacht wieder um, aber Maddys Mutter behauptete, Babys schliefen besser auf dem Bauch.

Maddy hatte auch schon überlegt, ob sie das Kind über eine Agentur zur Adoption freigeben sollte. Es gab eine in Auburn, die Annoncen in die Zeitung setzte, manchmal mit Bildern von den Säuglingen und Kleinkindern, für die ein neues Zuhause gesucht wurde. Die Kinder hatten gewöhnlich irgendwelche Probleme, obwohl sie immer als »süße, freundliche Kinder« beschrieben wurden. Maddy wußte, daß Minnie im Vergleich zu den andern Kindern unendlich begehrenswert erscheinen mußte. Abgesehen von dem schielenden Auge hatte sie keinerlei Mängel, und ihre Ohren fielen auch längst nicht mehr so auf, seitdem sie mehr Haar hatte.

Aber es kam ihr schrecklich kaltblütig vor, ihr Kind an eine Agentur zu geben. Maddy fand es völlig in Ordnung für andere, aber für sich selber konnte sie sich das nicht vorstellen. Wenn die Farnums Minnie genommen hätten, hätte sie gewußt, daß ihre Tochter ein gutes Zuhause bekäme und liebevolle Eltern. Woher sollte man die Sicherheit nehmen, wenn eine Agentur die Eltern aussuchte und nicht die Mutter selbst? Maddy fand das falsch. Wenn sie eine Agentur hätte, würde sie die Mutter wählen lassen. Auf die Weise käme das Kind in eine Familie, die der Mutter gefiel, und sie könnte beruhigt sein. Maddy traute einer unpersönlichen Agentur nicht. Für sie mußte doch ein Baby wie das andere sein. Es konnte durchaus sein, daß sie, Maddy, allerlei unangenehme Seiten an einem Ehepaar entdeckte, das ein Kind haben wollte, während es der Agentur ganz egal war!

Eines Tages nach der Arbeit traf Maddy zu ihrer Überraschung Geraldine wieder beim Schneeschippen an. Sie hatte gesagt, daß sie acht Monate lang keine körperlichen Anstrengungen unternehmen wollte, um ganz sicher zu sein, daß dem neuen Kind nichts passierte. Vor einer ihrer Fehlgeburten hatte sie schwere Kartons getragen, und ein solches Risiko wollte sie nicht wieder eingehen. Beim Näherkommen sah Maddy, daß Geraldines Gesicht traurig war und ihre Augen rot. »Ich hab's verloren«, sagte sie gleich und stieß die Schaufel tief in den Schnee.

»Was ist passiert?« fragte Maddy.

»Ich hab eine bescheuerte Gebärmutter«, sagte Geraldine mit einem bitteren Lachen. »Ich weiß nicht, ich bin einfach mit Krämpfen aufgewacht, und eine Stunde später – kein Baby mehr.«

Maddy blieb bei ihr stehen. »Das tut mir leid«, sagte sie.

Da ließ Geraldine die Schaufel fallen und warf ihr die Arme um den Hals. »Es ist so ungerecht! Ich hasse mich! Ich hasse meinen Körper! Was ist bloß mit mir verkehrt?« Sie schmiegte sich fest an Maddy, als ob die körperliche Nähe ihren Schmerz linderte. Maddy hielt sie so tröstend fest, wie sie konnte. »Möchtest du eine Tasse Tee?« fragte sie schließlich, als sie sich losließen.

»Eine Tasse Tee wäre toll«, sagte Geraldine.

Sie brachte Timmy mit, und er spielte in einer Zimmerecke, während Minnie plappernd in ihrem Kindersitz saß und auf ihrem Zahnring kaute.

»Weißt du, was ich beschlossen habe?« fragte Geraldine und trank einen Schluck.

Maddy schüttelte den Kopf.

»Ich werde die ganze Sache schlicht vergessen. Ich fühle

mich wie eine Figur aus einem Dostojewski-Roman. Die letzten zehn Jahre meines Lebens hab ich an fast nichts anderes gedacht als Babys. Wie eine Besessene träume ich von ihnen, lese, rede, schreibe Gedichte über sie ... Dabei hab ich ein Kind, und wer weiß, vielleicht kriege ich mit sechsundvierzig das nächste. Aber ich werde die Temperaturtabellen verbrennen und unser Liebesleben fröhlich laufen lassen, wie es will, und mir eine Stelle als Lehrerin suchen, und damit basta!«

»Das klingst wie eine gute Idee«, sagte Maddy voll Bewunderung für ihre Heftigkeit.

»Es ist Paul gegenüber nicht fair«, sagte Geraldine. »Wie würde dein Mann es finden, wenn du ihn einmal im Monat anrufst und schreist: ›Komm sofort nach Hause, wir müssen jetzt vögeln‹? ... Im Ernst, ich glaube, wenn ihn je etwas dazu triebe, mit einer andern Frau ins Bett zu gehen, dann das. Eines Nachts im Bett hat er mal wehmütig gesagt: ›Gerry, weißt du noch, wie's war, einfach zu vögeln? Einfach bloß so, weil's schön ist?‹« Allem Anschein nach ohne jede Absicht, schaute sie Minnie an. »Sie ist wirklich eine Süße«, sagte sie seufzend.

Maddys Herz klopfte laut. »Möchtest du sie haben?« fragte sie.

Geraldine war verblüfft. »Was sagst du?«

»Ob du sie haben möchtest.« Maddys Stimme zitterte. »Ich meine, ich könnte sie dir schenken.«

»Mir schenken?« fragte Geraldine betroffen.

Maddy war beinahe schwindelig, als sie weitersprach. Sie litt darunter, daß Minnie mit im Zimmer war. »Ich glaube nicht, daß es richtig von mir war, schon ein Kind zu kriegen«, sagte sie. »Wir waren zu jung, und Jed wollte eigentlich keins haben. Er wollte mich eigentlich nicht einmal heiraten, und jetzt ist es so furchtbar. Ich weiß, daß er sich gefangen fühlt.«

»Und du glaubst, ohne das Kind wäre deine Ehe glücklicher?« fragte Geraldine.

Maddy nickte.

Geraldine streckte die Hand aus und drückte Maddys. »Aber Liebes, jede Ehe macht solche Zeiten durch. Die gehen vorüber...«

»Wirklich?« fragte Maddy.

»Aber klar... Der Mann von meiner Schwester Julie hat ihre beiden Kinder praktisch keines Blickes gewürdigt, bis sie auf der High School waren. Sie hat sonstwas getan! Und jetzt ist er auf sie stolz wie Oskar.«

»Jed wünschte sich einen Jungen«, sagte Maddy.

Geraldine seufzte. »Ist das nicht ironisch? Es fällt mir so schwer, mir vorzustellen, daß ein Mann sich einen Jungen wünscht. Paul redet in einem fort davon, wie Töchter ihre Väter für immer und ewig lieben, und das ist das, was er will: ewige Liebe. Er ist wenigstens ehrlich! ... Und weißt du, ich hab wirklich manchmal gedacht, wenn er sie zu Hause bekommt, dann geht er nicht anderswo auf die Suche.«

»Also, was meinst du?« sagte Maddy. Sie schienen von ihrem Angebot abzukommen.

Geraldine lächelte sanft. »Ich kann dein Kind nicht nehmen, Maddy.«

»Nicht?«

»Nein... Liebe, wie sollte ich? Du würdest sie wiederhaben wollen, bestimmt.«

»Nein, bestimmt nicht«, sagte Maddy. »Wirklich, ich habe hin und her überlegt. Ich würde sie nicht wiederhaben wollen.«

»Nun, das sagst du jetzt, aber du würdest sie jeden Tag sehen, und sie würde immer süßer werden... Eines Tages würdest du ankommen und sagen: ›Gib sie mir wieder‹, und es würde uns beiden das Herz brechen.«

Maddy fragte sich, ob sie recht hatte. Und ihr ging auf, daß es deswegen vielleicht die Agenturen gab, damit man sein Kind nicht wiederkriegen konnte und damit man nicht wußte, wo das Kind war. Wenn Geraldine nur nicht nebenan wohnte!

»Weißt du«, sagte Geraldine, »das ist das Netteste, was jemand je für mich getan hat. Ich werde es dir mein Lebtag nicht vergessen. Du bist ein so wundervoller Mensch, Maddy.«

Maddy tat es schrecklich weh, daß Geraldine ihr Angebot in eine uneigennützige gute Tat umgemünzt hatte. Sie senkte den Kopf und fing an zu weinen. Geraldine sah ihre Tränen und fing ebenfalls an zu weinen. Sie saßen da und ließen die Tränen fließen, ohne sich zu beherrschen. Schließlich kam Timmy an und packte Geraldine beim Arm. »Nicht weinen, Mami!« befahl er. »Nicht!«

Geraldine blickte auf und lachte. »Ich wein doch gar nicht«, sagte sie. »Ich bin bloß –«, und sie umarmte Timmy und Maddy. »Das war gut«, sagte sie. »Ich fühle mich viel besser. Was sind wir albern! Wir Heulsusen!«

Neun

»Jed, könntest du noch einen Augenblick bleiben?« sagte Thornie. Es war früh am Tag, und die Crew hatte sich eben versammelt, um ihre Aufgaben für den Tag entgegenzunehmen.

»Klar«, sagte Jed. Er wartete, während die andern loszogen. Thornie saß auf seinem abgewetzten Bürostuhl hinter seinem Schreibtisch, auf dem Zettel, Umschläge, Werkzeuge verstreut waren. Er nahm einen Schraubenzieher in die Hand und tippte damit aufs Telefon, das in einer Ecke stand.

»Ich habe vor ein paar Tagen einen Anruf von einem gewissen Dr. Gould bekommen«, sagte er wie üblich schleppend. »Kommt dir der Name bekannt vor?«

Jeds Herz begann schmerzhaft laut zu klopfen. Um Zeit zu gewinnen, zuckte er die Achseln.

»Dieser Dr. Gould scheint eine Tochter hier am College zu haben, ein Mädchen mit dem Namen – «, er stockte und las von einem Zettel ab: »Carrie.« Er sprach den Namen falsch aus, aber Jed korrigierte ihn nicht. »Und dieser Dr. Gould behauptet, er hat den Eindruck, daß du ›was‹ mit seiner Tochter hast. Er hat erzählt, daß du schon häufiger bei ihnen in Ithaca warst. Stimmt das?«

Jed nickte. Er war sicher, daß Thornie ihn entlassen würde.

»Was ich wissen muß, ist dies: was für eine Beziehung hast du zu diesem Mädchen?« Thornie stellte die Frage freundlich und leise. Wenn er ihn angegriffen hätte, wäre

Jed aufgebraust, aber er sah Jed nur an und wartete geduldig auf eine Erklärung.

Jed überlegte, daß es wohl für jede Ausrede oder Lüge zu spät war. Er seufzte. »Nun –«, setzte er an.

Thornie lächelte. »Ja, das hab ich mir gedacht.«

»Weshalb hat er dich angerufen?« platzte Jed mit geballten Fäusten heraus.

»Ja, anscheinend hattest du ihm erzählt, daß du hier beim Haus- und Platzwart arbeitest, und er wollte wissen, ob das stimmte. Ich hab ihm das bestätigt. Außerdem hab ich ihm, obwohl er nicht danach gefragt hat, erzählt, daß du ein guter Arbeiter bist, fleißig, nie krank oder unpünktlich.« Er hielt inne. »Eine Sache habe ich ihm nicht erzählt, weil ich dachte, daß er sich darüber aufregt, als Vater. Ich hab ihm nicht erzählt, daß du verheiratet bist.«

»Danke«, sagte Jed.

Es entstand eine lange Pause. Dann sagte Thornie. »Jed, ich will dir noch mal etwas sagen, was ich euch allen schon früher gesagt hab. Ich bin keiner, der schreit. Ich mache keine Szenen. Ich sage etwas, und damit gut. Nun habe ich euch Jungs gesagt, daß es mir egal ist, was ihr in eurem Privat- oder Liebesleben treibt, während ihr für mich arbeitet. Ich will kein Richter über euer Privatleben sein. Aber ich habe auch gesagt, daß jeder Kontakt zu den Studentinnen absolut verboten ist... Weißt du das noch?«

Jed nickte.

»Nun, bin ich ein Mann und weiß, wie schwer das sein kann. Manche dieser Mädchen sind richtige Schönheiten, und manche können ziemlich herausfordernd sein. Sie können auch einsam sein. Der Winter ist lang, und so weiter. Deshalb will ich dir gar nicht unbedingt die Schuld geben. Ich kann verstehen, wie groß die Versuchung ist.«

Jed glaubte, platzen zu müssen. Er hatte das Gefühl, über heißen Kohlen geröstet zu werden. »Bin ich entlassen?«

»Nein, du bist nicht entlassen«, sagte Thornie. »Aber nicht weil ich so herzensgut wäre, sondern weil du eine süße Frau hast, die du zur Zeit wahrscheinlich nicht zu schätzen weißt, und ein kleines Kind, und weil die beiden, wenn ich dich entließe, drunter leiden würden. Das muß nicht sein.«

Seltsamerweise war Jed fast enttäuscht. Ein Teil von ihm hatte schon länger gehofft, daß man ihn rausschmeißen würde – nicht nur, weil er das Gefühl hatte, daß es eine gerechte Strafe wäre, sondern auch, weil er Capri nicht mehr begegnen würde, wenn er nicht mehr in Coolidge arbeitete. Er war nicht sicher, ob er genug Willenskraft besaß, sie nicht mehr zu sehen, wenn sie ständig erreichbar war. »Das ist sehr nett von dir«, stammelte er.

»Und jetzt sieh zu, daß du zum Haus der Drivers kommst«, sagte Thornie. »Du kannst dich auf mich verlassen, Jed. Außer mir wird niemand etwas von Dr. Goulds Anruf erfahren. Aber beim nächsten Mal –« Er hob die Hand und tat so, als schnitte er sich die Kehle durch. »Kapiert?«

»Ja«, sagte Jed trocken. »Kapiert.«

Während der ersten Tageshälfte war er im wesentlichen erleichtert, fast als wäre ihm ein Stein vom Herzen gefallen. Er glaubte, jetzt, wo er genau wußte, daß es ihn die Stelle kosten würde, wenn er Capri sah, würde er einfach Schluß machen. Er war doch nicht verrückt! Aber bald dachte er, ich muß gar nicht auf sie verzichten, ich darf mich nur nicht erwischen lassen. Und am Ende des Tages hatte sich sein ganzer Zorn über die Sache gegen ihren Vater gewendet. Dieses Arschloch! Was ging ihn das an? Seine Tochter war zwanzig Jahre alt! Ihr so nachzuspionieren, als wäre sie ein kleines Kind! Jed hatte Capris Vater und seine kurzen, scharfen Fragen vom ersten Tag an nicht gemocht. Außerdem betrog er selber seine Frau, der Heuchler!

Er hatte sich schon vor ein paar Tagen für denselben Abend mit Capri verabredet. Sie hatten auf dem Collegegelände einen idealen Ort für ihre Zwecke gefunden, im Alumni House, das nur alle paar Monate mal benutzt wurde, wenn Referenten von außerhalb dort übernachten mußten. Es war ein kleines Haus, alt, aber der Besucher wegen gut gepflegt. Jed hatte einen Schlüssel, weil alle im Team einen General für alle Gebäude hatten; er hatte einen zweiten für Capri machen lassen. Sie trafen sich nur abends da und verließen das Haus getrennt durch die Hintertür. So machten sie es schon ein paar Monate, und niemand hatte sie je gesehen.

An diesem Abend war es besonders einfach. Er hatte sich nicht einmal eine Ausrede ausdenken müssen. Maddy wollte mit Geraldine ins Kino auf dem Campus, und Geraldine hatte eine Studentin als Babysitterin für Minnie und Timmy engagiert. Der Film lief von acht bis zehn. Jed saß rastlos im Zimmer und sah zu, wie Maddy sich zum Ausgehen fertig machte. Sie war wieder so schlank, daß sie in ihre alten Sachen paßte.

»Geht es so?« fragte sie.

»Klar, du siehst gut aus«, sagte er bemüht, seine Ungeduld nicht zu zeigen.

Dann war sie endlich weg. Er hatte das Gefühl, als ob alle Gefühle des Tages gleichzeitig auf ihn einströmten. Zorn, Angst, Verwirrung. Er hatte fast keine Lust, Capri zu sehen, oder war zumindest unsicher, ob er mit ihr schlafen wollte. Leise schloß er die Tür zum Alumni House auf. Um sicher zu sein, machten sie nie Licht an. Beide hatten Taschenlampen. Er ging auf den Lichtschein zu und fand sie im Bett. Sie war nackt, mit offenen Haaren, und las mit einer Taschenlampe in einem Lehrbuch. Die Lampe warf ein fast gespenstisches Licht auf ihren Körper und ihr Gesicht. Sie schaute auf. »Hallo«, sagte sie leise.

»Hallo.« Aber Jed zog sich nicht aus und legte sich nicht dazu, sondern blieb stumm am Bett stehen.

»Ist was los?«

»Ja«, sagte Jed wütend. Er merkte erst, als er seine Stimme hörte, wie seine Stimmung war. Er erzählte Capri davon, was morgens passiert war.

Capri seufzte. »Oh, Daddy!« sagte sie. »Er ist unmöglich.«

Irgendwie gab ihr lässiger, fast liebevoller Ton Jed den Rest. »Er hätte mich um meinen Job bringen können«, sagte er. »Was bildet er sich ein?«

»Na ja, aber du hast deinen Job behalten«, sagte sie. »Was willst du also?«

»Bloß weil Thornie beschlossen hat, ein Auge zuzudrükken, bloß weil ich eine Familie habe.«

»Na und? Dann kannst du doch von Glück reden, oder? Deine nette kleine Familie hat dich gerettet.«

Jed packte sie beim Handgelenk. »Hör zu, für dich ist es vielleicht eine Lappalie, aber ich muß mich, eine Frau und ein Kind ernähren – und das ist mir wichtig, daß ich sie nicht im Stich lasse.«

»Ich kotz gleich«, sagte Capri voll Verachtung. »Plötzlich schlägt die bürgerliche Moral zu, und dir ist nur noch dein gemütliches Zuhause wichtig. Hab ich recht?«

»Nein, das siehst du falsch.«

»Und ich bin bloß ein kleines –« Sie winkte ihn fort und wedelte mit den Händen, als ob das Bettzeug brannte. »Dann geh doch! Wenn sie das einzige sind, was dir wichtig ist.«

»Sie sind nicht das einzige, was mir wichtig ist«, sagte er. »Sag deinem verfluchten Vater bloß, daß er sich aus meinen Angelegenheiten raushalten soll.«

Capris Haare sahen wie jetzt oft aus, als stünde sie unter Strom, so standen die Strähnen in alle Richtungen ab. »Er liebt mich eben. Deshalb hat er das getan.«

»Es ist mir egal, warum er es getan hat«, sagte Jed weiß vor Wut. Er hätte sie am liebsten in ihr arrogantes Gesicht geschlagen.

Sie sah zögernd zu ihm hoch. Dann sagte sie viel weicher mit ausgestreckter Hand. »Warum ziehst du dich nicht aus?«

Er schob die Hand weg und wandte sich ab. »Ach, geh zum Teufel«, sagte er und stapfte zur Tür hinaus.

Es war ein milder Abend Ende März, und das Wetter hatte zwischen Schnee und heftigen Regenschauern geschwankt. Der Boden war schwer. Jed ging an den See hinunter und fing an, den Weg entlangzulaufen, der an den alten Eisenbahnschienen verlief. Er wollte so schnell und so lange rennen, bis er nicht mehr denken konnte. In diesem Zustand mochte er nicht zu Maddy nach Hause gehen. Gott, warum hatte er sie nicht geschlagen?! Aber was hätte das gebracht? Es war ihm verhaßt, wie sie die Rollen wechselte, von der Prinzessin mit den goldenen Haaren, lässig träge und leicht arrogant, zu einer Frau, die sich ihm mit Leib und Seele hingab, als wäre er der Mittelpunkt ihrer Welt und nichts zählte außer ihm. Was stimmte? Auch er hatte auf seine Art ähnlich heftig gemischte Gefühle. Es gab Zeiten, da kam es ihm vor, als wäre sie aus einer ganz andern Welt, als hätte alles, wofür sie sich interessierte, nichts mit ihm zu tun und dem, was ihm wichtig war. Und zu anderen Zeiten hatte er wieder das Gefühl, ihr so nahe zu sein, daß sie Bruder und Schwester sein könnten. Zu solchen Zeiten hatte er ihr Dinge erzählt, die er noch nie jemandem erzählt hatte, und als er jetzt daran dachte, verabscheute er sich dafür, verabscheute sich vor allem dafür, daß er ihr gestanden hatte, wie wenig er wirklich für Maddy und das Baby empfand.

Er lief eine ganze Stunde lang. Als er sein Tempo verlangsamte und am Collegegelände vorbei den Weg nach Hause einschlug, hatte er das Gefühl, erreicht zu haben, was er wollte. Er war erschöpft, und er dachte, wenn er zu Hause heiß duschte, würde er ins Bett gehen und fest schlafen können. Am nächsten Morgen würde er aufwachen, und alles wäre vorbei; er würde nie wieder an sie denken. Aber als er am Alumni House vorbeiging, kam ihm ein Gedanke. Hatte sie daran gedacht, die Tür abzuschließen? Wenn entdeckt wurde, daß das Haus nicht abgeschlossen war, konnte er Ärger kriegen. Es konnte gut sein, daß jemand die Türen kontrollierte. Und sie war womöglich einfach schnell abgehauen, ohne sich weiter Gedanken zu machen.

Er schloß leise die Haustür auf. Sie war abgeschlossen, aber meistens verließ sie das Haus durch die Hintertür. Es brannte nirgends Licht; das Haus war stockfinster. Dann hörte er ein Geräusch aus dem Wohnzimmer. Es war ein keuchendes, heiseres, unregelmäßiges Geräusch, das ihn an etwas erinnerte, das er vollkommen vergessen hatte. Er war mal mit seinem Onkel auf die Jagd gegangen, und sie hatten einen Waschbären in einer Falle gefunden. Der hatte, beim Versuch sich zu befreien, sich fast die eine Vorderpfote abgerissen. Sie hing nur noch an ein paar Sehnen, aber das erschöpfte Tier konnte sich nicht endgültig losreißen und hing da und winselte und keuchte, in demselben abgehackten Rhythmus, den er jetzt hörte. Jed ging dem Geräusch nach.

Capri saß auf der Couch, nackt, vornübergebeugt, das Haar wie ein Cape um die Schultern, und weinte. »Caps?« fragte er zögernd.

Sie blickte auf und krümmte sich dann wieder zusammen, und das Geräusch wurde etwas leiser. Er kam zu ihr und setzte sich neben sie auf die Couch und legte ihr eine Hand auf die Schulter. Ihre Haut war eiskalt. Er spürte die Gänsehaut auf ihrem Arm, als er darüber strich. »He«, sagte er. »Was ist los? Was hast du?«

Mit einem Mal warf sie ihm mit einer Leidenschaft, die fast asexuell war, die Arme um den Hals und klammerte sich mit aller Kraft fest. »Ich dachte, du kämst nie zurück«, flüsterte sie. »Ich dachte, du kommst überhaupt nicht wieder.«

Jed umarmte sie, steichelte ihr Rücken und Schultern, glättete ihr das Haar, versuchte sie zu wärmen. »Natürlich wollte ich wiederkommen«, sagte er. »Ich war bloß fertig. Ich –«

Ihr Gesicht war naß, aber sie schien ihre Tränen nicht zu merken. Er war erschüttert, daß sie eine Stunde weinend im Dunkeln gesessen hatte, ohne zu merken, wie kalt ihr wurde. »Ich lieb dich so!« sagte sie an seiner Brust. »Ich kriege manchmal Angst, nicht weil du verheiratet bist, ich will bloß nicht – ich will nicht –«, aber sie brachte den Satz nicht zu Ende.

Er trug sie zum Bett und griff nach ihr, fand seinen Weg von hinten in sie hinein und hatte das Gefühl, sie mit seinem ganzen Körper zu wärmen und zu schützen, sie sanft aus der Kälte zu holen. Sie war auf den Knien, ihre Haare waren seidig und weich über ihren Rücken gebreitet, und er streichelte ihre Brüste und zog sie so dicht an sich, wie er konnte. Jedesmal, wenn er tiefer drang, schrie sie auf, mit einem ähnlichen Geräusch wie dem, das er beim Hereinkommen gehört hatte, einem Stöhnen, das wie Schluchzen klang. Doch ihrem Körper, ihrer Art sich so zu bewegen, daß er tiefer eindringen konnte, merkte er an, daß sie ihn wollte. Hinterher schliefen sie beide erschöpft ein.

Als er aufwachte, hatte sie die Arme unter dem Kopf verschränkt und starrte an die Decke. Er berührte ihre Wange.

»Was sollen wir tun?« fragte sie.

Jed zuckte die Achseln. »Ich weiß es nicht.«

»Ich kann dich nicht lassen ... wenn ich könnte, würde ich es tun. Willst du das? Ist es dir zu gefährlich?«

»Nein, es wird schon gehen«, sagte er, bemüht, sich und sie davon zu überzeugen. »Wir müssen bloß vorsichtiger sein.«

»Wo können wir hin?«

»Vielleicht irgendwo an den See, sobald es wärmer wird.«

»Wird es hier je warm?« Sie lachte.

»So ab Mai, glaub ich.«

»Bis dahin ist noch fast ein Monat.« Sie richtete sich auf. »Ich will nicht, daß du Ärger bekommst«, sagte sie ernst. »Ich wußte wirklich nicht, daß Daddy das vorhatte. Mir hat er nichts gesagt.«

»So schlimm war's auch wieder nicht«, sagte Jed.

»Hätte es aber werden können ... Ach, ich weiß, daß es furchtbar ist, aber manchmal liege ich nachts da und muß daran denken, wie du mit deiner Frau im Bett liegst, und dann werde ich so eifersüchtig! Es ist dumm. Du liebst sie nicht mal, sie ist bloß eine Ehefrau ... Aber trotzdem, sie ist die Mutter deines Kindes. Sie hat einen Anspruch auf dich, ihr seid irgendwie zusammengeschweißt, und ich fühle mich so ... nebensächlich.«

Selbst nach den vielen emotionalen Ausbrüchen des Abends konnte Jed nicht umhin, sich darüber zu ärgern, wie lässig sie sagte: »Du liebst sie nicht mal, sie ist bloß eine Ehefrau.« Aber es war seine Schuld, er war derjenige, der es ihr gesagt hatte. Er bekam nur seine eigenen Worte auf eine Art vorgesetzt, die ihm nicht paßte.

Capri zog sich an. »Ich geh zuerst«, sagte sie und flocht sich mit flinken und geschickten Fingern einen Zopf. Damit wirkte sie anders auf ihn, ihr Gesicht erschien ihm strenger, indianerhafter. Als sie im Mantel war, beugte sie sich zu ihm herunter und küßte ihn sanft auf die Lippen. »Tschüs«, flüsterte sie und war weg.

Jed wartete zehn Minuten und zog sich dann an. Es war

erst kurz nach zehn. Mit etwas Glück konnte er noch vor Maddy zurück sein.

Aber als er ankam, war sie schon da. Sie mußte vor wenigen Minuten gekommen sein und saß im Mantel mit dem Baby auf dem Arm da, und es schrie mit hochrotem Gesicht. Mittlerweile waren Minnies Lungen so stark, daß ihr Schreien richtig laut war, nicht mehr das penetrante Jammern der ersten paar Monate, sondern lustvoll und wütend. Jed hatte das Gefühl, von einer Axt mitten auf die Stirn getroffen zu werden. Ihm tat der Kopf ohnehin zum Bersten weh. »O Gott, was hat sie denn?« fragte er.

»Die Zähne«, sagte Maddy entschuldigend.

»Ach, herrje.« Er ging ins Bad, schloß die Tür und duschte. Als er herauskam, schrie das Baby noch genauso laut. Jed zitterte am ganzen Leib. »Ich halt's nichts aus«, sagte er zu Maddy. »Wird das die ganze Nacht so gehen?«

»Weiß ich nicht.«

»Hör zu – ich geh irgendwo im College schlafen. Ich hab einen Schlüssel für eins der Gebäude. Tut mir leid. Dies macht mich verrückt. Mir fällt gleich der Kopf ab.«

»Okay«, sagte Maddy. »Willst du einen Schlafsack mitnehmen?«

Er nickte, nahm den aufgerollten Schlafsack und ging. Schon ein paar Schritte vom Haus entfernt wurde das Schreien leiser. Gott, wie konnte so ein kleiner Wurm einen solchen Lärm machen? Er hatte das Gefühl, zum erstenmal im Leben verstehen zu können, wieso Leute ihre Kinder umbrachten oder sie zumindest halb zu Tode prügelten. Nicht, daß er befürchtete, er könnte selbst so etwas tun, aber sie kamen ihm vor wie verrückt gewordene Tiere, zu denen man einfach nicht mehr durchdringen konnte. Es war schon komisch, daß Capri meinte, sein stärkstes Band zu Maddy sei das Baby. Es war umgekehrt. Außer seiner Verpflichtung, weil er sich die Sache eingebrockt hatte, empfand er gar nichts für das Kind und fühlte sich nicht im geringsten mit ihm verbunden.

Das Alumni House betrat Jed wieder durch die Hintertür, zog sich aus, ließ sich auf das Bett fallen und schlief fest ein. Als er wieder aufwachte, war es nach zehn Uhr. Durch das Wohnzimmerfenster drang fahler Wintersonnenschein. Jed hatte den Eindruck, noch nie in seinem Leben besser geschlafen zu haben. Trotzdem kam ihm beim Gedanken an Maddy sofort ein schlechtes Gewissen. War sie die ganze Nacht mit dem Baby aufgewesen? Es war so schön, allein in einem stillen Haus zu sein, daß er noch einen Augenblick liegenblieb. Er war innerlich ganz ruhig, als wären die Ereignisse des gestrigen Abends Lichtjahre entfernt. Da fiel ihm wieder ein, wie Capri mit ernster Stimme hervorgepreßt hatte: »Ich lieb dich so.« Sie liebte ihn! In diesem Licht kam Jed alles anders vor, alles. Sie hatte nicht nur mit ihm gespielt, als Gefährte für das Jahr.

Als er wieder nach Hause kam, schliefen Maddy und das Baby. Er machte sich Frühstück und setzte sich an den Tisch. Während er leise aß, betrachtete er Maddy. Sie schlief zusammengerollt auf einer Seite, eine Hand vor dem Mund, beinahe als lutschte sie auf dem Daumen. Jedenfalls hatten ihre Haltung und das flauschige dunkelblonde Haar, das ihr lockig um den Kopf fiel, etwas Kindliches. Sie war hübsch. Es war nichts an ihr auszusetzen. Warum konnte er sie nicht lieben? Es war einfach so. Er wußte nicht, warum. Er fand sie nett, war manchmal gern mit ihr zusammen, aber das war alles. Während er sie noch betrachtete, schlug sie die Augen auf. »Oh, Jed«, sagte sie. »Wann bist du wiedergekommen?«

»Ungefähr vor einer halben Stunde.« Sie sprachen beide leise, um das Baby nicht zu wecken.

»Hast du gut geschlafen?«

»Ja ... und du?«

»Sie hat sich gegen drei beruhigt. Ich glaube, der Zahn ist durchgekommen. Vielleicht tut's jetzt nicht mehr so weh.«

Maddy richtete sich auf und streckte sich. Sie war hübsch in ihrem rosa Flanellnachthemd, das fast bis auf den Boden reichte. Er hätte sie gern wie früher begehrt, aber er spürte nur eine distanzierte Zuneigung, die ihn traurig machte.

Einige Wochen danach überraschte ihn Maddy wie mit einem Tiefschlag. Sie sagte: »Vielleicht sollten wir sie weggeben.«

»Was?« sagte Jed.

»Vielleicht sollten wir das Baby weggeben«, wiederholte Maddy.

»Wie meinst du das? Wie das denn?«

Maddys Gesicht war voll Angst. »Ich dachte erst, wir könnten sie vielleicht Geraldine und Paul geben, aber sie wollte nicht ... Aber wir könnten zu einer Agentur gehen oder so. Oder eine Anzeige in die Zeitung setzen.«

»Warum sollen wir sie denn weggeben?« fragte Jed verwirrt.

Maddy holte tief Luft. »Bloß weil, ich hab eine Menge drüber nachgedacht, und ich hab das Gefühl, wir waren wahrscheinlich zu jung, vielleicht ist es alles zuviel ... und sie scheint dir so auf die Nerven zu gehen, mit ihrem Geschrei und überhaupt ... Ich dachte, wir wären vielleicht glücklicher ohne sie. Und vielleicht wäre sie bei einem Paar, das sich wirklich ein Kind wünscht und bloß aus irgendeinem Grund keine kriegen kann, auch glücklicher.«

»Du meinst, wir sollen sie zur Adoption freigeben?« fragte Jed.

Maddy nickte.

Er schwieg. Freiheit! Mein Gott, ohne das Baby wäre er frei. Er müßte nicht bei Maddy bleiben. Sie könnten getrennte Wege gehen, jeder sein eigenes Leben leben. Die

Vorstellung begeisterte ihn so, daß er sich schämte. »Ich glaub, ich muß erst mal drüber nachdenken«, sagte er.

»Ich hab den Eindruck, daß wir seit ihrer Geburt nicht mehr ... irgendwie ist es anders«, sagte Maddy verzweifelt. »Weißt du, was ich mein?«

Jeds Herz pochte, daß es weh tat. »Ja, irgendwie schon.«

»Wir schlafen kaum noch miteinander.«

Er hatte nicht geglaubt, daß sie merkte, wie ihr Sexualleben immer mehr einschlief. »Die Arbeit schlaucht mich«, sagte er schnell.

»Ja, ich weiß«, sagte Maddy. »Ich weiß, daß du viel schuftest, Jed, ich meinte nicht – es ist bloß, ich bin nicht immer sicher, ob du froh bist, daß wir verheiratet sind.«

Irgendwie war dies Gespräch tausendmal schlimmer als das mit Thornie. Maddys leidende, leise Fragen stachen wie Nadeln in seinem Fleisch. Er war baff. Das ganze Jahr hatte er sich nur Sorgen darum gemacht, daß jemand ihn ertappen könnte, wie bei Thornie und Craig. Er war nie auf die Idee gekommen, daß andere merken könnten, was er fühlte, daß Maddy, die mit ihm zusammenlebte, einen Unterschied feststellen könnte. Worin bestand denn überhaupt der Unterschied? Er war doch noch derselbe, oder? »Klar bin ich froh«, sagte er und hoffte, daß es nicht so halbherzig klang, wie er sich fühlte.

»Mädchen freuen sich praktisch von Geburt an drauf«, überlegte Maddy. »Aber bei Jungs ist das anders.«

»Das kann ich nicht beurteilen«, sagte Jed. »Kann sein.«

»Ich wollte dich nicht in die Falle locken«, sagte sie.

»Das weiß ich.«

Nach einer kleinen Pause fuhr sie fort: »Aber ich hab wohl doch gewußt, daß du mich nicht geheiratet hättest, wenn ich nicht schwanger gewesen wäre ... Ich mein bloß, ich bin nicht mit Absicht schwanger geworden.«

»Ja, das weiß ich.« In allem, was sie sagte, schwang ein

Flehen mit, und er hätte ihr gern etwas Beruhigendes gesagt, wenn er sich dabei nicht so verlogen vorgekommen wäre. »Vielleicht hättest du abtreiben sollen«, sagte er unvermittelt.

Sobald die Worte raus waren, fürchtete er, sie könnten zu hart geklungen haben, aber Maddy sagte nur leise: »Vielleicht.«

In der Stille, die danach einsetzte, dachte Jed, daß sie beide dasselbe dachten. Wenn sie die Abtreibung gemacht hätte, säßen sie jetzt nicht hier. Sie hätten Schluß gemacht, sie hätte ihn in der Schule wehmütig angeguckt, er wäre ihr eine Zeitlang aus dem Weg gegangen, und mit Ende des Schuljahres wäre die Sache ein für allemal ausgestanden gewesen... Aber dann hätte er Capri nie kennengelernt! »Und wenn wir das Baby weggeben, wie würden wir das machen?«

»Wie gesagt, vielleicht über die Agentur in Auburn... vielleicht finden die sogar ein Ehepaar mit Geld, das es sich leisten kann, sie am Auge operieren zu lassen.«

Jed fragte sich, wer ein Baby nehmen würde, das so komisch aussah. »Glaubst du, daß jemand sie nehmen würde?«

»Aber klar«, sagte Maddy. »Jede Menge Leute! Gerry hat mal dran gedacht, ein Kind zu adoptieren, und sie sagt, viele Leute müssen richtig behinderte Kinder nehmen, die nicht gehen oder nicht sprechen können.«

»Und warum wollten die sie nicht haben?«

»Ich glaub, weil sie... noch warten wollen. Sie möchten lieber selbst noch eins bekommen.«

Jed fand die Farnums einigermaßen komisch. Sie hatten so merkwürdige Ansichten. »Was würdest du machen, wenn wir sie weggeben?«

»Wieso?«

»Ich meine, würdest du weiter in dem Salon arbeiten?«

Maddy schwieg einen Augenblick. »Ich dachte, ich könnte sogar versuchen, einen Abschluß an der Friseurschule zu machen, auf die May gegangen ist. Das wäre zwar ziemlich teuer, aber wenn ich spare, dann könnte ich hinterher einen richtigen Job kriegen, bei ihr oder auch woanders.«

Die Vorstellung, daß Maddy eine Stelle finden würde, von der sie anständig leben konnte, auch wenn er ihr kein Geld gab, gefiel Jed. »Das klingt wie eine gute Idee«, sagte er.

Maddy seufzte. »Ich weiß, daß es blöd ist, aber ich hatte Angst, du würdest mir böse sein«, gestand sie.

»Wofür?«

»Weil ich die Idee hatte, das Baby wegzugeben. Ich hatte Angst, du würdest denken, daß es zeigt, daß ich keine gute Mutter bin.«

»Ich finde, du bist eine gute Mutter«, sagte Jed.

»Wirklich?«

»Klar.«

»Ich fände es gut, wenn wir es wie Vonni und Luther gemacht hätten«, sagte Maddy. »Wenn wir einfach glücklich zusammengelebt hätten.«

»Das können wir doch immer noch.«

Sie lächelte, und dann klappte sie die Augen zu. Jed meinte, hinter ihren Lidern Tagträume ihres künftigen Lebens sehen zu können, in denen sie zwei Arm in Arm aneinandergeschmiegt waren. Aber sie würde bestimmt auch allein zurechtkommen, oder? Männer mochten sie, sie war hübsch. Wenn sie sich trennten, würde sie einen andern finden. Wahrscheinlich wäre sie in weniger als einem Jahr wieder verheiratet! Aber er fühlte sich schuldig, während er sie in seinen Armen wiegte.

An dem Wochenende schaute er nach der Arbeit bei seinem Vater herein, ehe er wieder nach Coolidge fuhr. Sein Vater strich gerade die Veranda vorm Haus, und er hatte Jed gebeten, ihm, wenn es ging, ein paar Stunden zu helfen. Jed sah seinen Vater jetzt selten, nur alle ein, zwei Monate einmal. Wenn sie zusammen waren, war es wie immer. Sein Vater verhielt sich unverändert wie zu den Zeiten, als Jed nicht verheiratet war und ein Kind hatte – leicht distanziert, freundlich, aber mit einer Zurückhaltung, die nie wich.

Sie strichen Seite an Seite und wechselten kaum ein Wort. Alle fünf Jahre strich sein Vater das ganze Haus von innen und außen. Jed hatte keine Ahnung, warum. Genauso pflegte er seinen großen Gemüsegarten, wohl weil er es immer so gemacht hatte. »Wir wollen das Baby vielleicht zur Adoption freigeben«, sagte Jed.

»Euer Baby?« Sein Vater war entsetzt. »Das könnt ihr nicht machen, Jed! Das ist gegen das Gesetz.«

»Das ist nicht wahr«, sagte Jed. »Außerdem ist es unser Baby.«

»Man darf einen Menschen nicht verkaufen«, schimpfte sein Vater, während er einen neuen Topf Farbe anrührte. »Das ist Sklaverei.«

»Wir wollen sie nicht *verkaufen*!« entgegnete Jed ärgerlich. »Wir bringen sie zu einer Agentur.«

»Welcher Agentur?«

»Einer in Auburn ... Die vermittelt Babys.«

»An wen?«

»Familien.«

Sein Vater schüttelte den Kopf. »Paßt ja auf, sonst landet ihr beide noch im Gefängnis.«

Manchmal trieb Jeds Vater ihn so zur Weißglut, daß er kaum mit ihm reden konnte. »Dad, kannst du mir bitte sagen, was daran illegal ist, daß man sein eigenes Kind zur Adoption freigibt?«

»Nehmt euch einen Anwalt«, sagte der Vater. »Die wissen Bescheid.«

»Das machen wir. Das haben wir eh vor.«

Sein Vater schüttelte noch immer den Kopf. »So was hab ich ja noch nie gehört. Warum wollt ihr sie weggeben? Was habt ihr gegen sie?«

»Wir haben nichts gegen sie«, sagte Jed um Geduld ringend. »Wir finden nur, daß wir zu jung sind, um Eltern zu sein, das ist alles. Wir machen das nicht sehr toll.«

»Niemand macht das toll«, sagte sein Vater. »Man macht's, und damit basta.«

»Ich glaube, ich hätte nicht heiraten sollen«, gestand Jed.

»Warum hast du's denn getan?«

»Weiß ich nicht.«

»Du liebst sie doch, oder?«

Jed zögerte. Sein Vater und er hatten noch nie über persönliche Dinge gesprochen, über Frauen, Sex oder Familien. »Nein, ich glaube nicht.«

Sein Vater starrte ihn fassungslos an. Schließlich sagte er: »Das ist schlimm ... du hättest sie nicht heiraten dürfen, wenn du sie nicht liebst.«

»Ich weiß ... aber sie kriegte ein Kind.«

»Warum hat sie es denn damals nicht zur Adoption freigegeben? Dann hättest du sie nicht heiraten müssen.«

»Das wollte sie nicht.«

»Warum nicht?«

Wieder zögerte Jed. »Weil sie mich liebte.«

Sein Vater seufzte. »Frauen –«, setzte er an. Dann stockte er. »Deine Mutter hat mich nie geliebt«, sagte er in dem traurig masochistischen, lakonischen Ton, mit dem er immer von ihr sprach.

»Nie?« fragte Jed möglichst scherzhaft, weil er von seinem Vater nicht ins Vertrauen gezogen werden wollte.

»Nie«, sagte sein Vater fast prahlerisch. »Nicht einen einzigen Tag ... Immer wenn wir ... verkehrt haben, hat sie mir den Rücken zugedreht. Mochte mich nicht angucken, vermutlich.«

»Und warum hat sie dich geheiratet?«

»Wußte sonst nichts mit sich anzufangen ... Nein, es gab auch noch andere Bewerber. Ich weiß es nicht! Frag sie!«

»*Du* hättest doch wieder eine finden können«, sagte Jed. Er merkte, daß er immer wieder dasselbe Stück Wand übermalte.

»Wozu?«

Er zögerte. »Sex?«

Sein Vater zuckte die Achseln. »So einer bin ich nicht.«

»Was für einer?« sagte Jed fast außer sich vor Wut. Am liebsten hätte er seinem Vater den Farbtopf über den Kopf gekippt.

»Manche Männer sind so versessen drauf, daß sie ganz verrückt werden! Das ist alles, was sie interessiert ... ich nicht. Wenn Gott mir eine liebende Frau geschenkt hätte, hätte ich sie geliebt und geehrt. Er hat mir keine geschenkt, und ich verhalte mich entsprechend.«

O Gott, konnte sein Vater komisch sein! Jed konnte es nicht ausstehen, wenn sein Vater von Gott redete. ›Mom, ich hoffe, du hast ein befriedigendes Liebesleben mit dem Kerl, mit dem du abgehauen bist. Mit diesem Arschloch zu leben würde ja jeden auf die Palme bringen‹. »Na ja«, sagte er trocken. »Ich dachte bloß, ich informiere dich über unsere Pläne.«

»Du wirst das Kind los, und dann die Frau. Ist das dein Plan?«

Jetzt explodierte Jed. »Nein! Wer wird hier wen los? Was hast du eigentlich? Wir wollen, daß das Kind ein gutes Zuhause kriegt, bei Eltern, die es sich leisten können, gut für sie zu sorgen.« Er war erschrocken, daß sein Vater seine wahren Intentionen so klar erkannte.

Sein Vater lächelte: »Beruhig dich, Junge ... Es ist dein Leben. Sieh zu, daß du dich nicht ins Gefängnis bringst, das ist alles. Und werd glücklich.«

War das alles, was an der »Lebensphilosophie« seines Vaters dran war? Nicht gegen die Gesetze verstoßen und glücklich werden? Scheiße. Der Alte war verrückt. »Ich werd's versuchen, Dad«, sagte er. »Danke für den Rat.«

Zehn

Der Frühling wollte doch noch kommen. Vielleicht, dachte Misha, war das der eine Vorzug am Leben in einem so kalten Klima – wenn der Frühling endlich kam, kriegte man Lust, aufzuspringen und einen Tanz für den Sonnengott zu vollführen. Wenn jeden Tag die Sonne schien, würde man es nach einer Weile gar nicht mehr merken. Am ersten Wochenende im April beschloß er, sich in den Garten zu setzen und zu lesen. Es war noch nicht richtig warm, knapp fünfzehn Grad, aber die Sonne war schön, sanft, weich, wohlig warm. Er zog einen dicken Pullover an, holte einen alten Liegestuhl aus der Garage und setzte sich vor dem Haus direkt in die Sonne, mit einer Decke über den Knien und einem Haufen Zeitungen zu seinen Füßen. Im Haus erklangen die ersten Takte von *Pique Dame*. Sein Interesse an Opern hatte er in der Army entdeckt, ungefähr um die Zeit, als er Russisch gelernt hatte, und die beiden großen Tschaikowsky-Opern waren seine liebsten. Er hatte sie in den folgenden Jahren so häufig gespielt, daß die Platten arg zerkratzt waren. Er sollte sie sich wirklich neu kaufen. Er wußte genau, wo die Nadel auf der ersten Seite hängenbleiben und dieselbe Zeile immer wieder spielen würde, bis er sie vorsichtig in die nächste Rille hob. Gut, es war Schmalz, aber na und? Er liebte Tschaikowsky und hatte Freude dran, die seltsamen, melancholischen Melodien auf die stille Kleinstadtstraße hinausdringen zu lassen, über die Häuser, die Gärten, die Hunde und die spielenden Kinder.

Misha gähnte. Er hatte keinen Grund, müde zu sein – es war früher Nachmittag –, höchstens, daß die Sonne so warm war und er so gemütlich unter seiner Decke saß. Er schlug eine Zeitschrift auf, las ein paar Zeilen eines Artikels und ließ sie zu Boden fallen. Ohne es zu wollen, nickte er ein. Als er blinzelnd wieder aufwachte, sausten zwei kleine Jungen auf ihren Fahrrädern vorbei, eine Nachbarin stellte ihr Auto ab, und ein junges Mädchen spazierte gemächlich die Straße entlang. Sie trug ein grün-weiß gestreiftes Kleid, Sandalen und weiße Kniestrümpfe. Sie sah beinahe aus, als wäre sie für die Kirche am Ostersonntag angezogen. Aber sie ging langsam und sah in die knospenden Bäume hinauf, als ob sie auf ihre Weise den schönen Tag genauso genoß wie er. Als sie an seinem Haus vorbeikam, sah er, daß es Parkers Frau war, Maddy. Er war nicht sicher, ob sie ihn sah oder wiedererkannte. Aber dann bog sie in seine Einfahrt ein, immer noch mit bedächtigen Schritten, eine Strohtasche am Handgelenk. »Hallo!« rief er.

»Hallo.« Sie kam näher und blieb wenige Meter vor ihm stehen. »Ist es nicht ein wunderschöner Tag?«

»Ja«, sagte Misha. »Wirklich ... Wo haben Sie Ihr Kind?«

»Ich hab sie bei meinen Eltern gelassen. Sie wohnen nur zwei Straßen weiter. Ich bin hier aufgewachsen.«

Dann hatte er sie vielleicht wirklich als Kind gesehen, wie sie auf der Straße spielte. Sie kam ihm vertraut vor, aber er glaubte, daß es eher an ihrer Art lag, an ihrer kleinstädtischen Höflichkeit und Zurückhaltung.

»Wohnen Sie schon lange hier?« fragte sie. Sie machte unbeholfen Konversation.

»Zwanzig Jahre.«

Sie sah ihn nachdenklich an. »Das ist ja wirklich eine lange Zeit.«

Misha merkte, daß die Nadel hängengeblieben war. »Einen Augenblick, bitte«, sagte er. Er sprang auf, lief ins

Haus, rückte die Nadel weiter und stellte die Musik leiser. Als er wiederkam, stand sie noch genauso da. »Ich hol Ihnen einen Stuhl«, sagte er. »Damit Sie's bequem haben ... Mögen Sie Opernmusik?«

»Weiß ich nicht«, sagte Maddy.

»Das was da spielt ... Es ist eine uralte Platte, aber ich mag sie sehr. Es ist eine russische Oper.«

»Aha.« Sie setzte sich vorsichtig auf den Stuhl, den er ihr anbot, und legte die Arme auf die Lehnen. »Ich hab mal angefangen, Klavier zu lernen«, sagte sie, »aber ich war nicht gut.«

»Man muß nicht gut sein, um gern Musik zu hören.«

Sie saßen eine Weile schweigend da. »Ich glaube, ich bin feige«, sagte Maddy seufzend.

»Wieso?« fragte er sanft

»Haben Sie je – mußten Sie je was tun, was Sie sich fest vorgenommen hatten, wo Sie sogar selbst auf die Idee gekommen sind ... und wo Sie es immer wieder vor sich hergeschoben haben?«

Misha lächelte. »Schon oft.«

»Glauben Sie, das heißt, man soll es gar nicht tun?«

»Nicht unbedingt.«

»Aber woher weiß man das?« Die Dringlichkeit ihres Tons ließ ihn aufhorchen.

»Wozu wollen Sie sich denn bringen?«

Sie senkte den Blick. »Es geht um unser Baby.«

Misha lächelte und dachte an den Nachmittag, den er mit der Kleinen verbracht hatte. »Sie ist ein sehr niedliches Kind.«

»Ja«, wiederholte Maddy mechanisch. »Sie ist ein niedliches Kind.« Wieder stockte sie. »Bloß, wir haben beschlossen, sie wegzugeben ... ich meine zur Adoption?«

Misha war verblüfft. »Warum?«

»Wir sind nicht ... ich glaub, wir sind zu jung.« Sie schien einen von unendlich vielen Gründen auszuwählen.

»Ja, ihr seid beide schrecklich jung«, sagte er. Sie wirkte noch jünger als letztes Jahr, als er sie kennengelernt hatte – vielleicht wegen der Kniestrümpfe, oder wegen ihrer schlanken, kaum ausgeformten Figur, die sie nach der Geburt des Kindes wiederbekommen hatte.

»Und es war meine Schuld«, sagte sie vorgebeugt, die großen blauen Augen fest auf ihn gerichtet. »Ich hatte Angst davor, Verhütungsmittel zu benutzen, weil ich dachte, daß es eine Sünde ist. Ich bin katholisch erzogen, und ich dachte, man muß es oft machen, bis es klappt. Und dann wurde ich schwanger und hab Jed gezwungen, mich zu heiraten.«

Misha hatte plötzlich den Eindruck, als wäre dies für sie eine Art Beichte, und er wäre der Priester und sie suchte bei ihm Vergebung. »Wie haben Sie ihn denn ›gezwungen‹?« fragte er trocken.

»Ich hab ihn nicht richtig gezwungen!« sagte sie atemlos. »Aber ich wollte keine Abtreibung, und er fühlte sich schuldig, und diese Freunde von uns haben auch geheiratet, und meine Mutter hat mich rausgeschmissen! ... Es kam alles zusammen.«

»Er hätte Sie nicht heiraten müssen, Kleines«, versicherte Misha. »Ganz oft heiraten Männer die Frauen nicht, die sie ... geschwängert haben.«

»Ich weiß«, sagte Maddy traurig. »Aber ich habe ihn dauernd angerufen und geweint. Ich wußte nicht, was ich tun sollte! Vor allem nachdem meine Mutter mich rausgeschmissen hatte. Deshalb hat Jed gesagt, zieh zu uns, zu mir und meinem Vater ... Wissen Sie, seine Mutter ist mit einem andern abgehauen, deshalb lebten sein Vater und er allein in dem großen Haus. Sie hatten reichlich Platz. Ich hätte wie eine Untermieterin einziehen können. Aber sobald ich da wohnte, fingen wir an, öfter zusammen zu schlafen, weil ich ja nicht noch mal schwanger werden konnte, weil ich ja schon schwanger war, warum also nicht? ... Und so ging es immer weiter!«

»Bis ihr geheiratet habt?«

»Nein, bloß ... vielleicht hätten wir ewig so weiter leben können! Jeds Vater war das egal. Er war total nett. Vielleicht wußte er nicht einmal, daß ich schwanger war. Aber eigentlich muß er es gewußt haben, wegen meinem dicken Bauch. Nur hat er nie was gesagt oder gefragt, ob wir heiraten wollten ... und ich hab auch nichts gesagt. Aber im stillen drauf gehofft hab ich trotzdem. Im tiefsten Herzen.«

Misha lächelte über den drolligen Ausdruck. »Und schließlich hat er dir einen Antrag gemacht, und ihr habt geheiratet?« fragte er, bemüht, ihre ausufernde Geschichte in einen Hafen zu steuern.

»Nein!« sagte sie verwundert. »Wir ... wir saßen bloß eines Tages mit Freunden rum, Sie kennen sie, Luther und Vonni, und ich weiß nicht mehr, wie es dazu kam, aber Vonni fragte: ›Wann heiratet ihr eigentlich?‹, und Jed sagte: ›Morgen‹, und so machten wir es dann auch ... Aber es war komisch, weil wir es gar nicht richtig besprochen haben! Er hat mich nicht einmal gefragt, und ich hab nicht mal ja gesagt.«

»Ich glaube, so ist das oft«, sagte Misha.

»Wirklich?« Die Neuigkeit gefiel ihr. »Bei Ihnen und Ihrer Frau auch?«

Misha versuchte, sich an die Zeit vor so vielen Jahren zu erinnern. Sie war verschwommen, wie ein uralter, lange nicht mehr gesehener Lieblingsfilm, von dem man keinen Dialog mehr wörtlich behalten hatte. »Wir waren gut ein Jahr zusammen«, sagte er, »und ich glaub, es kam irgendwie ganz natürlich. Ich glaub eigentlich, Brenda war diejenige, die davon anfing.«

»Hat Sie das gestört?« fragte Maddy ernst.

Misha lächelte. »Warum hätte mich das stören sollen?«

»Na ja, einige Männer, ich dachte, die wollen diejenigen sein.«

»Ich aber nicht.«

»Ach so.« Sie schien dieses Wissen aufzusaugen und im Kopf hin und her zu wenden. »Und waren Sie gleich glücklich?« platzte sie plötzlich heraus.

»Wieso?« fragte Misha stirnrunzelnd.

Sie räusperte sich. »Ich mein, war es schwer, verheiratet zu sein, im Vergleich zu vorher, als Sie nur verliebt waren? War es anders?«

»Es war entspannter«, sagte Misha. »Sehen Sie, Kleines, damals waren noch andere Zeiten. Meine Frau hatte immer Angst und Schuldgefühle. Deshalb war es schön, darunter nicht mehr zu leiden, und einfach ...« Seine Stimme stockte, als er unvermittelt einen Stich spürte, einen Angelhaken im Herzen.

»Ich glaub, bei uns war es das Baby«, sagte Maddy.

»Bitte?« Er war noch halb in alten Erinnerungen gefangen.

»Wissen Sie, wir haben bloß ein Zimmer. Und am Anfang hat sie viel geweint, und Jed hat wenig Schlaf gekriegt, und er hatte die beiden Jobs, deshalb war es nicht so, wie Sie gesagt haben. Es war nicht entspannt. Es war schrecklich! ... Wir haben nicht mal mehr zusammen geschlafen! Ist das nicht komisch? Ich meine, man sollte doch meinen, daß das der Sinn ist beim Verheiratetsein.«

»Ich glaub eher nicht, daß das der Sinn ist«, sagte Misha sanft. »Auch wenn es einigermaßen wichtig ist.«

»Was *ist* denn der Sinn?« wollte Maddy wissen.

»Der Sinn der Ehe?« Misha runzelte die Stirn. »Ach, Freundschaft vielleicht, für den andern zu sorgen, das Leben miteinander zu teilen, von jemandem angenommen zu werden, obwohl der alles über einen weiß ...«

Sie starrte ihn aufmerksam an, als ob er da etwas außerordentlich Seltsames sagte. »Na«, sagte sie und sah plötzlich aus, als wollte sie in Tränen ausbrechen, »dann meinen Sie also, wenn ein Paar ein Jahr oder so kaum zusammen schläft, dann macht das eigentlich nichts, wenn sie sich nur lieben?«

Misha spürte, daß in dieser Frage mehrere andere Fragen mitschwangen. »Ja«, sagte er, mehr um sie zu trösten als um die Wahrheit zu sagen.

»Ich glaube, daß wir ohne das Baby wieder glücklich werden«, sagte sie nach einer kleinen Pause. »Und das Baby wird auch glücklich sein, und alles wird gut.« Ihre Stimme zitterte.

»Aber sollten Sie nicht ... haben Sie sich das genau überlegt?« fragte Misha. »Es ist ein so großer Schritt. Will Jed sie auch weggeben?«

Maddy nickte.

»Ich finde, Sie sollten noch mal drüber nachdenken.«

»Nein!« rief sie fast erschrocken. »Das haben wir schon getan! ... Wir werden es einfach machen.«

Es entstand eine lange Pause. »Na«, sagte Misha schließlich, »dann hoffe ich, daß alles gutgeht. Jedes Paar kann sich glücklich schätzen, ein solches Kind zu bekommen. Sie ist was ganz Besonderes.«

Maddy strahlte. »Wirklich?«

»So wach und niedlich ... bestimmt.«

Ihr Gesicht mit den großen runden Augen und der fast komischen Naivität ihres Mienenspiels erinnerte ihn manchmal an eine Zeichentrickfigur. »Möchten Sie sie nehmen?« fragte sie freundlich.

»Was?«

»Sie können sie haben, wenn Sie wollen.«

»Ihre Kleine?«

Sie nickte glücklich. »Sie schien Sie zu mögen, und Sie schienen sie auch zu mögen.«

Misha war zu verdutzt, um gleich zu antworten. Seine erste Reaktion überraschte ihn selber: »Aber ich bin fünfzig!«

»Wirklich?« Jetzt war sie überrascht.

»Ja, sicher ... ich bin kein junger Hüpfer. Ich mein, ich wäre bald siebzig, wenn sie aufs College käme.«

»Würden Sie denn wollen, daß sie aufs College geht?« fragte Maddy sichtlich zufrieden.

»Na, sicher, aber ... was ich sagen will, ist, daß Sie ein junges Paar brauchen, das noch am Anfang steht. Ich bin nicht mal verheiratet.«

»Das kann sich doch ändern«, sagte Maddy. »Mein Onkel hat auch wieder geheiratet. Und die Frau ist noch netter als meine Tante Helen! Ich meine, vielleicht ist es nicht nett, es so zu sagen. Ich meine, nicht, daß Ihre Frau nicht nett war ... Ich mein bloß, Sie könnten eine kennenlernen, die genauso nett ist.«

»Stimmt«, stimmte Misha zu, »aber vielleicht auch nicht. Es gibt keine Garantie.«

»Und Sie meinen, es könnte Ihnen zuviel werden, wenn Sie nicht verheiratet sind?« fragte Maddy. »Das Windeln wechseln und alles?«

»Nun mal langsam«, Misha hob die Hand. »Sie reden so selbstverständlich drüber ... Wollen Sie mir allen Ernstes antragen, Ihre Tochter für immer in Pflege zu nehmen?«

Sie nickte.

»Wir kommen Sie auf mich?«

Maddy zuckte die Achseln. »Ich finde Sie nett.« Und nach einer kleinen Pause fügte sie, als fürchte sie, daß es nicht reichte, hinzu: »Und Sie haben es schon mal gemacht. Sie haben schon ein Kind großgezogen, deshalb wissen Sie, was dazugehört. Sie haben Erfahrung.«

Misha seufzte. »Nicht wirklich«, sagte er. »Das meiste hat meine Frau gemacht.«

»Aber Sie haben ihr doch geholfen, oder?«

»Ein bißchen.«

»Und Sie mögen kleine Kinder?«

Das Gespräch verwirrte ihn, und er bemühte sich dahinterzukommen, worum es ihr wirklich ging. »Sicher mag ich kleine Kinder. Wer nicht? ... Aber ein Kind großzuziehen ... dazu gehört mehr als bloß ein bißchen Spaß an den Kleinen.«

»Wirklich?« Ihr Gesicht wurde wieder besorgt.

»Das ist eine Riesenverantwortung«, sagte Misha. »Das Kind wird zum Mittelpunkt des Lebens.«

»Dann meinen Sie also, es wäre Ihnen zuviel?«

»Ich weiß nicht, was ich meine«, rief er, zwischen Lachen und Verzweiflung hin- und hergerissen. Dann fuhr er ruhiger fort: »Ich stelle, für den Fall, daß es Ihnen mit der Sache ernst ist, nur in Frage, daß ich der richtige Vater wäre.«

Maddy schwieg. Sie schlug die Augen nieder. »Na ja, ich dachte bloß, ich frag mal«, sagte sie tonlos, fast nur für sich.

»Sagen Sie mir eins ... Sind Sie eigens mit der Absicht hergekommen, mich zu fragen, oder ist Ihnen die Idee erst gekommen, als wir hier saßen?«

»Sie ist mir erst jetzt gekommen«, gestand sie. »Ich meine, den Beschluß, sie wegzugeben, hatten wir schon gefaßt, aber die Idee, sie Ihnen zu geben, ist mir erst jetzt gekommen.«

»Dann war es also eine Koinzidenz«, sagte Misha, dem die Vorstellung gefiel.

»Was?«

»Ein zufälliges Zusammentreffen mehrerer Umstände.«

»Sie schienen sie zu mögen«, entschuldigte sie sich. »Aber, wirklich, es ist okay. Sie müssen nicht ...«

»Ich fühle mich sehr geschmeichelt«, sagte Misha, »sogar außerordentlich geschmeichelt.«

»Wollen Sie es sich noch mal überlegen?« fragte Maddy, den Kopf schräg zu einer Seite gelegt.

Misha lachte. »Ja, ich würd's mir gerne noch mal überlegen ... wie lange können Sie mir Zeit geben?«

»Sind zwei Wochen genug?«

»Ich glaub schon.«

Sie sah ihn unverwandt an. »Ich finde Sie nicht sehr alt«, sagte sie. »Sie sind nicht wie ein alter Mann. Ich meine, richtig alt.«

»Das kommt auf den Tag an.«

»Man sagt, Kinder halten einen jung.«

Misha schwieg. War das etwas anderes, als wenn er eine junge Frau nahm, die eine Familie gründen wollte? »Aber es müßte für immer sein«, sagte er.

»Wie meinen Sie das?«

»Ja, ich könnte nicht... Sagen wir, Sie kämen in einem Jahr und wollten sie wiederhaben... Das könnte ich nicht. Sie müßten sich im klaren sein, daß es endgültig ist, ein für allemal.«

»Ich weiß«, sagte Maddy ernst. »Ein für allemal.« Einen Augenblick später setzte sie fort: »Nicht, daß wir nie Kinder haben wollen. Vielleicht später mal, wenn wir... Unsere Nachbarn... die waren zehn Jahre verheiratet, als sie das erste Kind kriegten!«

»Wir auch beinahe, na ja, vielleicht auch bloß fünf oder sechs... Aber bei uns lag es daran, daß Brenda ein paar Fehlgeburten hatte.«

»Gerry, meine Nachbarin, auch... bis sie einen Arzt kennenlernte, der ihr empfahl, während der Schwangerschaft jeden Abend ein Glas Gin zu trinken. Vielleicht macht es das Baby betrunken, daß es nicht so schnell rauskommt? Ihr hat der Gin aber nicht geschmeckt, Gerry, meine ich.«

Misha stand auf und reckte sich. »Ich glaub, ich versteh schon, was Sie sagen wollen. Sie sind bloß jetzt noch nicht soweit. Sie wollen zusammensein, aber Sie wollen sich erst mal richtig kennenlernen, Ihr Zusammenleben genießen.«

Maddy nickte. Sie erhob sich ebenfalls. »Wir kennen uns

so gut wie gar nicht«, sagte sie verwirrt. »Ich weiß meistens nicht einmal, was Jed denkt!«

Misha lächelte. »Gedanken existieren nun mal im verborgenen. Das ist wahrscheinlich eine Freiheit, die man dem andern lassen muß.«

Maddy schüttelte ihm die Hand. »Das war ein gutes Gespräch«, sagte sie, als wäre sie in Gedanken schon wieder zu Hause und schaute darauf zurück.

»Ja, das stimmt«, sagte Misha.

Sie beugte sich vor und gab ihm einen kleinen Kuß auf die Wange. »Tschüs.«

»Tschüs, Maddy.«

Was für ein seltsames Mädchen! Wäre es mit einer Tochter so gewesen? Dieser ernste, liebe, vertrauensvolle Ton? Wahrscheinlich wäre es mit einer eigenen Tochter komplizierter gewesen. Er bezweifelte, daß sie mit den eigenen Eltern so offen redete. Trotzdem reizte ihn die Tatsache, daß es ein Mädchen war, wenn er sich denn überhaupt eingestand, daß ihn das Angebot reizte. Er hatte immer geglaubt, daß einige seiner Probleme mit Seth bei einer Tochter nicht aufgetreten wären. Das ließ sich leicht sagen, war vielleicht eine billige Ausrede. Aber er dachte an Simon, der schweigsam und komisch wie er war, trotzdem irgendwie von seinen beiden Töchtern angebetet wurde. Es wäre schön, angebetet zu werden. Bei einer Frau im selben Alter wäre ihm das unheimlich. Von ihr würde er lieber erkannt, verstanden, angenommen werden ... nicht auf ein Podest gehoben. Aus irgendeinem Grund mußte er plötzlich an eine Unterhaltung mit Brenda denken, als sie mal Scrabble gespielt hatten. Sie hatte darauf hingewiesen, daß es keine weibliche Entsprechung für das Wort »Pantoffelheld« gibt, weil eine Frau ihren Mann noch so anbeten kann, ohne daß es ihr als Schwäche ausgelegt wird. Er lächelte. Manchmal fehlten ihm diese Scrabble-Abende, obwohl sie meistens gewonnen hatte und er oft gedacht hatte, daß er hauptsächlich mitspielte, weil es ihr Spaß machte.

Als Maddy fort war, erschien ihr Besuch ihm fast wie ein Traum, eine Art Verkündigung, nur mit einem Mädchen in Kniestrümpfen anstelle eines Engels und einem alterndem Gebrauchtwagenhändler anstelle der Jungfrau Maria. Im Geist hörte er Wolfs Stimme: »Es sind die unerwarteten Dinge, die das Leben auf den Kopf stellen und es erst lebenswert machen.« Er hatte danach gelebt und die plötzlichen Veränderungen genossen, während Misha sich im Gegensatz zu ihm lieber auf alles Vertraute, Alltägliche, Erwartete verließ. Und doch hatte das Leben ihn auch darum betrogen, selbst um die banalen, stillen Freuden einer langen Ehe. Und das hinterließ außer Bitterkeit ein Gefühl, daß das Leben einen, ganz gleich, welcher Philosophie man zu folgen versuchte, mit den Wurzeln ausreißen und in den Wind werfen würde. Warum also kein Baby? Wenn er denn wirklich eins wollte. Ob es »einen Sinn hatte« oder nicht. Wer konnte schon noch wissen, was einen Sinn hatte.

Aber wenn er gerade den Eindruck hatte, daß Wolf zustimmte – »Wenn es das ist, was du willst, nur zu« –, sah er Brenda den Kopf schütteln und seufzen: »Liebes, du hast doch keine Ahnung von kleinen Kindern. *Ich* hab doch alles gemacht.«

So war es bei allen Ehepaaren gewesen, die sie gekannt hatten: die Frauen sorgten für die Kinder, die Männer gingen arbeiten. Niemand stellte das Muster in Frage. Aber in ihrem Fall schien Brenda außerdem so an dem Baby zu hängen, daß es ihm, wenn er mehr eingegriffen und darauf bestanden hätte, sich mehr an der Erziehung des Kleinen zu beteiligen, vorgekommen wäre – und zwar wirklich, nicht als dumme Ausrede –, als wollte er sie um das Beste in ihrem

Leben bringen. Vor allem nach den Fehlgeburten. Warum sollte er eingreifen, wenn es ihr so viel Freude machte? Weder er noch sie waren je auf die Idee gekommen.

Trotzdem hatte es bedeutet, daß er nie eine echte Beziehung zu seinem Sohn entwickelt hatte. Sie waren nie Freunde gewesen, sie waren sich nie so nahe gewesen, wie er es, zwar selten genug, aber immerhin bei manchen Vätern und Söhnen sah, die den gleichen Beruf ergriffen oder ein gemeinsames Hobby hatten. Seth verachtete alle »Geschäftemacherei« und alles, was mit Geldverdienen zu tun hatte, aber ihn, der nicht einmal Erfolg damit hatte, verachtete er doppelt. Und diese Verachtung hatte ihm zu schaffen gemacht, obwohl Brenda behauptete, daß er übertrieb. Als Seth aufgefordert wurde, ein Elternteil in die Schule einzuladen, damit es von seinem Beruf erzählte, hatte Seth Brenda gebeten, die mittlerweile Lehrerin geworden war. Es war sicher keine bewußte Herabsetzung gewesen. Was gab es schon über Autos zu sagen?

Misha hantierte im Haus herum und ging schließlich abends gegen sieben essen und ins Kino. Der Film war nicht besonders gut, aber die Ablenkung tat ihm wohl. Als er wieder nach Hause kam, war das Gespräch mit Maddy in weite Ferne gerückt. Er lächelte und freute sich im nachhinein über einige ihrer Formulierungen – »Im tiefsten Herzen« – »Sie sind nicht richtig alt« – »Sie könnten eine finden, die genauso nett ist«. Ihre Ausrufe und abrupten Themenwechsel hatten direkt etwas Poetisches. War die Idee, das Baby wegzugeben, ein Opfer an eine Ehe, die es gar nicht erst hätte geben sollen? So wollte es Misha vorkommen. Vielleicht wirkte ein Baby bei anderen Paaren, auch wenn sie genauso jung waren, irgendwie bindend. Aber nicht bei Parker, er war zu leidenschaftlich, ruhelos, aufrührerisch. Das Kind konnte ihn nur frustrieren. Misha stellte sich vor, mit fünfzig auf einmal wieder ein junger Vater zu sein, und dieses Bild kam ihm angenehm absurd vor, als wäre die Verlockung eine Art Frühlingsfieber. Er ging entspannt ins Bett und wußte, daß er gut schlafen würde.

Er hatte einen sonderbaren Traum. Darin hatte eine Frau ein Kind, das sie nicht behalten konnte, aber sie erinnerte ihn eher an Celia als an Maddy, oder eine Mischung aus beiden. Der Grund war nie klar, auch nicht, wer der Vater war. Aber er kam nach Hause, und da saß das Kind in einem Hochstuhl in der Küche, und Brenda und Ardis spielten mit ihm. Es schien klar zu sein, daß er zu Hause bei dem Kind bleiben würde. Der Gebrauchtwagenhandel war offensichtlich verkauft worden, jedenfalls gab's ihn nicht. Er protestierte erst, daß er zu alt sei und sich nicht mit Kindern auskenne, aber sie lachten bloß und sagten, daß er es bestimmt gut machen würde. Sie flirteten beide mit ihm, und trotzdem kam es ihm vor, als hätten sie ein gemeinsames Geheimnis. Gehörte das Baby einer von ihnen? Welcher von beiden? Und von welchem Geliebten? »Nimm sie«, sagte Brenda und gab ihm das Kind, das sich ihm sofort mit einem leidenschaftlichen Griff an den Hals warf und seine Ohren, sein Haar küßte.

Er wachte abrupt und zitternd auf. Es war draußen gerade über Null und stockfinster. Von allen Träumen haßte er die am meisten, die ihn mitten in der Nacht so wach machten, daß er bis zum nächsten Morgen nicht wieder einschlafen konnte. Er hatte Angst allein im Bett, und ihm war beinahe übel. Lag es daran, daß er von Brenda geträumt hatte, was lange nicht mehr vorgekommen war? Sie war in dem Traum so wirklich gewesen, und er wußte, noch vor vier Jahren hätte er sie danach wecken dürfen, und sie hätten drüber reden können. Ob sie sich geliebt hätten oder nicht, sie hätte in seinen Armen gelegen und tröstliche Erklärungen für den Traum gefunden, ihn aufgedröselt und seine Macht gebrochen. Er wäre beim Morgengrauen wieder eingeschlafen und erst am nächsten Morgen um zehn von Kaffeeduft aufgewacht.

Vielleicht sollte er Ardis anrufen. Misha sah auf die Uhr. Fast vier. Simon wäre schon aus dem Haus. Keine Gefahr von ihm. Er nahm den Hörer ab, wählte die ersten vier Zahlen und legte wieder auf. Komm, sie schläft. Ruf sie morgen früh an. Vielleicht kann sie dann vorbeikommen.

Er tappte in die Küche und machte sich eine Tasse Kakao und nahm eine Valium. Er dachte an die vielen Leute, die um diese Zeit zur Arbeit mußten. Wolf war immer um vier aufgestanden – er liebte die morgendliche Ruhe – und hatte mittags den größten Teil seiner Arbeit hinter sich. Wieder im Bett, wälzte Misha sich noch fast eine Stunde hin und her und fiel dann gegen sechs in einen traumlosen Schlaf.

Das Glück war auf seiner Seite. Simons Mutter, die in Syracuse lebte, war krank, und Simon wollte den Nachmittag und den Abend bei ihr verbringen. Ardis meinte, sie könne sich mit Misha in einem Restaurant treffen. Sie hatten ein Stammlokal – Marrietta's. Sie hatten ein Restaurant gesucht, in dem sie nie mit Simon oder Brenda gewesen waren, und das war nicht einfach gewesen. Schließlich hatten sie eins ein Stück vor der Stadt gefunden, ein ganz einfaches Lokal, aber mit guter Hausmannskost.

Sie sei krank gewesen, erzählte Ardis. Nichts Ernstes, eine Grippe. Sie war ein paar Tage zu Hause geblieben, um sich zurechtzuschlafen. Sie wirkte noch blaß und ein bißchen matt, aber das wäre ihm, wenn sie nichts gesagt hätte, vielleicht nicht einmal aufgefallen. »Ich hab zwei Kilo abgenommen«, sagte sie. »Vielleicht lohnt es sich, krank zu werden.«

Sie hatten immer dieselbe Kellnerin, die sie freundlich und verschwörerisch anlächelte. Ardis erzählte, daß sie, als sie als erste angekommen war, gesagt hatte: »Ihr Freund ist noch nicht da.«

»Woran sieht sie, daß wir nicht verheiratet sind?« fragte er. »Wir tragen doch beide Ringe.«

Ardis lachte und machte dann ein trauriges Gesicht. »Du bist so süß«, war ihre Antwort.

Beim Kaffee gähnte er. »Verzeihung«, sagte er. »Ich bin heute morgen früh wach geworden.« Er erzählte ihr von dem Alptraum und von Maddy und ihrem Angebot. »Das kann doch nicht ihr Ernst sein!« sagte Ardis. »Man gibt doch nicht einfach sein Kind weg!«

»Nein, sie haben offensichtlich drüber nachgedacht... Sie haben das Gefühl, daß sie allein besser dran wären, und das Baby auch.«

Sie streichelte seine Hand. »Du willst mit Fünfzig Vater werden? Das kann ich mir irgendwie nicht vorstellen.«

»Ich zuerst auch nicht.«

»Zuerst?«

»Irgendwas daran gefällt mir. Warum nicht?«

Ardis runzelte die Stirn. »Du machst Witze, stimmt's?«

»Nein.«

Sie ließ seine Hand fallen. »Mish, du hast keine Ahnung von kleinen Kindern!«

»Gar keine?«

»Überhaupt keine! Ich weiß das, ich war dabei. Bren hat alles allein gemacht... Wie oft hast du deinen Sohn gewickelt?« Bevor er antworten konnte, fuhr sie fort: »Ich geb dir nicht die Schuld. Ich sag bloß, daß du nicht mehr Ahnung hast als diese fünfzehnjährige Göre. Es wäre der helle Wahnsinn!«

»Alle lernen erst, wenn sie selber müssen«, sagte er zum Schutz vor ihrer Heftigkeit. »Werden Frauen mit einem besonderen Wissen geboren?«

»Sie haben von Geburt an – ich weiß nicht, einen Versorgungsinstinkt, vielleicht hormonell bedingt. Den haben Männer einfach nicht. Sie waren zu sehr davon in Anspruch genommen, Säbelzahntiger zu jagen oder so.«

»Glaubst du das wirklich?« fragte Misha.

»Ja.«

»Du meinst, Männer könnten nie kompetente Väter sein?«

»Das habe ich nicht gesagt! Sie können tolle *Väter* sein, nur keine Mütter. Die ersten fünf Jahre braucht das Kind eine Mutter.«

Er hatte nicht damit gerechnet, daß sie so hitzig werden könnte, und fragte: »Magst du noch mit zu mir kommen?« Die Kellnerin hatte die Rechnung gebracht.

»Ich bin müde«, sagte sie gereizt.

»Ich auch!« sagte er im selben Ton.

Draußen im Auto sagte sie: »Ich will nicht vögeln.«

»Ich auch nicht ... ich möchte *reden*.«

»Wir werden uns bloß streiten. Ich bin völlig durch den Wind.«

»Warum?« Misha legte vorsichtig den Arm um ihre Schultern. »Ich versteh nicht, warum dich das so aufregt ... Ich hab nicht mal gesagt, daß ich mich entschieden hab, es zu tun!«

»Daß du überhaupt drüber nachdenkst!«

Er ließ den Motor an. »Kommst du bitte noch mit zu mir?«

Sie seufzte schwer. »Na gut.«

Im Haus ließ sie sich aufs Bett fallen. »Ich habe keinen Funken Energie mehr.« Sie schloß die Augen und schlug sie dann wieder auf. »Komm, schlaf mit mir, warum nicht. Das ist nicht so anstrengend wie reden.«

»Ich will aber reden«, sagte Misha trocken.

»Laß uns hinterher reden.« Sie streckte die Hand aus. Er nahm sie und setzte sich auf die Bettkante. Beim Ausziehen merkte er, daß er nicht richtig da war, sondern noch in die verschiedenen Stimmungen des Tages verfangen. Aber sie zu lieben änderte seine Stimmung – ihr Streit wirkte weit entfernt.

»Du glaubst nicht, daß ich ein guter Vater wäre?« fragte er in der Stille danach.

»Du bist in allem gut«, gurrte sie, und die schläfrige, zufriedene Schönfärberei ärgerte ihn genauso wie der Zornesausbruch vorhin.

»Für Seth war ich kein guter Vater.«

»Er war ein schwieriges Kind.«

»Ich hab immer gedacht, mit einem Mädchen wäre es einfacher.«

Ardis schwieg an ihn geschmiegt und schaute an die Decke. »Vielleicht liegt es daran, daß es ein Mädchen ist. Vielleicht bin ich eifersüchtig.«

»Ach so?« Er war überrascht. Darauf war er nicht gekommen.

»Klar, ein bißchen. Sie wird dich anbeten, du wirst sie anbeten ...«

Misha überlegte: »Glaubst du, es wäre mit einem Mädchen schwieriger? Ich meine, es ohne Frau großzuziehen?«

»Hör auf, eine *Sekunde*, nachdem du das Kind bekommst, stehen die Frauen bei dir Schlange, um dir zu ›helfen‹. Du wirst sie mit Gewalt vertreiben müssen!«

Er lachte. »Wieso?«

»Weil es das optimale Lockmittel ist. Armer einsamer Witwer, allein mit einem süßen kleinen Mädchen ... Siehst du nie fern?«

»Selten.«

»Da schleppen die Frauen die Männer im Waschsalon ab! Für manche Frauen ist der Anblick eines Mannes, der allein seine Socken wäscht, unwiderstehlich!«

Misha grinste. »Mich hat noch nie eine im Waschsalon angesprochen.«

»Du trägst auch immer noch einen Ring.«

Er betrachtete ihn. »Meinst du, ich sollte ihn abnehmen?«

»Wenn du ihn nicht mehr brauchst, nimmst du ihn von selber ab.«

»Warum trag ich ihn noch?« Seine Neugier war echt.

»Um so zu tun als ob, um an der Vergangenheit festzuhalten ...« Ardis richtete sich auf. »Nein, eigentlich glaube ich an neue Anfänge, im Ernst. Adoptier sie, wenn du willst, oder erkundige dich jedenfalls, aber sieh auf jeden Fall zu, daß die Kleine gesund ist. Sie könnte behindert sein oder irgendein Problem haben, von dem sie nichts gesagt haben.«

»Ich glaube nicht.«

»Ich sag bloß, sieh dir die Sache genau an. Wenn man einen Hund kauft, geht man auch erst mal vorsichtshalber zum Tierarzt.«

»Ich kenn mich mit den ganzen gesetzlichen Fragen nicht aus. Selbst wenn ihr Mann einverstanden ist, können sie sie mir nicht einfach im Körbchen vor die Tür stellen.«

»Du mußt dir einen Anwalt nehmen. Du wirst schon herausfinden, wie es geht. Wahrscheinlich gibt es jede Menge Regelungen und Formulare.« Sie ging ins Bad. »Du hast mich überzeugt. Mach's.«

»Wie soll ich zurechtkommen? Wer paßt tagsüber auf sie auf?«

Ihre Stimme drang durch die halb geöffnete Tür. »Wie kommen andere zurecht? Wie kommen Mütter, die von Sozialhilfe leben, zurecht? Wie kommen Frauen zurecht, deren Männer sie mit Drillingen sitzenlassen und die noch nie gearbeitet haben? Du schaffst das schon!«

»Was ist mit dem, was du vorher gesagt hast?« Er stand auf und zog sich seinen Bademantel über, weil er ihr Gesicht sehen wollte, wenn sie redeten.

Sie puderte sich die Nase. »Das ist bloß eine Theorie, an die Frauen glauben möchten. Ich glaube, es gibt nur zwei Dinge, die Frauen können und Männer nicht – Kinder kriegen und stillen. Und dies Kind trinkt wahrscheinlich schon aus der Flasche.«

Er lachte: »Warum hast du das nicht gleich gesagt?«

»Weil ich auf der andern Seite war ... Frag mich morgen, und ich sag wieder was anderes. Ich hab neun Millionen Ansichten zum Thema, und die widersprechen sich zum Teil. Gut, vielleicht können die *meisten* Männer nicht so gut mit Kindern umgehen wie die *meisten* Frauen. Aber das hat mit dir nichts zu tun. Du bist du. Du wirst es prima machen. Vater des Jahres.«

»Jetzt bin ich völlig durcheinander«, grummelte er.

Ardis machte ein zerknirschtes Gesicht. »Armer Schatz... wirst du es überleben? Wirst du heut nacht schlafen können?«

»Ich schlaf immer gut, wenn du hier warst.«

»Im Geist bin ich jede Nacht hier.«

»Geist ist schon etwas, aber ...«

Aber die Verwirrung, die ihn diese Nacht wachhielt, war anderer Natur. Er fing an sich zu fragen, ob er es sich zutrauen sollte. Und dann machte er sich Sorgen, daß sie es sich vielleicht wieder anders überlegt haben konnten. Vielleicht hatten sie sich gestritten und wieder versöhnt und wollten das Baby nun doch behalten.

Er versuchte, eigennützig zu denken und zu überlegen, ob diese Geschichte, diese Vereinigung seines Lebens mit einem anderen Menschen, ihn glücklich machen würde. Oder war es naiv, in seinem Alter noch von »Glück« zu träumen? Er sollte lieber an das Kind denken. Was wäre für sie das Richtige? Aber das war auch nicht eindeutig. Richtig im Vergleich wozu? Sie wollten sie nicht. Ein anderes Paar könnte alles sein – gut und schlecht. Er konnte verstehen, daß Maddy sich scheute, das Kind an fremde Leute auszuliefern, egal wie sorgfältig die Agentur sie aussuchte. Außerdem berührte ihn die seltsame Verletzlichkeit des

Kindes. Sie war vielleicht nicht verletzlicher als andere Kinder, aber sie lag unschuldig in ihrem Bettchen, während lauter Zufälle über ihr Leben entschieden.

Wie würde es in zehn Jahren aussehen? Dann wäre das Kind zehn, noch auf der Grundschule. Aber niemand wußte, was in zehn Jahren sein würde. Er hatte keine ernsten gesundheitlichen Probleme, er rauchte nicht und trank kaum Alkohol. Seine Eltern und seine Großeltern waren über Achtzig geworden. Vielleicht hatte Wolf sich ausgebrannt. Er hätte zu gern Wolf und Brenda dagehabt, nur für einen Abend, um mit ihnen zu reden. Ardis war so seltsam gewesen, hatte so sprunghaft die Seiten gewechselt. Ihm war klar, daß das an ihrer Beziehung lag, daß sie die Sachen nicht objektiv sehen konnte und daß es ihr widerstrebte, ihn einer anderen Frau zu überlassen. Und vielleicht wünschte sie sich irgendwo auch, daß sie ihre jetzige Beziehung ewig so weiterpflegten, während ihr klar war, daß sich mit einem Kind einiges verändern würde. Er wußte zwar nicht wie, aber daß sie sich verändern würde, wie sein Leben auch. Im Moment drehte sich sein Gefühlsleben auf eine Weise allein um Ardis, die ihm nicht ganz geheuer war. Er füllte lediglich einen Bruchteil ihres emotionalen Lebens aus; sie stand für ihn zu sehr im Mittelpunkt. Bisweilen fühlte er sich wie die männliche Entsprechung zur »andern Frau«, die ungeduldig auf ihre wöchentlichen Zusammenkünfte wartete und sie hinterher ein ums andere Mal durchlebte.

Dann dachte er an all die Leute aus seinem Bekanntenkreis, die Probleme mit ihren Kindern gehabt hatten, gesundheitliche und emotionale Probleme. Er dachte an die Frau nebenan, die mit Vierzig ihr viertes Kind bekommen und deren Mann sie ein Jahr drauf verlassen hatte. Sie schrie das Kind so oft und so laut an, daß Misha schon mehrmals daran gedacht hatte wegzuziehen, nur um den

Krach nicht mehr hören zu müssen. Sie hörte sich an wie ein Hund an der Kette. Manchmal wußte er nicht, ob es die Mutter war oder das Kind, oder ob sie in gemeinsamem Zorn über die Ungerechtigkeit des Lebens tobten und über die Härte ihres Schicksals jammerten.

Er wußte immerhin mit Gewißheit, daß er als Lehrer ein gutes Verhältnis zu seinen Schülern gehabt hatte. Natürlich waren es nicht seine eigenen Kinder gewesen, und er hatte nur ein Fach unterrichtet. Aber rückblickend waren seine Interaktionen mit ihnen der Höhepunkt seines beruflichen Lebens gewesen – dabei war es eine typische Schule gewesen mit ganz normalen Kindern, und gar nichts Besonderes. Er erinnerte sich gern an seine Geduld und wußte, daß er zu Güte und echter Zuneigung fähig war.

In der nächsten Nacht streifte er schlaflos durchs Haus und überlegte, wie er es renovieren würde, wenn das Baby kam. Das zweite Schlafzimmer wurde derzeit nicht gebraucht. Er konnte die Bücher ausräumen, den Schreibtisch verschenken, das Zimmer neu streichen. Natürlich würde er tagsüber eine Kinderfrau brauchen. Aber Ardis meinte, das sei nicht schwer. »Sie braucht keinen Doktor in Psychologie zu haben«, warnte sie. »Such dir einfach eine warmherzige, freundliche Person.« Sie versprach ihm sogar, die Bewerberinnen mit ihm zu sieben, wenn er sich unsicher fühlte.

»Aber ist es fair«, hatte er ängstlich gefragt, »ein Kind zu adoptieren und es dann den ganzen Tag mit einer dicken gelangweilten Frau allein zu lassen, die es bloß vor den Fernseher knallt?«

Ardis lachte. »Was hat das damit zu tun, ob sie dick ist? Sind leibliche Mütter immer dünn? Sehen sie nie fern? Langweilen sie sich nie? Weißt du was, wir gehen nachmittags mal zusammen auf den Spielplatz. Wenn du einen Haufen gelangweilter, schizophrener, schreiender Ungeheuer sehen willst – brauchst du bloß einen Nachmittag mit leiblichen Müttern zu verbringen. Ich schwör dir, wenn ich Präsidentin wäre, würde ich sofort ein Gesetz erlassen, das allen Müttern verbietet, den ganzen Tag bei ihren Kinder zu Hause zu bleiben. Sie werden alle verrückt, und sie machen alle ihre Kinder verrückt –«

»Alle?« Ihre Übertreibungen versetzten ihn immer noch in gute Laune.

»Alle, wie sie da sind.«

»Brenda war nicht so.«

Ardis sah ihn mit einem komischen Ausdruck im Gesicht an: »Das kannst du nicht wissen.«

»Was soll das schon wieder heißen? Wir waren zwanzig Jahre verheiratet!«

»Ich meine, daß du nicht mehr über sie weißt, als alle Männer über ihre Frauen wissen, und wenn sie hundertfünfzig Jahre verheiratet sind! Du wußtest, was du wissen wolltest. Sie war dein Phantasiegeschöpf.«

Diesmal explodierte er. »Meiner Meinung nach beobachte ich Menschen sehr genau«, entgegnete er knapp. »Du hast nicht recht. Brenda war eine wundervolle Mutter und war es gerne.«

Sie trat zu ihm und umarmte ihn von hinten. »Du bist ein guter Menschenkenner«, murmelte sie und knabberte ihn am Ohr.

»Laß das!« sagte er böse und riß sich los. »Hör auf, mich zu manipulieren.«

»Ich manipulier dich nicht.«

»Wir waren glücklich verheiratet ... halt dich da raus.«

Ardis wurde starr. »Na schön ... aber ich will dir eins sagen, Süßer. Bren wollte nicht vergöttert oder in Bronze gegossen werden. So war sie nicht. Sie würde sich schlapp lachen, wenn sie dich hören könnte. Sie war wundervoll: als echter Mensch mit Fehlern ... also mach sie nicht zur Heiligen.«

»Mach ich ja gar nicht.« Aber der Streit hatte ihn schrecklich mitgenommen.

Die Spannung blieb in der Luft. Ardis atmete hastig und bemühte sich offensichtlich, ihre Gefühle für sich zu behalten. »Ich bin auch ›glücklich verheiratet‹, weißt du. Deshalb denk bitte nicht, daß du mir etwas schilderst, was mir vollkommen unbekannt ist.«

»Glücklich?« Er konnte sich des scharfen, ironischen Tons nicht enthalten. Er wollte ihr weh tun.

»Ja, glücklich.« Ihr Gesicht war heiß, die Stimme zitterte. »Es gibt neun Millionen Arten glücklicher Ehen, nicht bloß eine! Ich hätte Simon wegen Männern verlassen können, die zehnmal soviel verdienen, die besser aussehen, bessere Liebhaber sind, die mehr von meiner Arbeit wissen ... aber ich bin bei ihm geblieben, weil ich bleiben wollte. Das ist die Definition einer glücklichen Ehe, wenn beide wissen, daß sie gehen können und trotzdem zusammenbleiben, freiwillig.« Trotzig und verletzt reckte sie das Kinn hoch.

»Sag mir ehrlich, warum du bleibst«, bohrte er weiter. »Nur weil er sich damit abfindet, daß du in der Gegend rumvögelst?«

»Er findet sich nicht damit ab! Er weiß nichts davon, nichts.«

»Woher weißt du das?«

»Woher weiß ich solche Sachen? Woher weiß ich, daß ich hier stehe? Ich verhalte mich halt absolut diskret, ich tu's ja nicht, um ihm weh zu tun.«

»Wozu tust du es dann?«

»Weil Sex für mich wichtig ist und für ihn nicht, okay? Er könnte einmal im Jahr mit mir schlafen und wäre zufrieden. So bin ich nicht. Ich finde nicht, daß das ihn oder mich zum Monstrum abstempelt.«

»Er ist kein Monstrum.« Misha konnte nicht umhin, wegwerfend zu klingen. »Er ist ein Niemand.«

Ardis trat wütend auf ihn zu: »Was weißt du denn von ihm, kannst du mir das sagen? Wie oft hast du dich denn in all den Jahren mit ihm unterhalten?«

»Unterhalten! Ich hab von ihm nie mehr als vier Wörter auf einmal gehört!«

»Er ist eben still... Ist das ein Verbrechen? Gut, er ist kein großer Redner –«

Misha lachte. »Redner! Ich bin auch kein großer Redner, ich –«

»Weiß ich! Du bist auch still. Das gefällt mir bei Männern. Ich könnte es nicht aushalten, wenn sie so wären wie ich, nichts als papperlapapp. Ich bewundere Menschen, die nur reden, wenn sie was zu sagen haben. Was ich nicht begreife, ist, warum du ihn angreifst, wenn du genauso bist?«

Er hätte sich geschlagen geben können, aber er entschloß sich, sich zu behaupten. »Ich will, daß du mir eine gute Seite an ihm nennst, einen Grund dafür, warum eure Ehe deiner Meinung nach glücklich ist.«

»Herrje, was bist du doch für ein selbstgerechtes Aas! Du hast die gute Ehe gepachtet, ja? Du und Bren, ihr sitzt da oben auf rosaroten Wolken, und wir armen Erdenwürmer –«

»Nenn mir einen Grund.«

»Gut, ich nenn dir viele Gründe! ... Erstens finde ich, er ist ein freundlicher, guter, treuer Mensch, und ich kenn nicht gerade viele, auf die das zutrifft. Kann sein, daß ich mich in den falschen Kreisen bewege... Und ich finde, er ist ein wundervoller Vater und war das schon immer, nicht erst seit sie groß genug sind, um interessant zu sein, sondern die ganze Zeit. Er ist nachts aufgestanden, um sie zu füttern, hat für sie gesorgt, wenn sie krank waren, hat ihnen bei den Schularbeiten geholfen, wenn ich zu kaputt war. Er schreibt ihnen jede Woche ins College...« Plötzlich schrie sie: »Gut, wenn du es genau wissen willst, ich hab all die Jahre geschuftet, bis ich abends zu erledigt war, um noch den Mund aufzumachen, und Simon hat mir nicht einmal Vorwürfe gemacht oder mich gefragt, warum bist du so, warum ist dir das so wichtig, warum bist du so ehrgeizig? Er hat mich immer unterstützt und auf Parties mit mir geprahlt. Er ist nicht einer von diesen frisch bekehrten Feministen, die mich die Wände hoch treiben.«

»Was ist ein frisch bekehrter Feminist?« fragte Misha lächelnd.

»Einer von diesen Männern, die von Gleichberechtigung und Chancengleichheit faseln, während ihre Frau kocht, putzt, die Kinder ins Bett steckt... Ich meine, Simon hat nicht geredet, er hat es einfach getan.«

Sie sagte nicht, daß sie ohne das Geld, was sie verdient hatte, kaum anständig hätten leben können, aber Misha erwähnte es auch nicht. Sein Zorn war verflogen, und er vermutete, ihrer auch. Sie sahen sich erschöpft an. Ardis kam zu ihm herüber.

»Ich versteh schon«, sagte er und dachte, daß sie, auch wenn sie es noch so anders ausdrückte, gar nicht so weit entfernt war von Brendas Familiengefühlen. Er umschlang sie. »Ich liebe dich«, sagte er.

Sie küßte ihn ernst und weich auf den Mund. »Ich liebe dich, und wir waren – sind – beide glücklich verheiratet, und du wirst ein toller Vater sein... Rufst du jetzt endlich das Kind an, und sagst ihr, daß du dich entschieden hast?«

»Gib mir das Telefon.«

Sie brachte es ihm.

Elf

Am meisten staunte Maddy über die Reaktion ihrer Mutter. Sie hatte damit gerechnet, daß sie nicht viel anders reagieren würde als damals, als sie von ihrer Schwangerschaft erfahren hatte – mit Entsetzen, Vorwürfen, Zynismus, Beschimpfungen. Aber ohne daß Maddy erkennen konnte, wieso, beschloß ihre Mutter, Maddys Entschluß, das Kind zur Adoption freizugeben, als aufopfernden, selbstlosen Akt zu interpretieren. Das lag zum Teil daran, daß Mr. Edelman ein Jude und daher, wie sie sicher annahm, ein reicher Mann war. Mit glühenden Augen schilderte sie Maddy das wunderbare Luxusleben, das er dem Kind eröffnen würde: riesige Plüschtiere, hübsche Puppen, ein riesengroßes eigenes Zimmer, ein Studium an der Universität.

»Ja, er hat gesagt, daß er sie aufs College schicken will«, erinnerte sich Maddy, froh, noch ein Argument hinzuzufügen zu können.

»Maddy, ich will dir eins sagen«, meinte ihre Mutter. »Ich kannte mal eine Jüdin, deshalb weiß ich, wovon ich rede. Es gibt zwei Dinge, die ihnen wichtig sind – Geld und Bildung. Sie wissen, wie man Geld verdient, und wenn sie welches zusammenhaben, tragen sie es auf die Sparkasse oder investieren es. Deshalb sind so viele Juden Banker oder Lehrer. Diese Frau, sie arbeitete mit Janie in dem Schreibwarengeschäft – die las jeden Abend ein Buch! Jeden Abend! Wie andere Leute Zeitschriften lesen! Janie fragte sie immer: ›Und Ihre Augen?‹ Und sie sagte: ›Wozu hat man denn Augen?‹«

Maddy überlegte, ob ihre Mutter wohl recht hatte. Was Juden im allgemeinen betraf vielleicht ja – Maddy kannte keine, deshalb konnte sie es nicht beurteilen –, aber sie bezweifelte, ob Mr. Edelman sehr reich war. Er wohnte in einem Haus, das nicht viel anders war das als ihrer Eltern. Wie ihr Haus mußte es dringend mal gestrichen werden, der Rasen war verwildert und stand zu hoch. Und er kleidete sich nicht wie ein reicher Mann. Seine Sachen wirkten zu groß oder zerknittert, nicht eben elegant. Aber als sie das zu ihrer Mutter sagte, fühlte die sich eher bestätigt.

»Das ist es ja gerade. Sie legen keinen Wert auf Äußeres. Manche ja, aber die meisten sparen ihr Geld. Deshalb haben sie so viel. Sie vertrinken es nicht wie die Iren. Sie sind schlau. Man muß sich ansehen, was sie auf der hohen Kante haben, das ist es, was zählt.« Sie kraulte das Baby unterm Kinn. »Ich freu mich schon drauf, wenn sie achtzehn ist«, strahlte sie, »Ich wette, sie wird das hübscheste und klügste von meinen Enkelkindern.«

»Ich dachte, du findest sie häßlich«, sagte Maddy. »Wegen ihrem Auge.«

»Das läßt er operieren... Juden lassen alles mögliche operieren. Wenn er mit ihr durch ist, werden wir sie kaum wiedererkennen. Stimmt's?« sagte sie zu Minnie.

Maddy fand es etwas ungerecht, daß ihre Mutter jetzt, wo ihr das Kind nicht mehr gehörte, Minnie eine so glänzende Zukunft voraussagte. Es kam ihr vor, als wäre ihr Wert plötzlich gestiegen, weil Mr. Edelman sie offensichtlich gern haben wollte.

»Er macht ein gutes Geschäft«, sagte Maddys Mutter. »Wenn er zu einer Agentur ginge, müßte er wer weiß was zahlen.«

»Aber er hatte doch gar nicht vor, ein Kind zu adoptieren«, wandte Maddy ein.

»Trotzdem«, beharrte Mrs. O'Connell. »Wenn du

gemein wärst, könntest du ihm mindestens zehntausend Dollar für ein Kind wie dieses abknöpfen. Ich hab so was mal im Fernsehen gesehen. Manche Leute würden Millionen zahlen, so verzweifelt sind die.«

»Ich will sie nicht verkaufen«, sagte Maddy.

»Das weiß ich, Schatz ... ich sage nur, daß es möglich wäre. Ich sag nur, daß er Glück hat.«

»Findest du nicht, daß er zu alt ist?« fragte Maddy. »Er ist fünfzig.«

»Fünfzig ist nicht alt«, sagte Mrs. O'Connell. »Schon gar nicht für einen Mann. Männer altern nicht so schnell. Das hat was mit den Hormonen zu tun. Aber wenn es erst losgeht –« Sie zeigte mit den Daumen nach unten, um einen steilen Abstieg anzudeuten.

»Vielleicht heiratet er auch wieder«, sagte Maddy, über die Geste erschrocken, eilig.

»Natürlich heiratet er wieder«, rief Mrs. O'Connell. »Männer heiraten immer wieder. Sieh dir deinen Onkel an! Und deinen Bruder!« Maddys großer Bruder hatte sich scheiden lassen und kürzlich wieder geheiratet. »Männer sollten nicht jung heiraten. Sie wissen nicht, was sie tun. Wenn sie sich spät im Leben entscheiden, wissen sie's.«

»Aber du und Daddy, ihr habt jung geheiratet.«

»Das meine ich ja«, rief die Mutter. »Wir hatten von nichts 'ne Ahnung! Wir waren die reinsten Kinder.«

Obwohl Mrs. O'Connell meinte, daß sie und ihr Mann von nichts eine Ahnung gehabt hatten, waren sie nach all diesen Jahren noch zusammen. Vielleicht zeigte das, daß man etwas falsch anfangen und später noch berichtigen konnte. Und es erschien Maddy, als sei Jed, seitdem sie die Übereinkunft mit Mr. Edelman getroffen hatten, viel besserer Laune. Ein paarmal hatte sie ihn sogar dabei ertappt, wie er in der Wohnung sang oder vor sich hin summte. Sie schliefen immer noch nicht oft miteinander, aber wenn, dann war Jed sehr ritterlich und zärtlich und fragte sie, ob sie gekommen sei, und küßte sie sogar manchmal, bevor er sich umdrehte und einschlief. Maddy gab sich Mühe, ihre Hoffnungen nicht in den Himmel wachsen zu lassen, aber sie hatte plötzlich den Eindruck, daß vielleicht doch alles gut werden könnte. Das schöne Frühlingswetter trug das seine zu ihrer Stimmung bei, und sie war voll Eifer und Hoffnung.

Und sie war froh, daß das Baby zu klein war, um zu wissen, was bald mit ihm geschehen sollte. Maddy wußte noch, wie sie, als sie klein war, einen Hund gehabt hatten, der Krebs bekam. Ihr Vater hatte gesagt, daß Hunde glücklich dran seien, weil sie nur den körperlichen Schmerz der Krankheit aushalten mußten, nicht das Bewußtsein, daß sie sterben werden, was viel schlimmer sei. Und so plapperte das Baby fröhlich und ahnungslos und zeigte seine neuen Zähne. Es war auch ein Glück, fand Maddy, daß das Baby plötzlich in einem Alter war, wo sie Fremde zu mögen schien. Noch vor zwei Monaten hatte sie beim bloßen Anblick eines fremden Gesichtes geschrien. Jetzt winkte sie Fremden im Supermarkt fröhlich zu und ließ sich bei Familienfeiern mit einer strahlenden Freundlichkeit von Arm zu Arm reichen, die Maddy beinahe übertrieben vorkam. Sie betastete die Gesichter anderer Leute wie eine Blinde, die ihren Charakter an der Nase oder den Ohren zu erkennen versuchte.

Ob das Baby sich an sie erinnern würde? Und wie lange? Und auf welche Weise? Wenn Maddy sie betrachtete, konnte sie nicht anders, als sich diese Fragen zu stellen. Sie wollte, daß Minnie sich immer an sie erinnerte, irgendwie.

Sie fanden eine Anwältin. Mrs. Liranzo war klein und braunhaarig, trug eine Brille und war, wie Maddys Mutter gesagt hätte, im Aussehen irgendwo zwischen hübsch und

»sympathisch«. Eine Stunde lang hatte sie ihnen allen in ihrem Büro die Adoptionsbedingungen erläutert. Das Baby würde ein halbes Jahr bei Misha Edelman leben. In dieser Zeit war es, wenn eine der Parteien es sich anders überlegte und die Anwältin zustimmte, möglich, die Sache rückgängig zu machen. Jemand vom Jugendamt würde dem neuen Zuhause dann und wann einen Besuch abstatten, um nach dem Wohlergehen des Kindes zu sehen. Nach Ablauf der sechs Monate würden sie einen endgültigen Vertrag unterzeichnen, und von da an würde das Kind allein Mr. Edelman gehören.

»Haben Sie das alles verstanden?« fragte Mrs. Liranzo und sah von Maddy zu Jed.

»Ja« sagte Maddy mit einer kleinen, klaren Stimme. Jed nickte bloß und sagte dann: »Sicher.«

Mrs. Liranzo wandte sich Misha zu. »Wie ich höre, haben Sie eine Frau eingestellt, die auf Minerva aufpassen soll, wenn Sie arbeiten.«

»Jawohl«, sagte Mr. Edelman. Er trug einen blauen Anzug und sah so schon eher aus wie der wohlhabende Geschäftsmann, für den Maddys Mutter ihn hielt.

»Und diese Frau hat Erfahrung mit Kindern dieser Altersstufe?« fragte Mrs. Liranzo.

»Ja, sie hat vier eigene großgezogen«, sagte Mr. Edelman, »und sie hat zehn Jahre als Haushälterin in einem Haus mit Kindern gearbeitet.« Er lächelte. »Ich hab mir dreißig Frauen angeschaut... Sie war spitze.«

»Dreißig!« Mrs. Liranzo lächelte. »Was für ein Schlauch!«

»Eine Freundin hat mir geholfen... die selbst zwei Kinder hat.«

»Na!« Mrs. Liranzo sah sie alle drei an. »Dann scheint ja alles in Ordnung zu sein... Samstag ist der Tag, auf den Sie sich geeinigt haben?«

Maddy nickte.

Mrs. Liranzo erhob sich. »Ich bin sicher, daß die Sache prima über die Bühne geht«, sagte sie, »aber bitte, fühlen Sie sich frei, mich jederzeit anzurufen, wenn Sie doch Probleme haben sollten oder einfach drüber reden möchten.«

Maddy hatte das Gefühl, diese Bemerkung war vor allem an sie gerichtet. Mrs. Liranzo schien sie häufiger anzulächeln als die beiden Männer. Dann schüttelte sie ihnen allen die Hand und begleitete sie an die Tür.

Draußen standen sie unbeholfen in der Frühlingssonne herum.

»Nun«, sagte Mr. Edelman. »Dann erwarte ich Sie Samstag gegen zwei?«

Maddy nickte. Spontan fragte sie: »Welche Farbe haben Sie für ihr Zimmer genommen?«

»Ein helles Lila ... Flieder sagt man wohl dazu. Es ist hübsch geworden.«

Maddy mochte Flieder. Es war nicht so häufig wie Rosa. Sie beschloß, Minnie das fliederfarbene Kleid anzuziehen, damit sie zum Zimmer paßte.

Irgendwie kam es ihr nicht so vor, als ob sie das Baby wirklich weggaben. Eher, als ob sie irgendwo zu Besuch ging oder zu einer Party. Die Endgültigkeit der Sache bekam Maddy nicht zu fassen, selbst wenn sie sich abends im Bett bemühte, daran zu denken, und sich fragte, ob sie die richtige Entscheidung getroffen hatte. Jed schien überhaupt keine gemischten Gefühle zu haben. Er war zuerst erstaunt gewesen, daß Mr. Edelman Interesse zeigte, aber jetzt, wo es entschieden war, hatte er nicht einmal gesagt: »Mann, sie wird mir aber fehlen« oder »Wie schade, daß wir sie weggeben müssen, wenn sie gerade anfängt süß zu werden.« Vielleicht dachten Männer nicht so. Für sie war ein Baby schlicht ein Baby, auch wenn es ihr eigenes war. Trotzdem fragte sich Maddy zum hundertsten Mal, ob er bei einem Jungen andere Gefühle gehabt hätte.

Vonni und Luther hatten zugesagt, Samstag morgen mit ihrem Pickup vorbeizukommen und Minnies Sachen einzuladen. Mr. Edelman hatte gesagt, daß sie ihre Wiege nicht mitbringen sollten – er hatte ein neues Bettchen gekauft. Deshalb mußten sie nur ihre Anziehsachen packen, ihre Schlafdecke, weil Maddy meinte, daß sie sie gernzuhaben schien, und die Fläschchen und Windeln. Ihre ganze Habe paßte in zwei Pappkartons, die Jed aus dem Supermarkt mitgebracht hatte.

Minnie hatte morgens wie immer von neun bis elf geschlafen. Sie wirkte energiegeladen und ruhig und, wie Maddy fand, niedlich in ihrem fliederfarbenen Kleid, obwohl die Ärmel sie ein bißchen in die molligen Ärmchen kniffen. Jetzt, da sie dreimal am Tag feste Kost bekam, hatte sie tüchtig zugenommen. Der Arzt meinte, das sei gut so und ihr Gewicht sei für ein Baby in ihrem Alter ganz normal. Zeitweise guckten beide Augen geradeaus, aber ab und zu rutschte das eine zu einer Seite, als gäbe es eben außerhalb ihres Blickfeldes etwas besonders Tolles zu sehen.

Luther fuhr, und Maddy saß neben ihm, das Baby im Kindersitz zu ihrer Rechten. Vonni und Jed aalten sich hinten. Sie hatten vor, wenn das Baby in seinem neuen Zuhause eingerichtet war, alle zusammen nach Ithaca zu fahren, in der Stadt essen zu gehen und hinterher in *Rocky Horror Picture Show*. Es lag ein Gefühl in der Luft, fand Maddy, als würde es wieder sein wie in »alten Zeiten«, als könnten Jed und sie ohne das Baby wieder als Pärchen durchgehen wie früher auf der High School. Maddy merkte, daß Jed darüber überglücklich war. Er kabbelte sich mit Vonni, kniff sie in den Arm und bewunderte, was für Muskeln sie von der harten Arbeit bekommen hatte, die sie und Luther machten.

»Toll, ne«, sagte Vonni stolz. »Ich mach abends auch Gewichtheben. Ich kann sogar diesen Typen heben –« Sie gab Luther einen Stups.

»Ja, sie hebt mich bis über den Kopf wie einen Strandball«, sagte Luther. »Ich werd sie an den Zirkus verkaufen.«

»Männer mögen starke Frauen«, sagte Vonni. »Das ist jetzt in, nicht weiche kleine Ärmchen.«

»Laß mich noch mal deinen Bizeps fühlen«, sagte Jed und griff nach ihr.

Vonni schrie auf. »Das ist nicht mein Bizeps ... Laß das sein, Jed!«

»He, Maddy, behalt die beiden mal im Auge, ja?« sagte Luther ruhig. »Daß da nichts ausartet.«

Maddy drehte sich um. Vonnis Augen blitzten übermütig, wie so oft, und Jed machte sofort eine Unschuldsmiene und setzte sich gerade hin. Für ihn war das ein ganz normaler Tag! Maddy drehte sich wieder um und wünschte sich, es wäre jemand da, mit dem sie ihre Traurigkeit darüber teilen konnte, daß sie das Baby weggaben. Ironischerweise konnte sie sie nicht einmal mit Minnie teilen, die nichts davon wußte.

Als sie bei Mr. Edelman ankamen, saß er mit einer Frau draußen vor dem Haus. Sie waren in ein Gespräch vertieft, standen aber auf, als der Pickup in die Einfahrt einbog. Maddy war neugierig, wer die Frau war – vielleicht die Kinderfrau? Sie trug Jeans und eine weiße Bluse, hatte lokkiges, dunkelbraunes Haar und ein freundliches Lächeln.

»Das ist meine Schwägerin, Ardis Marx«, sagte Mr. Edelman und stellte ihr die andern vor.

Ardis kam zu Maddy und sah sich das Baby an. »Du bist ja eine Süße«, sagte sie. »Möchtest du dein neues Zimmer sehen?«

Das Baby sah sie an und lächelte weder, noch zog sie die Stirn kraus. Maddy befürchtete, daß das Baby weinen könnte, aber sie ließ sich still ins Haus tragen. Maddy folgte. Das Zimmer war wirklich hübsch. Es war ganz hell fliederfarben mit einem weißen Rollo vor dem Fenster und einem Blumentopf. In einer Ecke stand das Bettchen, ein richtiges großes Kinderbett aus hellem Holz. Darüber hing ein Mobile mit bunten Lämmern. »Nicht allzu originell«, sagte Ardis, »aber es war das schönste, das ich finden konnte ... wie gefallen dir die Lämmer, Minnie?«

Minnie streckte die Hand aus und berührte eins. »Scheint sie zu mögen«, sagte Ardis. Sie trug Minnie im Zimmer umher und zeigte ihr alles. Maddy gefiel ihre Art mit ihr. Sie war entspannt und freundlich.

»Werden Sie auf sie aufpassen, wenn Mr. Edelman arbeitet?« fragte sie.

Ardis lachte: »Um Gottes willen ... ich glaube, so weit könnte ich nicht mehr zurück. Meine Töchter gehen beide schon aufs College. Und ich muß arbeiten.«

»Was machen Sie denn?« fragte Maddy.

»Ich arbeite in Syracuse für eine Computerfirma.«

Maddy war beeindruckt. Sie hatte schon von weitem Angst vor Computern. Sie zögerte. »Kennen Sie die Frau, die auf Minnie aufpassen wird?«

»Klar«, sagte Ardis. »Ich hab Mish dabei geholfen, sie auszusuchen. Es war die typische männliche Unbeholfenheit – wenn er nun die Falsche nahm, was dann? Er ist eine richtige jüdische Mutter ... Nein, er hat eine prima Wahl getroffen, die Frau ist total verschossen in kleine Kinder, eine von der Sorte, die Kinder am liebsten hat, wenn sie noch keine fünf sind. Ich bin sicher, daß sie sich freuen würde, wenn Sie ab und zu vorbeikommen.«

»Ich weiß nicht, ob das so gut ist«, sagte Maddy.

Ardis runzelte die Stirn. »Ja, das kann ich verstehen ... aber anrufen können Sie doch, um zu hören, wie es geht.« Sie senkte die Stimme. »Aber Sie haben unwahrscheinliches Glück, daß Sie Misha gefunden haben. Er ist ein wundervoller, unglaublich lieber Mann. Er wird einen tollen Vater abgeben. Das weiß ich genau.«

»Er hatte schon mal eine Familie«, sagte Maddy, »aber die ist bei einem Unfall umgekommen.«

»Ja, ich weiß ... Seine Frau war meine Schwester.«

»Ach.« Maddy wand sich innerlich vor Pein. »Das tut mir leid.«

Ardis wandte sich ab und ging mit dem Baby wieder in den Garten, wo Misha sich mit Vonni, Luther und Jed unterhielt.

»Wie findet sie ihr Zimmer?« fragte Mr. Edelman.

»Toll«, sagte Ardis. Sie gab ihm das Baby. »Da Papa, nimm hin.«

Misha wirkte unbeholfen, aber er nahm die Kleine auf den Arm, und sie weinte zum Glück nicht, sondern packte sich nur eine Handvoll Haare. »Au«, sagte er.

»Minnie, laß das«, schalt Maddy und nahm die Hand da weg.

»Ach, das macht doch nichts«, sagte er gutmütig. »Tut doch nicht weh.«

Sie stiegen alle wieder ein. Diesmal setzte sich Vonni zu Luther nach vorne, und Maddy stieg hinten bei Jed ein. Sie winkten Ardis und Mr. Edelman zu, die im Garten standen. Das Baby sah zu, wie sie abfuhren, aber weinte nicht.

Maddy fühlte sich seltsam hohl und leicht. Anders als je zuvor. Sie merkte, daß ein Teil von ihr wollte, daß das Baby weinte und vor Wut schrie, weil sie allein gelassen wurde. Aber sie wußte ja gar nicht, was los war. Würde sie es je erfahren?

»Mann, hatte die einen Vorbau«, sagte Luther anerkennend. »Ist sie seine Freundin? Nicht schlecht für so einen alten Knacker.«

»Sie ist seine Schwägerin«, sagte Maddy.

»Ach, das heißt noch nichts«, sagte Luther. »Inzest ist heutzutage in.«

»Ihr zwei wart unmöglich«, sagte Vonni. »Ihr so auf den Busen zu starren. Was sollte sie denn von euch halten?«

»Ach, die weiß, daß sie eine gute Figur hat... Wozu hat man die, wenn niemand sie bewundert?«

»Ich verstehe nicht, was an Brüsten so toll ist«, sagte Vonni. »Erklärt mal!«

»Die Form«, sagte Jed. »Sie sind so weich und quetschbar und rund.«

»Ja, aber angenommen, sie wären nicht da, wo sie sind«, sagte Vonni, »sondern irgendwo anders, zum Beispiel an den Knien oder eine an den Knien und eine hinten im Genick. Wären sie dann auch noch so toll?«

»Mann, hoffentlich lern ich so eine Frau nie kennen«, sagte Jed, »mit einer am Knie und einer hinten im Genick.«

»Ja, aber wären die nicht genauso schön weich und quetschbar?« wollte Vonni wissen.

»Hör auf, die Natur hat die an den richtigen Fleck gesetzt«, sagte Jed. »Wozu dagegen angehen?«

»Genau«, sagte Luther. »Stell dir doch einfach einen Penis am Bauchnabel vor, Von, wie fändste das denn?«

»Igitt«, sagte Vonni.

»Sie ist nicht die, die auf das Baby aufpassen soll«, sagte Maddy. Sie war ihrem Gespräch nur halb gefolgt.

»Wer?« fragte Vonni.

»Die Frau. Ardis... Sie haben eine andere eingestellt, aber sie sagt, sie ist sehr nett.«

»Ich finde *ihn* nett«, sagte Vonni. »Allerdings ist er mehr wie ein Großvater. Unheimlich freundlich.«

»Glaubt ihr, das Kind wird da glücklich sein?« fragte Maddy.

Es war einen Moment still.

»Klar«, sagte Vonni. »Warum nicht?«

»Ja, da ist sie bestimmt glücklich«, sagte Luther.

»Sie hat nicht geweint, als wir abgefahren sind«, sagte Jed.

Das war alles, was sie zu dem Thema zu sagen hatten. Hinten auf dem Pickup lag auf einer Seite ein sehr großes Kissen, wie drei Kissen in einem. Jed legte sich mit dem Rücken darauf zurück und nahm Maddy in die Arme. Sie lehnte sich an ihn, dankbar für die menschliche Wärme seines Körpers. Sie wußte, daß sie heute hübsch war. Sie trug neue hellrosa Jeans und ein rosa-weiß kariertes Baumwollhemd, die sie beide erst vor kurzem gekauft hatte. Ihr Haar wurde länger, es reichte ihr schon bis an die Schultern – und sie hatte es zur Seite gebürstet und mit einer goldenen Haarklemme zurückgesteckt. Sie hatte, als sie Minnie feingemacht hatte, das Gefühl gehabt, sich auch feinmachen zu müssen, als sollten sie beide weggegeben werden.

Maddy lag schläfrig da und dachte an den Morgen zurück. Minnie war früh aufgewacht, gegen sechs. Sie war nicht laut gewesen, sondern hatte nur im Bett gelegen und leise vor sich hin geplappert, aber Maddy, die die ganze Nacht schlecht geschlafen hatte, hörte sie und stand auf und ging mit ihr ins Bad, um sie zu baden. Minnie war in einem Alter, wo sie gern badete. Sie planschte fröhlich und schlug mit den Handflächen aufs Wasser. Nur das Haarewaschen war schwierig. Maddy hatte gelernt, nur wenig Schampoo zu nehmen und Minnie dann in ihren Armen zurückzulehnen, damit sie die Seife ausspülen konnte, ohne daß welche in die Augen kam, und trotzdem hatte Minnie lange Zeit jedesmal empört geschrien. Aber jetzt ließ sie sich ohne weiteres nach hinten legen, während Maddy leise mit ihr redete: »Schau mal, wieviel Haar du schon hast, Minnie. Schau mal, was für schöne Locken du kriegst. Und du kriegst eine lila Schleife zu deinem Kleid, damit du für Mr. Edelman schön bist.« Obwohl Minnie nichts von dem verstand, was Maddy ihr erzählte, erklärte Maddy ihr alles, was an dem Tag passieren würde. Sie erklärte ihr, warum sie sich entschieden hatten, sie wegzugeben, und wieso das nichts damit zu tun hatte, ob sie ein liebes Kind war. Sie beschrieb ihr das wunderbare Leben, das sie bei Mr. Edelman haben würde, was für ein netter Mann er sei und wie er ihr lauter schönes Spielzeug kaufen und gut für sie sorgen würde. Aber Maddy konnte kaum sprechen. Sie hatte das Gefühl, daß es sie ihre ganze Willenskraft kostete, nicht schluchzend zusammenzubrechen und das nasse, seifige Baby, so fest es ging, an sich zu pressen. Wenn sie nun einen schrecklichen Fehler machte? Als sie sie abtrocknete, drückte Maddy die Kleine an sich und wünschte sich, sie könnte wieder in ihr drin sein, wo niemand sie ihr wegnehmen konnte, wo sie immer eins sein konnten. »Ich komm dich besuchen«, sagte Maddy zu ihr. »Aber auch wenn ich es nicht tu, sollst du wissen, daß ich immer an dich denke. Immer, für den Rest meines Lebens.« Das Baby sah sie neugierig an. Maddy hatte das Gefühl, es war bei ihr angekommen.

Jed streichelte ihr nachdenklich das Haar, als ob er spürte, daß sie Trost brauchte, und sie hatte das Gefühl, sie wäre das Baby und er die Mutter, die sie knuddelte und umhegte. Es war ein gutes Gefühl. Dann drehte sich Vonni um. »He, nichts da!« sagte sie gutgelaunt. Zu Luther sagte sie: »Sowie man ihnen den Rücken zudreht! Man kann den Kindern von heute einfach nicht vertrauen.«

»Laß sie doch«, sagte Luther. Er stand an einer Ampel und schaute sich ebenfalls um. »Ihr wißt, was dabei rauskommt, oder?«

Maddy und Jed lachten verlegen; sie wußten es.

Bei Luther und Vonni saßen sie eine Weile herum, und dann fuhren Jed und Luther los, um die *Rocky Horror*-Karten zu holen und Essen aus dem Chinarestaurant. Maddy ging in das Zimmer hinauf, in dem sie ihre Hochzeitsnacht mit Jed verbracht hatte. Vonni sagte, seitdem hätte es niemand betreten. »Die Hälfte der Zimmer betreten wir nie«, sagte sie.

»Wollt ihr das nächste Jahr auch noch hier arbeiten?« fragte Maddy.

»Nein, ich glaub nicht«, sagte Vonni. »Weißt du, was ich vielleicht mache, Mad? Ich würde gern Landschaftsgärtnerin werden. Ich hab 'ne Menge gelernt, durch die Gartenarbeit hier. Sie haben einen Gärtner, der hin und wieder kommt, und der hat mir eine Menge beigebracht. Er sagt, es gibt eine Gartenbauschule, wo man ein Diplom kriegt und alles.«

»Ich sollte auch so was machen«, sagte Maddy. »Vielleicht auf die Friseurschule oder so.«

»Hast du dazu Lust?« fragte Vonni.

»Vielleicht.«

»Ich könnte es nicht aushalten, den ganzen Tag drinnen zu arbeiten«, sagte Vonni. »Schneidest du denn gerne Haare?«

»Ich hab's noch nicht wirklich gemacht«, sagte Maddy. »May läßt mich nicht, weil es ein Gesetz gibt. Man muß ein Diplom haben ... Aber ich glaub, ich weiß auch vom Zugucken, daß es mir Spaß machen würde.« Sie wandte sich plötzlich ab. »Mir fehlt das Baby«, sagte sie.

Vonni kam zu ihr und klopfte ihr unbeholfen auf die Schulter. »Du kannst doch wieder eins bekommen, später.«

»Ja«, sagte Maddy. »Ich glaube nicht, daß Jed Babys mag.«

»Ich meinte, wenn ihr älter seid, so drei-, vierundzwanzig.«

Das erschien Maddy unendlich weit entfernt. Wo würde sie mit dreiundzwanzig sein, und was würde sie dann machen?

Sie aßen in dem großen Eßzimmer und schoben die Plastikbehälter mit dem chinesischen Essen hin und her. »Die Chinesen haben zwei gute Dinge«, sagte Luther. »Essen und Mädchen.«

»Was weißt du von chinesischen Mädchen?« fragte Vonni argwöhnisch, während sie an einem Rippchen nagte.

Er wurde rot. »Ach, nur die Frau an der Kasse... Sie hat so schönes langes schwarzes Haar. Wie Seide.«

»So hübsch war die gar nicht«, sagte Jed. »Eher einige Kellnerinnen.«

»Mann, ihr zwei habt sie doch nicht alle«, sagte Vonni. »Wir nehmen keine Notiz von anderen Männern, und ihr beide glotzt jede gierig an, die vorbeikommt.«

»Du guckst auch«, sagte Luther.

»Ist doch nicht wahr!«

»Und was war neulich mit dem Typ, der vorbeikam, um die Veranda zu reparieren?«

Vonni grinste. »Ja, der war süß, ne? Männer mit Sommersprossen haben was.«

»Sommersprossen!« schnaubte Luther.

Zur *Rocky Horror Picture Show* machte sich Vonni total auffallend zurecht. Sie zog eine leuchtend lila Glanzlatzhose an, die ihr so lose um den dünnen Leib schlotterte, daß man ihre Brüste sehen konnte. Mit ihren Frye-Stiefeln, einem schwarzen Cowboyhut, viel lila Lidschatten und drei winzigen goldenen Sternen auf der Stirn machte sie eine tolle Figur.

»Wofür sind die Sterne?« fragte Jed und berührte einen.

»Für hervorragende Leistungen«, sagte Vonni hochmütig.

Er grinste: »Und was kannst du so gut?«

»Alles!«

Vonni bot Maddy an, ihr Make-up und Klamotten zu leihen, aber Maddy beschloß, so zu gehen, wie sie war. Immerhin nahm sie Vonnis Wimperntusche und ein bißchen Lidschatten und rieb sich die Lippen mit rosa Lip gloss ein, das nach Erdbeeren roch. »Deine Haare sehen wirklich gut aus so«, sagte Vonni, als Maddy sie bürstete. »Willst du sie lang wachsen lassen?«

»Vielleicht«, sagte Maddy. Sie fand, daß sie sich schön

anfühlten, wie sie ihr seidig und sauber über die Schulter fielen.

Sie waren früh im Kino und fanden gute Plätze ziemlich weit vorne. Maddy hatte den Film schon zehnmal gesehen. Manchmal gefiel er ihr und manchmal nicht, je nach Stimmung. Vonni fand, Tim Curry war der erotischste Mann, den sie je gesehen hatte. Maddy war nicht so sicher. Jedenfalls sprach er sie nicht auf eine Weise an, daß sie den Wunsch verspürte, einen wie ihn im wirklichen Leben kennenzulernen. Tim Curry hatte etwas Beängstigendes, seine Ausstrahlung machte sie selbst auf der Leinwand noch nervös. Auch die Handlung fand Maddy eher verwirrend. Sie wußte, daß man sich über Janet und Brad lustig machen und Arschloch rufen sollte, wenn ihre Namen erwähnt wurden, aber sie hatte wider Willen Mitleid mit ihnen. Sie wußte auch, daß man nichts in dem Film ernst nehmen sollte, aber sie tat es trotzdem. Sie fürchtete sich mit Janet, wenn sie im Regen in dem unheimlichen Schloß ankamen, wo all die komischen Leute waren. Und wenn Eddie ermordet und als Braten zum Abendessen serviert wurde, mußte sie immer weggucken, obwohl sie genau wußte, daß es ein ganz normaler Braten war und kein Mensch.

Diesmal bekifften sie sich aber alle gleich zu Anfang. Maddy mußte an ihren Hochzeitsabend denken, wo alle außer ihr bekifft gewesen waren, und wie wenig sie über die Witze hatten lachen können, über die die anderen sich schier ausschütten wollten. Diesmal zog sie jedesmal kräftig am Joint, wenn er ihr gereicht wurde, und saugte den Rauch so tief ein, wie sie konnte. Leider wurde sie etwa zwanzig Minuten später so müde, daß sie die Augen nicht mehr aufhalten konnte. Sie hielt sie mühselig immer ein, zwei Minuten lang auf, und dann fielen sie ihr wieder zu. Es kam ihr vor, als wüßte sie, daß sie im Kino saß und einen Film sah, aber oft hatte sie den Eindruck, selbst mitten im

Film zu sein oder ihn zu träumen. Sie legte den Kopf auf Jeds Schulter und schlief.

Als sie aufwachte, stellte sie zu ihrem Entsetzen fest, daß ihr Kopf auf Luthers Schulter lag. Sie wußte nicht mehr, wie er dahin gekommen war. Sie sah ihn verwirrt an. »Tschuldigung.«

Er drückte ihre Hand. »Macht nichts«, sagte er mit einem Lächeln.

Auch auf der Rückfahrt erschien Maddy alles merkwürdig wirr. Obwohl sie wußte, daß es nicht sein konnte, hatte sie das Gefühl, daß alles, was passierte, längst passiert war, und sie läge im Bett und erinnerte sich dran. Sie stolperte aus dem Pickup ins Wohnzimmer. Vonni kam herein und streckte sich auf dem Rücken aus, die Arme lang über den Kopf gereckt. »Wow, war das ein starkes Zeug«, sagte sie.

»Aber gut«, sagte Jed.

Er und Luther standen Seite an Seite da und traten unbeholfen von einem Bein aufs andere.

»Nun, meine Damen«, sagte Luther. »Wir hätten ein Angebot zu machen.«

»Nur gültig für eine Nacht«, sagte Jed.

»Ach, je«, seufzte Vonni. »Was jetzt?«

»Sag du«, forderte Luther Jed auf.

Jed griente. »Die Nerven verloren?«

»Nein, i-ich ... Gut, hier ist unser Angebot ... Da wir alle gute Freunde sind und so, dachten wir, wir könnten für eine Nacht mal die Dinge anders sortieren, in bezug auf...« Er hielt verwirrt inne. »Erkläre ich das richtig?«

»Wir dachten«, begann Jed, aber Vonni unterbrach ihn. »Wir haben schon verstanden ... Mann, ihr zwei, könnt ihr an gar nichts anderes denken als an Sex?«

»Selten«, sagte Jed.

»Wir wär's also?« fragte Luther.

Starr vor Angst betete Maddy, daß sie Witze machten

oder daß Vonni sagen würde, sie hätten einen Knall und sollten sich zum Teufel scheren.

»Na gut, aber nur für eine Nacht«, sagte Vonni. »Mehr nicht, und hört zu, ich bin total kaputt, deshalb gibt es jetzt keine große Orgie oder was ihr euch sonst ausgekocht habt... Einmal und damit Feierabend, und dann schlafe ich.«

Jed lachte. »Orgie? Wer hat was von einer Orgie gesagt?«

Sie stand auf und trat vor ihn hin. »Okay, hier bin ich«, sagte sie, nahm einen goldenen Stern von ihrer Stirn und klebte ihn auf seine. »Mach mit mir, was du willst.« Sie stiegen Hand in Hand die Treppe hinauf.

Maddy saß völlig benommen auf dem Boden. Das Bild von Jed und Vonni, wie sie Hand in Hand die Treppe hochgingen, lief immer wieder vor ihrem inneren Auge ab. Sie wäre am liebsten schreiend die Treppe hinaufgerannt und hätte ihnen erklärt, daß sie das nicht machen konnten. Wie konnten sie? Ihr Mann! Und ihre beste Freundin! Und warum saß Luther ruhig dabei und war höchstens ein bißchen befangen? Warum war er nicht auch entsetzt? »Wir müssen nichts machen, wenn du nicht willst«, sagte er leise.

Die Bemerkung beruhigte Maddy. Vielleicht sagte Jed das auch zu Vonni, und es war nur ein Witz gewesen. »Ich fühle mich irgendwie komisch«, sagte sie. »Vielleicht hab ich zuviel von dem Zeug geraucht.«

»Ich trag dich nach oben«, sagte Luther, und nahm sie, ohne auf eine Antwort zu warten, auf den Arm und trug sie die Treppe hinauf in das Schlafzimmer, in dem er sonst mit Vonni schlief. Mitten im Zimmer stand ein großes ungemachtes Bett. Luther legte Maddy auf dem Bett ab.

»Ich muß mal zum Klo«, stammelte sie.

Im Bad lagen Vonnis Schminksachen verstreut. Maddy sah das Lip gloss, das sie vorhin genommen hatte. Sie hob es hoch und roch dran. Dann mußte sie sich plötzlich ans

Waschbecken lehnen, weil ihr übel wurde. Sie versuchte sich zu fangen, aber es gelang ihr nicht. Wie ein Hund lehnte sie mit offenem Mund keuchend und sabbernd an der Wand. Sie war so im Rausch, daß ihr selbst ihre Angst und Übelkeit nicht richtig wirklich erschienen. Die Wände wankten. Vielleicht war sie noch im Kino! Bald würde sie aufwachen und sich im Pickup wiederfinden, auf dem Weg nach Hause, den Kopf auf Jeds Schulter. Diesen Augenblick wollte Maddy gern näherholen, aber wie?

Als sie wieder ins Schlafzimmer kam, lag Luther nackt im Bett, die Arme hinter dem Kopf. Sein Penis ragte steif in die Luft. Maddy sah Luther sorgfältig an, und dann seinen Penis. Sie hatte in einer von Mays Zeitschriften gelesen, daß man vom Penis eines Mannes auf seine Persönlichkeit schließen könne. Einige sähen gemein aus, andere freundlich, andre zart und wieder andre aggressiv. Sie versuchte sich zu erinnern, wie Jeds aussah, aber es ging nicht. Vielleicht hatte sie ihn nie angeschaut. Luthers war größer und breiter als Jeds. Sein Haar war krauser und blonder.

»Komm, leg dich hin«, sagte Luther sanft, unsicher unter ihrem Blick.

»Was?« Maddy schwankte leicht vor und zurück, und das Zimmer drehte sich um seine Achse.

»Willst du dich nicht ausziehen?«

Maddy ließ sich angezogen auf das Bett fallen. Sie drehte sich zu Luther um, der sie langsam und vorsichtig entkleidete, wie ein Vater, der ein Kind auszieht. Als sie vollkommen nackt war, sah er sie mit einem verschwommenen, bewundernden Blick an. »Du bist so schön, Maddy!« sagte er.

»Echt?« sagte Maddy zum erstenmal nervös und sich fast bewußt, was vorging. Aber es war wie mit dem Weggeben von Minnie. Es war, als wäre zwischen ihr und dem, was geschah, eine kleine, schützende Distanz, als schaute sie sich einen Film an und hätte nicht wirklich etwas zu befürchten. Luther fing an, sie von Kopf bis Fuß zu küssen. Er küßte sogar ihre Zehen! Während er sie küßte, machte er murmelnde Geräusche und redete mit ihr. Das war so anders als Jed, der nie was sagte, daß es Maddy beunruhigte und gleichzeitig faszinierte. Er pries alle Teile ihre Körpers, sagte, sie sei weich und seidig und rieche gut und habe wundervolle Nippel und süße Ellbogen. Ihre Ellbogen hatte noch nie jemand bemerkt! Er schien sogar ihren Bauchnabel schön zu finden und leckte ihn vorsichtig, als wäre Honig drin, wie ein Ameisenbär. Sie sah sich und ihn und seine Worte in Ballons über ihrem Kopf, wie jemand in einem Comic-Heft.

»Ist das schön?« fragte er immer wieder. »Ist das schön für dich, Maddy?«

Es fühlte sich, sofern sie sich darauf konzentrieren konnte, wirklich schön an, und trotzdem kam es ihr komisch vor, und einmal mußte sie kichern und versuchte es zu unterdrücken, weil sie Angst hatte, er könnte böse werden. »Worüber lachst du?« fragte er zärtlich und berührte ihren lachenden Mund.

»Ich weiß nicht.«

»Möchtest du?« fragte er. »Bist du soweit?«

Maddy hatte den Eindruck, jetzt, wo er jeden Zentimeter ihres Körpers so lange und liebevoll bearbeitet hatte, nicht mehr nein sagen zu können, wie wenn man keine Schuhe kaufte, nachdem der Verkäufer einem zwanzig Paar in allen erdenklichen Farben und Formen gezeigt hatte. »Ja«, sagte sie. »Ich bin soweit.«

Auch dabei redete Luther weiter. Er sagte ihr immer wieder, sie sei wundervoll, und fragte sie, ob es schön wär. Maddy merkte, daß sie nicht wirklich immer zu antworten brauchte, daß seine Worte mehr wie Sprüche zum Liebesspiel waren, die für ihn einfach dazugehörten.

Und während er sich in ihr bewegte, schwebte ihr ein Gedanke durch den Kopf: Vonni und Jed machen das jetzt auch gerade … Aber dann schwebte er wieder davon. Es war ein Gedanke ohne Gefühl. Selbst als sie schließlich kam, war es ein bißchen, als wäre es jemand anders, als schreie jemand anders auf, und zittere, und zerschmelze befriedigt. Sie hatte das Gefühl, Janet im Film zu sein, mit Brad oder mit Frank oder mit Rocky, manchmal die ängstliche dumme Jungfrau, manchmal die ungehemmte, aufreizende Hure. Dann hörte sie Luther aufstöhnen und spürte, wie sie beide zu guter Letzt verschmolzen.

In Luthers Armen fühlte Maddy sich ruhig und heiter, in einem schönen Zustand der Schwebe. Luther sah sie mit besorgtem Gesicht an. »Alles klar?«

Sie wußte nicht recht, was er meinte. »Klar.«

»War es, äh, schön?«

Sie nickte.

»Er war dir nicht zu groß?«

»Warum?« fragte Maddy.

»Vonni sagt manchmal, er ist zu groß.«

»Ach so«, sagte Maddy. Sie versuchte die Bedeutung zu erfassen, aber die Worte zerfielen und trieben auseinander, bevor sie dahinterkam. Vielleicht sagte Luther noch etwas, aber sie bekam es nicht mehr mit. Als sie das nächstemal überhaupt wieder was dachte, war es sechs Uhr morgens, und sie war gerade wach geworden.

Die Luft, die zum Fenster hereinströmte, war mild, frühlingshaft. Maddy stieg nackt aus dem Bett und trat ans Fenster und sah auf das grüne Laub und die weite Landschaft hinaus. Ihr erster Gedanke galt dem Baby. Dies war ihr erster Tag ohne das Baby, Minnies erster Tag ohne sie. Wachte sie auch in diesem Augenblick auf und sah sich in dem fremden Zimmer um, fiel ihr Blick auf die Lämmer am Mobile über dem Bett? Zuerst stellte sich Maddy vor, daß Minnie schreiend aufwachte, vor Wut und Angst vor diesem fremden Ort und weil Maddy nicht da war und sie sie so vermißte. Mr. Edelman eilte schnell herbei, um sie zu trösten, aber das Baby ließ sich nicht trösten. Dieses Bild tat zu weh. Maddy stellte sich ein anderes vor. Das Baby wachte auf, sah die Lämmer, griff nach ihnen, und gerade, als sie merkte, daß sie Hunger hatte, kam Mr. Edelman, der nicht fest geschlafen hatte, mit einem Fläschchen herein. Zuerst war sie überrascht, ihn zu sehen, aber er machte sie sauber und gab ihr die Flasche, und sie lag da und dachte an Maddy, mit Zufriedenheit.

»Maddy?« Es war Luther. Als sie ihn sah, fiel ihr dumpf ein, was in der Nacht gewesen war. Aber sie erinnerte sich nur noch fetzenweise an einzelne Szenen – wie Vonni Jed den goldenen Stern auf die Stirn gepappt hatte, Luther sie die Treppe hochgetragen hatte, wie er ihr den Bauchnabel geleckt hatte. Hatten sie zusammen geschlafen? Anscheinend ja, denn sie konnte es noch an ihrem Körper riechen, aber erinnern konnte sie sich, auch wenn sie sich noch so bemühte, an nichts mehr. Es war ihr peinlich, nackt durch das Zimmer zu laufen, während Luther zuschaute. Sie setzte sich auf die Bettkante.

Er streckte die Hand aus und berührte einen ihrer herzförmigen goldenen Ohrringe. »Wie fühlst du dich?« fragte er mit besorgtem Gesicht.

»Ganz okay«, sagte Maddy unsicher. »Vielleicht nehme ich ein Bad.«

Als sie in der warmen Badewanne lag, ging es ihr schon besser. Die Wirklichkeit rückte näher, aber langsam, ohne Druck, wie wenn die Narkose nach dem Zahnarzt nachläßt. Sie zog sich an und ging, weil Luther auf die Dusche wartete, in die Küche hinunter.

Vonni briet Schinkenspeck mit Ei in einer gußeisernen Pfanne. Sie winkte Maddy zu, als sie hereinkam. Jed saß am

Küchentisch und verschlang eifrig seine Cornflakes. »Hallo«, sagte er, als er sie sah, und schaute schnell wieder weg.

»Hallo«, sagte Maddy. Sie spürte ihren Hunger und freute sich auf die Eier und den Toast. Niemand redete über die letzte Nacht, und Maddy war froh. Es erschien ihr leichter, gar nicht erst drüber nachzudenken.

Nach dem Frühstück gingen sie zum Schwimmbecken hinaus. Vonni und Luther hatten es gereinigt und gefüllt, weil die Besitzer im Juni kommen wollten. Es war ein überraschend warmer Tag. Maddy hielt einen Finger ins Wasser. Es war kalt. Aber Jed und Luther zogen sich aus und sprangen hinein. Sie spritzen und tauchten sich gegenseitig unter. Maddy legte sich zu Vonni auf die große Doppelliege. Sie deckten sich mit einem Handtuch zu wie mit einer Decke.

»Wann werden die endlich erwachsen?« sagte Vonni mit einem Blick auf die beiden Jungen.

Sie kletterten auf das Sprungbrett und warfen sich in Pose wie die Schönheitskönige. »Schade, daß du deine Kamera nicht dabei hast, Von«, sagte Luther. »Du könntest uns fotografieren und die Bilder an *Playgirl* schicken.«

»Na sicher, und die machen nächsten Monat pleite«, schnappte Vonni.

»Sie mögen uns nicht«, sagte Jed und tat so, als bräche es ihm das Herz.

»Doch«, sagte Luther. »Sie versuchen nur zu verbergen, wie sie uns begehren, wenn sie unsere wunderschönen Körper sehen.«

Bei ihrem Anblick stieg in Maddy plötzlich ein heißer Zorn auf beide und ihre blöde Kasperei auf. Auf Vonni war sie fast genauso böse, weil sie ihre Witze mitmachte, als wäre nichts passiert, als wäre alles noch genau wie immer! Es erinnerte sie daran, wie ausgeschlossen sie sich oft gefühlt hatte, als sie anfangs mit Jed zusammen war und die drei ständig auf irgendwelche alten Witze und Erinnerungen anspielten. Sie hatte das Gefühl gehabt, daß sie immer eine Außenseiterin sein würde, die Vonni und Luther nur akzeptierten, weil Jed sie ausgewählt hatte, die aber nie wirklich dazugehörte. Und jetzt kam es ihr vor, als hätte sie wirklich nie dazugehört, weder zu Vonni und Luther noch zu Jed. Sie haßte sie alle. Sie schämte sich der Intensität ihrer Gefühle und rollte sich auf die Seite.

Vonni drehte sich um und seufzte. Maddy machte die Augen auf. Vonnis Gesicht war nur eine Handbreit vor ihrem. Sie konnte noch Spuren des Lidschattens vom Abend zuvor sehen. »Wie war's mit Jed?« fragte sie flüsternd, und die Frage war wie ein Messer in ihrem Herzen.

»Es war . . .« Vonni suchte vergeblich nach Worten. »Es war wohl eine blöde Idee«, vollendete sie ihren Satz und schloß die Augen.

Maddy lag da, spürte die Sonne und wartete darauf, daß der Zorn und der Haß in ihrem Innern verpufften. Sie beobachtete Jed und Luther, die immer noch im Wasser spielten und sich vom einen Ende des Beckens zum andern jagten. Oh, wie sie sich wünschte, Jed weh zu tun, einmal richtig körperlich weh zu tun. Sie dachte daran, wie ihre Brüder sie, als sie jünger war, geneckt und unter Wasser gedrückt hatten, indem sie ihr die Beine festhielten oder sich auf ihren Kopf setzten. Es war so schrecklich gewesen, wenn sich ihre Lungen gefüllt hatten und sie vor Angst, daß sie sie nicht rechtzeitig loslassen würden, fast durchgedreht war. Und dann der Moment, wenn sie sie schließlich losließen und sie keuchend an die Oberfläche kam und nach Luft schnappte. So hätte sie Jed gern unter Wasser gehalten. Bis sein Gesicht dunkelrot wurde. Bis er keine Luft mehr bekam und fürchten würde, daß sein letztes Stündlein geschlagen hatte. Sie würde ihn weiter unten halten und erst im letzten Moment loslassen.

Da spürte sie Jeds Hand auf ihrer Schulter. Er begann, sie mit Sonnencreme einzureiben. Eine Sekunde war ihr das Gefühl seiner Hände, das warme sinnliche Streicheln willkommen. Dann sprang sie plötzlich auf, riß ihm die Tube aus der Hand und schleuderte sie ins Gebüsch. »Laß das!« schrie sie. »Ich will das nicht!«

Jed war verdutzt. »Ich dachte, du kriegst einen Sonnenbrand«, sagte er. »Die Sonne ist ganz schön kräftig.«

»Na und?« sagte Maddy mit der gleichen lauten Stimme. »Und wenn ich einen Sonnenbrand kriege! Das kann dir doch egal sein!«

»Maddy, ich –«

»Hau ab!« sagte sie. »Rühr mich nicht an ... wenn du mich anfaßt, bring ich dich um.«

Sie wußte, daß die drei sie erstaunt anstarrten, aber das war ihr egal. Sie fühlte sich klein und haßte sich selbst ebenso wie sie. Warum hatte sie sich am Abend vorher bekifft? Wenn sie bei Sinnen gewesen wäre, hätte sie niemals mitgespielt bei ihrem bösen, dummen Streich. Aber sie hatte ihren Schmerz um das Baby betäuben wollen, und das hatte irgendwie auch funktioniert. Außer daß sie jetzt nichts mehr hatte, kein Baby, keinen Mann, nicht einmal sich selbst.

Die Erkenntnis, daß es mit ihrer Ehe aus war, kam Maddy mit einem kalten, schalen Gefühl, wie der Moment, wenn ein Film von Bunt in Schwarzweiß übergeht. Es kam ihr vor, als wäre die Erkenntnis schon lange dagewesen, irgendwo unter der Oberfläche, und als wäre sie jetzt plötzlich in ihr Bewußtsein aufgestiegen. Daß sie nicht überrascht war, gab ihr das Gefühl, als habe sie es längst gewußt. Sie fühlte sich an den Moment erinnert, als ihr – sie war noch ein Kind gewesen – zum erstenmal aufgegangen war, daß sie und alle, die sie kannte, eines Tages sterben mußten.

Nach einiger Zeit kamen Luther und Jed aus dem Wasser, zogen sich an. Vonni schmierte Brote, und sie machten ein Picknick. Danach sagte Luther, er wolle sie nach Hause fahren.

Auf der Fahrt saß Maddy zwischen Luther und Jed und schaute schweigsam auf den See hinaus, der so blau und klar dalag wie auf der Postkarte, die man in der Drogerie im Ort kaufen konnte.

»Was für ein herrlicher Tag«, sagte Luther, der beim Fahren einen Arm hinten über den Sitz gelegt hatte, ohne sie zu berühren.

»Ja, ich hatte den Winter echt satt«, sagte Jed.

Sie redeten über dies und das, während Maddy stumm zwischen ihnen saß, sich halb bewußt, daß ihre Körper sie auf beiden Seiten berührten, aber sich möglichst nicht anlehnend, weil sie sich ekelte. Ihr Zorn war abgekühlt und hatte einem schrecklich toten Gefühl von Verzweiflung und Einsamkeit Platz gemacht. Es wäre ihr völlig egal gewesen, wenn der Pickup in Flammen aufgegangen wäre und sie alle mit. »Wieso bist du so still?« fragte Luther.

»Weiß nicht«, sagte Maddy

»Sie denkt an das Baby«, erklärte Jed, was Maddy überraschte, weil es nicht stimmte, aber das Bewußtsein, daß sie kein Kind mehr hatte, hatte sie den ganzen Morgen gequält.

»Ihr habt bestimmt zehn Kinder, ehe ihr durch seid«, sagte Luther gutgelaunt.

»Zehn!« rief Jed, »Halt bloß den Mund!«

Luther hielt den Mund mit der Hand zu.

Als sie zu Hause ankamen, half Jed Maddy aus dem Pikkup. Paul und Gerry saßen draußen und lasen, und ihr kleiner Sohn spielte neben ihnen. »Wie gefällt euch das Wetter?« rief Paul.

»Toll«, sagte Jed.

»Setzt euch zu uns«, sagte er. »Es ist zu schön, um drinnen zu sitzen.«

»Machen wir gleich«, sagte Jed.

Sie gingen in das stille Zimmer, das ungewöhnlich aufgeräumt wirkte. »Ich mach einen Spaziergang«, sagte Jed. »Kommst du mit?«

»Nein, ich bleib hier«, sagte Maddy. Sie setzte sich auf die Kante des gemachten Bettes und sah ihm nach, wie er bergab zum See hinunterging.

Zwölf

Frühling und Sommer schienen gleichzeitig gekommen zu sein und setzten sich abwechselnd durch. Das Wetter sprang zwischen milden Tagen von zehn bis fünfzehn Grad und heißen, über fünfundzwanzig Grad warmen Tagen um, an denen nur noch eine kühle Brise vom See die Luft kühlte. Es war jetzt leicht, Liebesnester im Freien zu finden, die in sicherer Entfernung vom Collegegelände waren. Jed und Capri trafen sich außerhalb des Ortes und liefen zusammen an kleine, zugewachsene Strände am See. Manchmal gingen sie auch in den Wald, obwohl es am See noch still war – für Motorboote und Wasserskiläufer war es noch zu früh.

»Du wolltest rüberschwimmen«, erinnerte Jed sie.

»Ich weiß, aber das Wasser ist eiskalt! Warst du schon drin?«

Er strich ihr mit der Hand über den Bauch. »Ich dachte, du bist eine Amazone«, neckte er.

»Ich hab lange nicht trainiert.«

Und wirklich war ihr Körper, der, als er sie kennengelernt hatte, so braungebrannt und sehnig gewesen war, jetzt weiß und weich. »Ich werde schnell braun«, sagte sie. »Aber ich kann es nicht ausstehen, mich in die Sonne zu legen und braten zu lassen wie manche Mädchen. Ist doch egal, wie braun man ist.«

Einmal, als sie sich gerade wieder angezogen hatten, hörten sie weiter unten ein Geräusch und erkannten eine von Capris Professorinnen, die mit ihren beiden Hunden spazierenging, einem Bernhardiner und einem Irish-Setter.

Der Setter tollte über den Strand und sauste in den Wald. Als er Capri und Jed sah, stellte er die Ohren auf und kam zu ihnen. Er leckte freundlich Capris Bein, ließ sich hinter den Ohren kraulen und schoß wieder davon.

»Albie!« drang die Stimme der Frau herauf. »Albie, wo bist du?«

»Ihr Mann hat sie gerade verlassen«, sagte Capri. »Er arbeitet in Rochester und hatte da 'ne Freundin. Sie ist dahintergekommen und hat ihn rausgeworfen.«

»Woher weißt du das?«

»Alle wissen das.«

»Hart und unerbittlich«, witzelte er.

»Wieso hart? Hätt ich auch getan ... Nicht, daß mir jemand untreu werden würde.« Sie griente.

Sie hatte recht, er konnte sich auch nicht vorstellen, daß jemand sie betrog, aber um sie zu ärgern, sagte er: »Ja, jetzt, aber warte, bis du Mitte Vierzig bist.«

»Mit vierzig bin ich eine tolle Frau«, sagte Capri und streckte sich. »In den besten Jahren ... dann hab ich lauter junge Liebhaber, die mich bewundern, weil ich so erfolgreich bin.«

»Worin denn?«

»Weiß ich noch nicht ... ich werd irgendwas Tolles entdecken, ein Heilmittel für Krebs, oder eine neue Operationstechnik.«

»Willst du wirklich Ärztin werden?«

»Ja, warum nicht? Ich will reich werden ... und gleichzeitig Gutes tun, aber ich will mich nicht in irgendeinem unbedeutenden Job abrackern und mich ›hocharbeiten‹, indem ich um Beförderung buhle. Das finde ich krank.«

Jed sah sie an. Meistens, wenn sie zusammen waren, fühlte er sich ihr ebenbürtig. Sexuell waren sie ebenbürtig. Aber wenn sie mit diesem ruhigen Selbstvertrauen über die Zukunft redete, machte es ihn wütend. Ihr Vertrauen beruhte auf so vielen Privilegien, derer sie sich überhaupt nicht bewußt war.

»Wieso hast du meiner Mutter erzählt, daß du Astronaut werden willst?« fragte sie.

Er lächelte in Erinnerung an das Mittagessen mit ihrer Mutter. »Ich hab als Kind davon geträumt. Ich glaub, in Wirklichkeit würde ich lieber die Ausrüstung entwerfen.«

»Warum tust du's nicht?«

»Studieren?«

»Klar.«

Von seinen Bekannten war keiner aufs College gegangen außer Garnet. Vor einem Jahr hätte er gesagt, daß es nicht gehe, weil er Maddy und das Baby ernähren müsse. »Ich bin nicht besonders intelligent«, sagte er.

»Doch.«

»Woher willst du das wissen?«

»Ich weiß es eben! ... Hör zu, ich bin ein extrem intoleranter Mensch. Die meisten Leute haben nur Brei im Kopf. Du kannst denken. Das solltest du ausnutzen.«

Er fühlte sich geschmeichelt, fragte sich aber, ob sie nur versuchte, den Abstand zwischen ihnen zu überbrücken, als fühlte sie sich eher gerechtfertigt, so viel Zeit mit ihm verbracht zu haben, weil er immerhin intelligent war. Sie redeten nie über eine gemeinsame Zukunft. Er ging davon aus, daß sie den Sommer über weg sein und im Herbst wiederkommen würde. Er wußte, daß er seinen Job so lange behalten konnte, wie er wollte. Aber wollte er das wirklich? Sie nebenbei zum Vögeln haben, auch wenn er nicht mehr mit Maddy zusammen war?

Er hatte Capri davon erzählt, daß sie das Baby zur Adoption freigegeben hatten. So hatte er es ausgedrückt. Er hatte ein bißchen gelogen und gesagt, sie hätten das Baby zu einer Agentur in Auburn gebracht, und es sei von einem jungen Paar adoptiert worden, das keine Kinder bekommen konnte und sich eine Augenoperation für das Baby leisten konnte.

»Fehlt sie dir?« fragte Capri.

Er schwieg einen Augenblick. »Nein.«

Und wirklich, wenn er einen Vergleich suchte, dann war die Stille im Haus, wie wenn man neben einer Baustelle wohnte und das Baggern plötzlich aufhörte. Er wachte zum Gesang der Vögel auf. Aber er hatte das Gefühl, daß es Maddy mehr beschäftigte. Oft wenn er aufwachte, ganz gleich wie früh, war sie schon auf oder saß im Sessel in der Ecke und starrte aus dem Fenster. Sie kam ihm jetzt sehr still vor, und dünn, fast elfenhaft. Und er fragte sich, ob das mit Luther an dem Abend eine sehr gute Idee gewesen war. Luther war derjenige gewesen, der den Vorschlag gemacht hatte, und Jed hatte Vonni schon immer gemocht. Mit ihr hatte es Spaß gemacht – sie war zu allem bereit, und ihre spöttische Art, mit der sie so tat, als ob sie es alles total blöd fand, bot einen umgekehrten Reiz. Beim ersten Mal hatte sie den Cowboyhut aufgehabt und sich auf ihn gesetzt und gesagt: »Schön, ich geb dir fünf Minuten, um mich zum Orgasmus zu bringen, und dann schlaf ich ein.« Aber als es länger als fünf Minuten dauerte, schien sie auch nichts dagegen zu haben.

Er fragte sich, ob Capri eifersüchtig wäre, wenn sie etwas davon erführe. Ihre Reaktionen waren so unberechenbar. Manchmal, wenn sie sich trafen, sagte sie: »Ich hab schon den ganzen Tag an dich gedacht, mir muß der Frühling im Blut stecken ... ich kann an nichts anderes denken!« Und dann wieder brachte sie ihre Bücher mit und fing fünf Minuten, nachdem sie fertig waren, an zu lernen oder bat ihn, sie abzufragen.

»Du schneidest eh gut ab«, sagte er. »Wozu der Ehrgeiz?«

»Ich will's Daddy zeigen«, sagte sie. »Ich will alle Fächer mit Auszeichnung bestehen.«

»Warum ist er dir so wichtig?« Jed war immer noch sauer, wenn er an ihren Vater dachte.

»Du hast recht ... Aber seine Anerkennung bedeutet mir schon noch viel.«

Wenn Jed Thornie sah, vor allem wenn Maddy dabei war, wurde er verlegen. Thornie lächelte ihnen immer gütig zu. Jed wußte, daß er dachte, es sei wieder alles gut zwischen ihnen, und die Sache mit dem Collegemädchen sei ein für allemal vorbei. Thornie und May luden sie zum Abendessen ein, und Jed hatte den Eindruck, daß sie Maddy regelrecht umhegten und ihr ständig sagten, wie hübsch sie geworden sei. Vielleicht tat sie ihnen bloß leid, weil sie das Baby weggegeben hatte. Ihre achtjährige Tochter Winnie setzte sich bei Maddy auf den Schoß und ließ sich von ihr die Haare schön zurechtmachen. Maddy flocht ihr bedächtig einen Bauernzopf und ging danach mit ihr zum See hinunter, wo sie Steine übers Wasser springen ließen.

»Maddy hat erzählt, sie würde gern auf die Friseurschule gehen«, sagte May und gab Jed noch Kartoffelsalat. »Das ist eine gute Idee. Sie hat geschickte Hände.«

»Ja, ich glaub, das könnte sie gut«, sagte er, ohne nachzudenken.

»Ob man eine Familie hat oder nicht, die Frau muß heutzutage mitarbeiten«, sagte Thornie. »Ohne das, was May verdient, würden wir kaum über die Runden kommen.«

May lachte herzlich. »Er hat mich wegen meiner tollen Figur geheiratet, und jetzt sitzt er mit einer Geschäftsfrau da.«

»Ich wußte schon, was ich kriegte«, sagte Thornie mit seinem lakonischen Humor.

Während er in ihrem Garten saß, in dem mehrere halbwüchsige Kinder umherflitzten, dachte Jed, daß er sich auch immer irgendwie so eine Familie für sich selber vorgestellt hatte, wenn er sich je Vorstellungen gemacht hatte. Aber er hatte nie gedacht, daß es schwer sein würde, es tatsächlich hinzukriegen. Er hatte immer gedacht, daß Leute heirateten, Kinder kriegten und sich ohne größere Schwierigkeiten durchwurstelten. Jetzt fragte er sich, ob man dazu ein Talent brauchte, das ihm fehlte, wie seinen beiden Eltern auch. Wenn er sich die ziemlich mollige, aber selbstbewußte und fröhliche May anguckte, konnte er auch nicht umhin, sich zu fragen, was sie wohl für ein Liebesleben hatten. Reichte es Thornie, brauchte er nicht mehr, als fünfzehn bis zwanzig Jahre lang nach Hause zu kommen und immer wieder dieselbe Frau zu beschlafen? Der Kinderlärm, die endlose Verantwortung, sie zu ernähren und zu erziehen – machte ihm das nie zu schaffen? Träumte er nicht manchmal davon, abzuhauen und was anderes anzufangen? Vielleicht nicht. Vonni und Luther würden wahrscheinlich auch noch in fünfzehn Jahren zusammensein, auch wenn es ihm schwerfiel, sie sich mit vier Kindern vorzustellen.

Er sah Maddy an, die unten am See mit dem kleinen Mädchen spielte. Sie konnte gut mit Kindern umgehen. Vielleicht hätte er es einfach durchhalten können, mehr Kinder von ihr kriegen und jemand wie Capri nebenbei haben können ... Aber das war nicht das, was er wollte. Auch wenn ihm nicht klar war, was er eigentlich wollte.

Als sie wieder daheim und alleine waren, sagte er: »Wir könnten morgen mal Vonni und Luther besuchen.«

»Ich geh schon zu meinen Eltern«, sagte Maddy schnell.

»Oh ... na gut ... hör mal, Mad, ich wollte sagen, das mit der Nacht neulich tut mir leid –«

»Ist schon okay«, unterbrach Maddy. Sie hatte die Augen gesenkt. »Ich weiß, daß du Vonni schon immer gemocht hast.«

»Nein, wirklich, es war Luthers Idee ... Ich glaub, er hat dich schon immer irgendwie gut gefunden.«

Maddy nahm diesen Tribut unbewegt entgegen. »Er ist ein netter Kerl«, sagte sie schließlich.

Jed versuchte sich Maddy und Luther zusammen im Bett vorzustellen, aber es gelang ihm nicht.

»Ich weiß nicht mehr, ob wir's wirklich getan haben«, sagte sie stirnrunzelnd. »Ich glaub schon, aber ich hab keine Erinnerung dran.«

Jed sah sie verblüfft an. Das wäre sehr seltsam, wenn sie – nachdem Luther es unbedingt arrangieren wollte – es nicht mal gemacht hätten. Aber Luther schien Maddy ja eh immer auf ein Podest zu stellen, vielleicht weil sie Mutter war oder ein bißchen schüchtern. »Wir haben es auch nicht gemacht«, hörte er sich zu seinem Erstaunen sagen. »Vonni war nicht in Stimmung.«

Maddy warf ihm schüchtern einen zufriedenen Blick zu. »Das freut mich«, sagte sie. »Ich hätte es schrecklich gefunden, wenn, und wenn es bloß zum Spaß gewesen wär.«

Jed schämte sich zu Tode. Warum hatte er gelogen? Wie doof! »Sie hat nicht mal 'ne richtig gute Figur«, fühlte er sich gezwungen, weiter auszuführen. »Sie ist zu dünn.«

Hinterher fragte er sich, warum sich in jedes Gespräch, das sie führten, irgendwelche Lügen einschlichen, ob aus guten oder schlechten Motiven.

»Jed, könnte ich Sie einen Moment sprechen«, sagte Mr. Edelman.

Immer wenn ein älterer Mann, vor allem wenn er eine Autoritätsperson war, Jed unter vier Augen sprechen wollte, wußte er, daß er Ärger bekommen würde. Aber diesmal wußte er ums Verrecken nicht, warum – es sei denn, daß Mr. Edelman plötzlich das Baby satt hatte und es ihnen wiedergeben wollte. Das kam ihm unwahrscheinlich vor, denn in den sechs Wochen, seitdem er das Kind hatte, war Mr. Edelman jeden Samstag morgen angekommen und hatte Jed mit glühenden Berichten über die Kleine überschüttet, so ein tolles Kind, so klug, so süß, und es gehe alles prima. Es war fast, als wollte er Jed überzeugen, daß es gutgehe, als ob Jed nachts wachliegen würde und sich Sorgen um sein Kind machte. Die Berichte gingen Jed auf die Nerven. Er wollte nichts davon hören. Er wollte im Grunde so tun, als hätte es das Kind nie gegeben, als hätte es sich in eine Rauchwolke aufgelöst. Wahrscheinlich hatte Edelman das irgendwie gemerkt, denn er war in letzter Zeit seltener bei ihm angekommen.

Auf dem Weg ins Büro rasten Jeds Gedanken auf der Suche danach, was sein konnte. War das Baby umgekommen? Hatten sie es zum Arzt geschleppt und entdeckt, daß es eine seltene Krankheit hatte, die Edelman in Riesenunkosten stürzen würde, so daß er jetzt lieber wieder aufgeben wollte?

Edelman schloß die Tür zu seinem Büro. Es war ein grauer, warmer Tag Mitte Juni. »Ich weiß nicht recht, wie ich das sagen soll«, fing er an.

Jed sah ihn an und versuchte ein ruhiges, unschuldiges Gesicht zu machen.

»Ich nehme an, Jed, daß Sie wissen, oder vielleicht wissen Sie es auch nicht, was es für mich bedeutet, Minnie in meinem Leben zu haben. Es ist ... es hat alles für mich verändert. Ich hab nicht einmal das Gefühl, noch derselbe Mensch zu sein! Und ich werde Ihnen und Ihrer Frau immer dankbar sein, daß Sie an mich gedacht haben, als Ihnen klar wurde, daß sie sie zur Adoption geben wollten.«

»Ist schon okay«, sagte Jed, dem nicht wohl in seiner Haut war, und fragte sich, worauf er hinauswollte.

»Nun, um es kurz zu machen, ich würde mich gern irgendwie erkenntlich zeigen – nicht mit Geld, weil ich nicht glaube, daß man so was bezahlen kann, aber ich möchte Ihnen beiden gerne ein Geschenk anbieten, um zumindest ein bißchen zu zeigen, wie mir zumute ist, und leider ist das einzige, worauf ich gekommen bin – wie wär's mit einem der Autos?«

»Einem Ihrer Autos?«

»Ja... ich dachte, vielleicht mögen Sie sich eins aussuchen, vielleicht das, was Ihnen am besten gefällt. Mir ist aufgefallen, daß Ihres schon ziemlich klapperig wirkt.«

Jed hatte das Gefühl, die Sache müsse noch einen Haken haben. »Sie meinen, umsonst? Irgendeins von Ihren Autos?«

»Genau... ich dachte – ich hatte immer den Eindruck, Sie haben sich in den Camaro verguckt. Ich weiß nicht, ob das die ideale Familienkutsche ist, aber jetzt, wo Sie wieder zu zweit sind –«

Er hatte den Camaro unglaublicherweise immer noch nicht verkauft, weil er sich schlicht nicht überwinden konnte, mit dem Preis von sechstausend runterzugehen. Homer stimmte ihm zu: »Er ist Achttausend wert... so gut wie neu. Da darf man keinen Penny weniger nehmen als sechs.« Es war, als schenkte ihm jemand sechstausend Dollar! Ohne Grund! Herrje, er hätte noch draufgezahlt, um das Baby loszuwerden. Mit einer Belohnung hatte er ganz bestimmt nicht gerechnet. Aber er war von Edelmans Geste gerührt und hätte gern seine Dankbarkeit ausgedrückt, ohne dumm oder sentimental zu klingen. »Mann, das ist wirklich nett von Ihnen«, platzte er heraus.

»Hören Sie, ein Auto ist ein Auto... und kein Mensch. Es ist in keiner Hinsicht ein gerechter Tausch. Das ist mir klar. Aber ich wollte mich erkenntlich zeigen, und was Besseres fällt mir nicht ein. Aber schauen Sie sich doch noch mal alle an, und ich geb Ihnen heute abend die Schlüssel. Sie können es eine Woche behalten, um zu sehen, wie es sich fährt. Wenn es nichts ist, bringen Sie es mir nächsten Sonnabend wieder und nehmen sich ein anderes, wenn Sie wollen.«

Edelman blieb im Büro, während Jed, immer noch benommen, auf den Hof hinaustrat. Er wußte, daß er sich für den Camaro entscheiden würde. Er ging langsam hin. Er sah ihn sich nicht jedesmal an, wenn er zur Arbeit kam, aber ein Auge hatte er immer drauf. Jed stand lange davor, ehe er ihn schließlich vorsichtig berührte.

Auf dem Nachhauseweg mußte er, nur vom Einsteigen, Motor anwerfen, sich auf dem Fahrersitz zurechtrücken, beinahe lachen. Sein Herz trommelte laut. Er hatte das Gefühl, es müsse ein Witz sein. Der Kerl mußte verrückt sein. Da schenkte er jemand ein Auto für sechstausend Dollar, der ihm ein schielendes Baby überlassen hatte! Jed wäre gern schnell gefahren, über eine lange gerade Strecke, mit hundertzwanzig oder hundertdreißig, aber dann dachte er: Klar, fahr ihn gleich am ersten Tag zu Bruch. Schön doof. Deshalb fuhr er vorsichtig, hielt sich an die Geschwindigkeitsbegrenzung, außer auf dem letzten Stück vor dem Ort, wo selten Verkehr war. Da gab er tüchtig Gas und bremste erst wieder, als er in den Ort einfuhr. Auf dem Weg durch den Ort kam er sich absurd vor – auffällig. Halb wollte er, daß er gesehen wurde – von Craig oder Thornie – und halb nicht. Weil es so ein grauer, verhangener Tag war, schien das rote Auto wie ein Leuchtfeuer zu blitzen. Er fuhr langsam in die Einfahrt, stellte es vor dem Haus ab und sprang hinaus.

Maddy war dabei, das Abendessen zu richten. »Hallo«, sagte sie und drehte sich nur halb zu ihm um.

Jed nahm ihren Arm. »Mad, komm schnell! Das mußt du sehen!«

»Was denn?«

»Komm jetzt.« Er zog sie hinaus.

Sie stand neben ihm und sah sich das Auto an. »Wo hast du das her?« Ihr Gesicht zeigte ihre Furcht, daß er es gestohlen haben könnte.

»Edelman hat es uns geschenkt.« Er beschloß, nichts über das Kind zu sagen.

»Schönes Auto«, sagte sie. »Rot ist eine schöne Farbe.« Aber sie wirkte wenig beeindruckt und ging wieder ins Haus. Jed folgte ihr.

»Ich konnte es nicht glauben«, sagte er. »Er ist sechstausend Dollar wert! Ein toller Wagen.«

»Und er will kein Geld dafür?« fragte Maddy und wandte sich den Frikadellen zu.

»Nein!«

»Dann soll es wohl eine Belohnung dafür sein, daß du so hart für ihn arbeitest und er dich nicht sehr gut bezahlen kann«, meinte sie.

Jed wollte ihr sagen, daß das nichts damit zu tun habe, brachte es aber nicht fertig. Er saß nur am Fenster und starrte auf das Auto und wünschte sich, er könnte seine Begeisterung zumindest teilweise auf sie übertragen. »Vielleicht können wir nach dem Essen eine Spazierfahrt machen«, schlug er schließlich vor.

»Klar«, sagte Maddy. »Das wär schön.«

Aber nach dem Essen regnete es in Strömen, und aus ihrer Tour wurde nichts. Sie warteten bis zum Wochenende, als die Sonne wieder schien. »Laß uns doch Richtung Ithaca fahren«, schlug Jed vor.

»Gut«, sagte Maddy. Sie stieg ein und lehnte sich vorsichtig in den gut gepolsterten Sitz zurück. Sie strich den Stoff glatt, mit dem die Polster bezogen waren, und sagte bewundernd: »Schön weich.«

Aber die Fahrt war irgendwie ein Fehlschlag. Maddy saß still auf ihrem Sitz und schaute auf den See hinaus, und Jed hatte den Eindruck, sie hätte genausogut zu Hause oder im Bus sitzen können. Es war ihr unwichtig. Fast so wie mit dem Sex. Sie war da, weil er sie darum gebeten hatte. Das Auto war wichtig, weil es ihm wichtig war. Und er war enttäuscht, daß er ihr nie richtig nahezubringen vermochte, was ihn bewegte.

»Ich hab einen Brief von Jarita gekriegt«, sagte Maddy.

»Ja?«

»Sie hat mir ein Flugticket geschickt. Sie möchte, daß ich sie in San Francisco besuchen komm.«

»Und, willst du?«

»Ich denke schon ... Sie hat ein paar Wochen Urlaub. Sie sagt, sie könnte mir die Stadt zeigen.«

»Ich hab gehört, die Stadt soll sehr schön sein ... Craig hat mal da gewohnt.«

»Ich weiß ... Jarita ist total begeistert. Sie sagt, sie würde um nichts in der Welt wieder in den Osten ziehen.« Sie hielt inne und sah ihn an. »Wär es dir recht, wenn ich fahr?«

»Klar«, sagte Jed. »Du hast Urlaub verdient.«

»Wahrscheinlich wirst du froh sein, mich los zu sein«, sagte sie mit einem seltsamen bitteren Lachen.

Seit jenem Abend zu viert war sie irgendwie verschlossener. Sie schliefen nie mehr miteinander, nicht einmal mehr der Form halber. Als er sie einmal berührt hatte, war sie zurückgewichen. »Nein, nicht besonders«, sagte er.

»Es ist so, als wären wir überhaupt nicht verheiratet«, sagte sie verzweifelt.

Was meinte sie damit? War es denn je anders gewesen? Wußte sie von Capri? Jed überkam plötzlich die Furcht, daß sie sagen würde, sie wisse es schon die ganze Zeit. Dann dachte er: Was soll's? Und wenn sie's weiß? Aber aus irgendeinem Grund wollte er trotzdem nicht, daß sie es wußte. »Ja, ich glaube, es ist –«, setzte er an.

»Also, willst du dich scheiden lassen?« fragte sie. In ihrem Gesicht stand Angst, entweder vor ihrem eigenen Mut oder davor, daß er ja sagen würde.

Jed wich ihrem Blick aus. »Vielleicht wäre das gar nicht

schlecht«, sagte er langsam und erleichtert, daß sie es ausgesprochen hatte.

»Aber warum haben wir dann das Baby weggegeben?« rief Maddy.

»Was hat das damit zu tun?«

»Ich hab sie weggegeben, damit wir glücklich werden können, wie alle andern. Ich dachte, deswegen bist du so komisch ... aber du bist immer noch so!«

»So bin ich eben!« sagte er verzweifelt angesichts des Schmerzes in ihrer Stimme und in ihren Augen. »Das ist meine Natur.«

»Dann hätten wir nicht heiraten sollen!« Sie sackte, wie von der Einsicht erschlagen, in sich zusammen. »I-ich dachte, wir lieben uns.«

Jed konnte sich nicht dazu bringen, zu lügen und ihr zu sagen, daß er sie liebte. »Vielleicht könntest du das Baby wiederkriegen«, schlug er vor.

»Ganz allein? Sie allein großziehen?«

»Tun manche Mädchen.«

»Aber hast du sie denn nicht auch ein bißchen geliebt?« sagte Maddy und klang jetzt eher verblüfft als wütend. »Sie war doch auch dein Kind! Du warst ihr Vater!«

»Ich wollte kein Vater sein, von niemandem«, sagte er. »Nicht jetzt. Nicht mit achtzehn.«

»Das ist egoistisch«, sagte Maddy. »Du liebst niemanden.«

»Woher willst du das wissen?«

Maddy sah ihn erstaunt an. Nach einer Pause sagte sie: »Liebst du jemanden?«

In gewisser Weise hätte Jed es ihr gern gesagt, wenn auch nur zu seiner Verteidigung, aber er sagte: »Nein, ich liebe niemanden.«

»Du liebst das Auto«, führte sie ironisch an.

Jed lächelte trocken, froh, das Thema zu wechseln. »Ja, es ist ein tolles Auto.«

»Ich finde Autos bescheuert«, sagte Maddy so heftig, daß er ganz perplex war. »Diese Blechhaufen! Warum lieben Männer Autos? Das ist blöde!«

Er zuckte die Achseln.

»Alles, was sie können, ist Unfälle bauen und Leute umbringen«, fuhr sie fort. »Ich hasse Autos!« Ihr Zorn war so heftig und so untypisch für sie, und so eindeutig auf ein unbekanntes Ziel gerichtet, daß Jed gar nicht erst antwortete. Er fuhr sie bloß wieder heim.

Maddy ging ins Haus, und er blieb draußen und betrachtete den Camaro. Er fühlte sich zu leer und deprimiert, um sich noch drüber zu freuen. In gewisser Weise hatte er das herbeigesehnt, was nun geschehen war. Er bekam seine Freiheit zurück. Das Auto war nur ein unbedeutender Faktor dabei. Im Herbst würde er frei sein zu tun, was er wollte: hundert Mädchen vögeln, in eine andere Stadt gehen oder aufs College. Und er wußte, daß er an irgendeinem Punkt in der Zukunft aufwachen und seine Freiheit genießen würde, in vollen Zügen sogar. Aber jetzt war er alles andere als froh.

Er dachte, wie so oft, seitdem sie es gesagt hatte, an Capris Bemerkung, daß er intelligent sei, daß er was aus seinem Kopf machen sollte. Vielleicht konnte er das tun! Vielleicht konnte er Ingenieur werden, eines Tages viel Geld verdienen, tatsächlich in der Welt leben, von der Capri so oft und so lässig redete. Das ganze Jahr war es ihm unerreichbar weit weg erschienen, aber jetzt fragte er sich, ob das sein mußte. Herrje, vielleicht konnte er sie sogar heiraten. Nicht jetzt, aber vielleicht in ein paar Jahren. Ihr Vater würde einen Herzschlag bekommen, aber ihre Mutter mochte ihn. Er hörte Capri noch sagen: »Vielleicht kriegt man das, was wir haben, nur einmal.« Ihre Beziehung war ihr auch wichtig, obwohl er wußte, daß sie zu stolz war, um je was zu sagen oder ihn direkt zu fragen, was er für sie empfand. Sie hatte in dieser Woche ihre Abschlußprüfungen, aber danach würden sie spazierenfahren, und er würde ... Trotz allem stieg in ihm eine leise, geheime Erregung auf.

Er hatte sich mit Capri für Donnerstag verabredet, am späten Nachmittag. Ihre Prüfungen waren vorbei. Sie sagte, sie könne sich das Auto ihrer Eltern leihen. Er erzählte ihr nichts von dem Camaro. Aber sie war schon da und saß noch in ihrem Auto, als er ankam. »Boh, ist der toll«, sagte sie, als sie sich den Wagen von allen Seiten anschaute.

Jed freute sich. »Ja, und der Motor ist eins a.«

»Können wir damit eine Runde drehen?

»Klar.«

»Läßt du mich fahren?«

Bis jetzt hatte er noch keinen andern ans Steuer gelassen. Er zögerte.

»Ich bin eine gute Fahrerin«, sagte sie. »Ich will bloß mal sehen, wie es ist.«

»Gut.« Er gab ihr die Schlüssel und stieg auf der andern Seite ein.

»Schade, daß man nirgends richtig schnell fahren kann«, sagte sie, als sie den Motor anließ. »Wie schnell läßt du mich?«

»Lieber nicht über hundert«, sagte er.

»Ich wette, der fährt hundertsechzig«, sagte sie in einer Kurve.

»Ohne Probleme.«

Die Tatsache, daß sie als einzige von allen, die er kannte, nicht auf den Gedanken kam, daß er ihn gestohlen haben könnte, fand er typisch. Sie hatte einfach angenommen, daß er mir nichts, dir nichts sechstausend Dollar für ein Auto ausgeben konnte! Trotzdem nährte es das Traumhafte der Situation – eine schöne Blondine, die mit ihm schlief, ein tolles Auto, ein Frühlingstag wie aus dem Bilderbuch. Sie fuhren zu der Stelle zurück, an der sie sich getroffen hatten.

»Wir sollten es im Auto tun«, sagte Capri lächelnd. »Das wäre das I-Tüpfelchen.«

»Ich weiß nicht«, sagte Jed. »Ich glaub nicht, daß es sehr gemütlich wäre.«

»Doch, bitte.« Sie zog sich aus und kletterte auf seinen Schoß und umfaßte ihn mit den Beinen. Die Nähe der Straße und ihre Erregung über das Auto machten die Tatsache wett, daß er sich kaum rühren konnte. Hinterher blieb sie sitzen, mit ihm in ihr drin, und legte ihm den Kopf auf die Schulter. Ihre Herzen rasten einträchtig. »Das Auto riecht gut«, sagte sie.

»Du auch.« Er ließ seine Hand über ihren Rücken zum Po gleiten. Ihre Haut fühlte sich feucht und zart an.

Sie rückte ein Stück ab und sah ihn an. »Jed?«

»Ja?«

»Ich komm nächstes Jahr nicht wieder.«

Sie lockerte im Sprechen ihren Griff und kletterte wieder auf den Beifahrersitz. Sie setzte sich mit angezogenen Knien auf ihr Hemd und verschränkte die Arme um die Beine. Jed begann sich anzuziehen. »Was meinst du damit?«

»Ich wollte es dir schon länger sagen«, sagte sie. »Ich war bloß noch nicht sicher. Verstehst du, Daddy hat gesagt, wenn ich richtig gute Noten kriege, lauter Einsen, dann könnte ich wieder nach Harvard, und ich hab's geschafft. Ich hab mir wirklich den Arsch aufgerissen, um ihm zu zeigen, daß ich es bringe. Nicht, daß die Konkurrenz hier so scharf wäre, aber trotzdem ...«

Jed sagte nichts.

»Bist du sauer?«

»Natürlich! Herrje, was denkst du denn? Du wartest bis

drei Sekunden, bevor du weg bist. Warum hast du es mir nicht eher gesagt?«

Sie machte ein betrübtes Gesicht. »Ich weiß nicht. Ich hab so vieles gedacht. Wie, daß es mit uns zuviel wurde. Ich meine, vielleicht war es für beide nicht gut, für deine Ehe nicht und –«

»Vergiß meine Ehe«, sagte Jed barsch, weil er merkte, daß sie nur noch in der Vergangenheitsform sprach.

»Okay.« Nach einer Sekunde sagte sie lächelnd: »Sie ist hübsch.«

»Wer?«

»Maddy.«

»Woher weißt du?«

»Ich war mal bei dem Friseur ... Sie war da. Sie war ganz anders, als ich sie mir vorgestellt hatte.«

»Wie hattest du sie dir vorgestellt?«

»Wahrscheinlich ... mütterlicher, irgendwie rundlicher. Sie sieht aus wie ein kleines Mädchen.«

»Ja ... Wir lassen uns scheiden.«

»Ach, das tut mir leid.«

»Nicht deinetwegen. Wir hätten nie heiraten sollen.«

»Na ja ...« Sie sah ihn mit unsicherer Miene an. »Ich fahre erst Ende nächster Woche. Ich fahr den Sommer über nach Europa, teilweise mit Mommy und Daddy, aber ich glaub, sowie ich drüben bin, hau ich einfach ab.« Sie grinste. »Ich fahr nach Capri, um meinen Patenort zu sehen.« Nach einer Sekunde fügte sie leise hinzu: »Wenn du doch bloß mitkommen könntest.«

Mit einem Mal packte er sie beim Handgelenk. »Laß uns heiraten.«

Sie machte ein entsetztes Gesicht und lachte dann. »Bist du verrückt?«

»Warum ist das verrückt?«

»Hör zu, du hast gerade erst eine furchtbare Geschichte

hinter dir ... und jetzt willst du dich kopfüber in die nächste stürzen?«

»Mit uns könnte es anders sein«, widersprach er. Aber er merkte, schon als er sprach, daß er sich künstlich an sie klammerte wie an einen Rettungsanker, als das eine, was in seinem Leben Bestand hatte.

»Nein ... Wir sind auch bloß Kinder.«

»Aber wir kommen so gut klar ... Du hast gesagt, wir werden so was vielleicht nie wieder mit jemand haben.«

»Das ist bloß Sex.«

Jed lachte bitter. »Ist das alles?«

Capri legte ihm eine Hand auf den Arm. »Nein, hör zu, das hab ich nicht so gemeint. Ich weiß sowieso nicht, was ›bloß Sex‹ ist. Es ist nicht ›bloß‹! Vielleicht ist es das einzig Wichtige ... aber trotzdem, wir haben noch das ganze Leben vor uns. In fünf oder zehn Jahren werden wir völlig anders sein. Du würdest die Nase voll von mir haben, genau wie von Maddy. Du würdest das Gefühl haben, gefangen zu sein, und ich auch ...«

»Ist es nur, weil ich nicht auf dem College bin?« fragte er. »Weil ich nicht reich bin?«

Sie zögerte. »Da kommen tausend Dinge zusammen«, sagte sie ausweichend.

»Und wenn ich ein Student in Harvard wäre?« Er wollte sie zur Ehrlichkeit zwingen, auch wenn die Antwort weh tat.

»Jed, hör zu, es stimmt ... Ich glaube, das wäre schon ein Problem, aber das ist nicht die Hauptsache. Ich werde niemanden heiraten, bevor ich dreißig werde, mindestens! Es wäre dem Mann gegenüber nicht fair. Ich möchte erst in meinem Beruf wirklich etwas erreichen ... und ich glaube, du – du solltest dir auch bald mal überlegen, was du willst. Ich glaub, du könntest echt was aus deinem Leben machen, wenn du willst.«

Trotz allem spürte er so etwas wie Stolz, daß sie anders als alle Menschen, die er je gekannt hatte, wirklich glaubte, daß er etwas aus sich machen konnte. Er lehnte sich zurück und starrte auf die grünen, blühenden Felder ringsum. »Wir sollten uns in zehn Jahren wiedersehen«, sagte er. »Dann können wir unsere Flitterwochen machen.«

»Okay ... aber nicht vergessen«, sagte Capri. »Ich denk dran.«

»Ich auch.«

Sie umarmte ihn. »Ich liebe dich.«

Am Sonntag drauf brachte er Maddy zum Flughafen. Sie hatte einen großen Koffer gepackt und trug ein blaues Kostüm und eine weiße Bluse.

»Hoffentlich wird es eine schöne Zeit für mich«, sagte sie im Flughafencafé, wo sie vor dem Abflug zu Mittag aßen.

»Bestimmt«, sagte Jed.

»Jarita hat gemeint, sie nimmt sich vielleicht einen Mietwagen, und wir fahren die Küste runter nach Süden. Sie sagt, es ist sehr hübsch da.«

»Bis nach Los Angeles?«

»Vielleicht nicht ganz, aber in die Richtung.«

In gewisser Weise war er neidisch. Er wäre auch gern in ein Flugzeug gestiegen und irgendwo an einen unbekannten Ort geflogen. Sie redeten über dies und das, aber ihr Ton war unbeholfen. Jed dachte, daß er, obwohl sie ein Jahr zusammengelebt hatten und gemeinsam Eltern geworden waren und unzählige Male miteinander geschlafen hatten – daß er fast nichts über Maddy wußte.

»Willst du auch Urlaub machen?« fragte Maddy. Ihre Stimme war zittrig, als lauerten unter der Oberfläche Tränen. Er betete, daß sie nicht weinen würde.

»Mal sehen ... ich weiß aber nicht, wohin ich fahren würde.«

»Du könntest auch rauskommen ... bei Jarita wär für uns beide Platz.«

Sie wollte ihn also noch. Sie waren noch verheiratet; ihre Schwester konnte ihr noch so viele Typen vorstellen, sie würde keinen davon angucken. Er war immer noch der einzige, den sie wollte. Warum nur?

»Laß uns drüber reden, wenn du da bist«, sagte er.

Er begleitete sie zu ihrem Ausgang. Maddy stellte ihr Handgepäck ab und drehte sich zu ihm um. Jed nahm sie in die Arme. Er hielt sie fest und spürte ihre Tränen an seiner Wange. »Mach's gut«, flüsterte er.

Sie nickte und sagte dann so leise, daß er es fast nicht hören konnte: »Ich liebe dich.«

Als er wieder zu Hause ankam, saß Paul Farnum vor dem Haus und las. »Wie wär's mit was zu trinken?« fragte er und zeigte auf einen Krug unterm Baum.

»Gern«, sagte Jed und ließ sich ein Glas reichen. Starkes Zeug.

»Du bist Strohwitwer, hab ich gehört?« sagte Paul.

»Ja.«

»Gerry will vielleicht auch ein paar Wochen wegfahren«, sagte Paul. »Ich denk immer, das wird bestimmt toll, mal allein zu sein, aber nach zwei, drei Tagen sehn ich mich schon wieder nach ihr. Ich taug nicht zum Junggesellen.« Er sah Jed an. »Und du?«

»Was?« Jed hatte nur halb zugehört.

»Machst du irgendwas Besonderes, während Maddy weg ist?«

»Nö, ich wüßte nicht, was.« Jed war unbehaglich zumute.

»Deine Freundin ist 'ne tolle Frau«, sagte Paul.

»Welche Freundin?«

»Capri ... ich hab euch ein paarmal zusammen gesehen. Maddy weiß nichts, oder?«

Jed schüttelte den Kopf.

»Sie ist völlig arglos«, sagte Paul. »Ein süßes, argloses Mädchen... Aber ich nehme an, in deinem Alter weiß man das –«

Jed stand schwankend auf. Ihm ging auf, daß er ein ganzes Glas fast reinen Gin getrunken hatte. »Das geht dich einen Dreck an!« sagte er und knallte die Tür hinter sich zu.

Er wußte, daß seine Reaktion übertrieben war, daß die Frustrationen der letzten Wochen sich ohne Ventil in ihm angestaut hatten. Wem sollte er böse sein? Maddy? Capri? Sich selber? Einen Augenblick drauf klopfte es. Es war Farnum.

»Du weißt nicht, was du an deiner Frau hast«, sagte er ernst. Er war offensichtlich total blau, oder zumindest ziemlich.

»Na und?« sagte Jed. »Was geht dich das an?«

»Sie hat es verdient, besser behandelt zu werden... Du mußt sie um Verzeihung bitten.«

»Sie ist nicht hier. Sie ist in Kalifornien.«

»Sag ihr, was für ein wundervolles Mädchen sie ist.«

Jed lachte. »Erzähl du lieber deiner Frau, wie wundervoll sie ist, ja? Laß meine in Ruhe.«

»Laß du meine in Ruhe«, kam das Echo.

»Keine Sorge«, sagte Jed. »Da besteht kein Anlaß zur Sorge.«

»Wieso?«

»Weil sie häßlich ist«, hörte Jed sich antworten.

»Miststück«, sagte Farnum verächtlich. »Du bist bloß ein dummer, mieser kleiner Halbstarker, weißt du das?«

Jed schlug zu. Er rechnete damit, daß Farnum leblos vor seinen Füßen zusammensacken würde, aber der hockte nur keuchend da und holte dann aus, erwischte Jed mit einem Ringkämpfergriff und warf ihn zu Boden. Der Gin hatte Jeds Reaktionsvermögen beeinträchtigt, und er war von der Geschwindigkeit des andern überrascht. Er versuchte, sich ihm zu entwinden, aber Farnum hatte seine Schultern fest umklammert, wie ein kleines Tier, das sich am Hosenbein festkrallt und nicht wieder losläßt. Jed versuchte sich loszureißen, um noch einmal zuschlagen zu können, als Gerry rauskam.

»Was in aller Welt –«, setzte sie an. Als sie aber sah, daß es ernst war, zog sie ihren Mann an der Schulter hoch. »Paul, um Himmels willen! Bist du verrückt? Hör auf!«

»Er hat dich beleidigt«, sagte Farnum. »Er hat Ehefrauen beleidigt.«

»Oje«, Gerry schleppte ihn fort. »Na und? Wer regt sich schon über Ehefrauen auf?«

»Du bist eine«, sagte Farnum. »Du solltest dich darüber aufregen.«

»Hast du den ganzen Nachmittag getrunken?« Sie sah Jed über die Schulter an. »Sieh ihm das bitte nach. Es war die Hitze und ein halber Liter Gin mit Wermut.«

»Ich hab ihm was zu trinken angeboten«, murmelte Farnum. »Ich hab ihm gesagt, er hat 'ne hübsche Freundin. Ich –«

Jed bedauerte, daß die Frau dazwischengekommen war. Auch wenn Farnum besser in Form war, als er gedacht hätte, war Jed sicher, daß der Alkohol ihn irgendwann zur Strecke gebracht hätte. Eine tüchtige Prügelei hätte ihm gutgetan. Aber auch so fühlte er sich bereits etwas besser, obwohl ihm die Schulter noch von dem Klammergriff weh tat. Dummes Arschloch. Und wer wußte es noch? Wer hatte sie noch zusammen gesehen? Na und? Es ist aus! Aber der Gedanke, daß er, ohne es zu wissen, beobachtet worden war, war schwer zu ertragen.

Dreizehn

Maddy fühlt sich manchmal, obwohl sie die Stelle schon fast ein Jahr hat, immer noch wie eine Hochstaplerin. Jed hat ihr hundertmal gesagt, daß das Blödsinn ist. Die Hälfte aller Leute in den USA oder noch mehr haben ihre Jobs durch Beziehungen gekriegt. Nachdem Jed sie gebeten hatte, in die Scheidung einzuwilligen, nachdem sie beschlossen hatte, in San Francisco zu bleiben, hatte Maddy vorgehabt, sich eine Stelle als Kellnerin oder als Kosmetikerin zu suchen. Aber Jarita hatte sie herausgeputzt, sie anders geschminkt und ihr von ihrem Lieblingsfriseur eine neue Frisur verpassen lassen – und siehe da, Maddy hatte selbst in ihren eigenen Augen ausgesehen, als wäre sie achtzehn, das Mindestalter für eine Mitarbeiterin am Ticketschalter. Nicht, daß die Frau, die das Einstellungsgespräch geführt hatte, sich dafür interessiert hätte. Sie fragte Maddy nicht einmal nach ihrem High School-Abschluß! »Ich hab ihr mal einen Gefallen getan«, erklärte Jarita. »Sie war schwanger und wußte nicht, wohin. Ich hab eine gute Praxis gefunden und bin mit ihr hingegangen und die Nacht über geblieben. Das hat sie mir nicht vergessen.«

Es beeindruckte Maddy, daß die Frau in der Personalabteilung, die so ruhig und kompetent hinter ihrem Schreibtisch saß, früher mal verzweifelt gewesen war, weil sie ein Kind von einem Mann erwartete, der sie nicht heiraten wollte. Und daß sie jetzt so selbstbewußt und heiter wirkte. »Wunden verheilen«, sagte Jarita und erzählte Maddy zur Aufmunterung traurige Geschichten aus ihrer eigenen Vergangenheit. »Du hättest mich sehen sollen! Ich war völlig fertig! Ich hab zwei Wochen keinen Fuß aus dem Bett gesetzt!« Und es stimmt, wenn sie sich manchmal im Spiegel auf der Toilette im Flughafen anschaut, sieht Maddy eine hübsch frisierte, attraktive junge Frau von vielleicht zwanzig Jahren. Jarita hat ihr gezeigt, wie sie sich braune Schatten unter die Wangenknochen malen kann, um die kindliche Rundung zu überdecken, die sie ihrer Meinung nach so viel jünger aussehen läßt, als sie ist.

Es fällt ihr immer noch schwer zu glauben, daß sie wirklich hier ist und sich mit Jarita eine wunderschöne Wohnung teilt. Selbst während der ersten zwei Wochen, als sie nur zu Besuch war, hatte sie befürchtet, daß Jarita sie dumm, naiv und langweilig finden würde. Aber Jarita hatte sofort angefangen zu überlegen, wie sie ihre verhaßte Untermieterin loswerden konnte. »Wir werden so viel Spaß miteinander haben«, sagte sie. »Wir kriegen uns bestimmt nicht in die Wolle.«

Aber Maddy verspürt noch keine Lust, sich auf die vielen Verabredungen einzulassen, die Jarita ihr nur zu gern besorgen würde. »Ich will keine Männer kennenlernen«, sagt sie.

»Ich weiß«, sagt Jarita dann zärtlich. »Muß ja nicht jetzt sein. Erst wenn du soweit bist.«

Wann wird das sein? Nicht, daß sie von Jed träumt oder die ganze Zeit an ihn denkt wie in den ersten Monaten. Jetzt vergehen ganze Tage oder sogar Wochen, ohne daß sie an ihn denkt, aber dann passiert irgendeine Kleinigkeit, und sie sieht ihn wieder vor sich, und dann tut es noch weh.

Ihre Tochter ist jetzt anderthalb. Jeden Monat an Minnies Geburtstag denkt Maddy daran, wie alt sie jetzt ist. Sie wüßte zu gern, wie sie jetzt aussieht und was sie macht, und ob sie glücklich ist. Einmal hat sie Mr. Edelman geschrieben, und er meinte, es sei alles bestens. Er schickte ihr ein Foto von Minnie bei seiner Schwägerin auf dem Arm. Es war ein bißchen verwackelt – Minnie war da gerade ein Jahr alt geworden –, aber sie sah süß aus, viel größer, mit vielen schwarzen Locken. Maddy steckte sich das Foto ins Portemonnaie, und sie holt er mehrmals am Tag, meistens wenn sie alleine ist, hervor und schaut es an. Sie denkt, daß Minnie es vielleicht merkt, wenn sie sich das Bild anschaut, und dann auch an sie denkt. Sie hat Mr. Edelman ein Bild von sich mit der neuen Frisur geschickt und ihn gebeten, es Minnie zu schenken, wenn sie größer ist.

An einem Wochenende, an dem Jarita nicht da ist, ruft der jüngere Bruder von Jaritas Freund, dem Filmregisseur, an. Er heißt Hayes. Er lädt Maddy ein, mit ihm essen zu gehen. Maddy sagt ohne besonderen Grund zu. Er ist ein komisch aussehender Mann mit einer großen Nase und freundlichen blauen Augen hinter einer Drahtbrille. Er trägt ein Hemd und eine Lederweste mit Fransen, aber das wirkt unnatürlich wie eine Verkleidung.

»Steve sagt, du warst auch verheiratet«, sagte er. »Hat er erzählt, daß ich auch verheiratet war?«

Maddy nickt. »Ich bin jetzt geschieden«, sagt sie.

»Ich auch ... Ich hab aber einen kleinen Sohn. Er ist fast vier.« Er breitet auf dem Tisch lauter Bilder von seinem Sohn aus, auf der Schaukel, beim Spielen.

»Er ist süß«, sagt Maddy. Sie zeigt ihm das Bild von Minnie.

»Sie sieht dir nicht sehr ähnlich«, sagt er. »Du bist hübscher.«

»Sie wird bestimmt hübsch, wenn sie groß ist«, versichert Maddy.

»Besuchst du sie manchmal?«

»Nein.«

Nach dem Essen kommt er mit in die Wohnung. Weil er so unsicher wirkt, fühlt Maddy sich sicherer als mit den meisten Männern. Sie bietet ihm einen Drink an, aber er sagt, er möchte lieber ein Glas Ginger Ale. Als sie auf der Couch sitzen, küßt er sie, aber sanft, als hätte er Angst, sie zu verschrecken. »Hast du einen Freund?« fragt er.

Maddy schüttelt den Kopf.

»Es ist schwer, nachdem ...« Er vollendet den Satz nicht, aber Maddy denkt ihn trotzdem zu Ende.

Sie küssen sich noch ein bißchen, aber er wirkt immer noch nervös. »I-ch möchte wieder heiraten«, denkt er laut und spielt mit dem Glas in seiner Hand. »Es klingt verrückt. Zuerst, nachdem Jane gegangen war, dachte ich: ich heirate nie wieder, aber jetzt ... Ich bin bei einem Psychiater, und der empfiehlt, ich soll in Single-Kneipen gehen, aber ich kann nicht. ›Probieren Sie es doch mal‹, hat er gesagt. ›Was haben Sie zu verlieren?‹ Aber ich mag nicht ... Verstehst du das?«

»Ja«, sagt Maddy.

Sie ist froh, daß er nicht mehr versucht, als sie zu küssen. Am Ende des Abends steht er verlegen an der Tür und sagt, daß es ein schöner Abend war und daß er sie gern wiedersehen würde. Dann zieht er sie fest an sich und geht.

Ardis hat alle Versuche aufgegeben, Misha zu überzeugen, nicht nach Miami zu gehen, nachdem sie ihm ausgiebig alle Schrecken Floridas vor Augen geführt hatte: die rechten Kubaner, die senilen Alten, die ständige Hitze, die einem das Hirn erweicht. »Du brauchst wirklich einen neuen Anfang«, gesteht sie und erkennt damit, wenn auch indirekt, an, daß er, wenn er bleibt, sich nie aus der Beziehung mit ihr lösen wird. Sie ist zu bequem, zu angenehm. Selbst die Tatsache, daß sie nicht immer verfügbar ist, wäre ihm wahrscheinlich unbegrenzt lange recht, weil er so daran gewöhnt ist. Ein- oder zweimal kommt ihm der Verdacht, daß sie auf einer Geschäftsreise ein Techtelmechtel gehabt hat, aber er dringt nicht weiter in sie. Es scheint nichts mit ihrer Beziehung zu tun zu haben. Vielleicht geht es Simon genauso, obwohl er schon glaubt, daß Simon sich mit ihm nicht abfinden könnte, wenn er davon wüßte. Aber was Simon weiß oder nicht weiß, vermutet oder nicht vermutet, wird Misha immer ein Rätsel bleiben. Er hat es aufgegeben, sich darüber den Kopf zu zerbrechen.

Mit seinem Gebrauchtwagenhandel hat er Glück gehabt. Ein Mann aus einer anderen Stadt war vorbeigekommen und hatte aus Gründen, die er selbst wohl am besten kannte, beschlossen, daß er eine gute Geldanlage sei. Homer beschloß, bei ihm zu bleiben. »Wo sollte ich sonst hin?« jammerte er, als Misha ihm mitteilte, daß er demnächst abzureisen gedenke. Homer findet es aus anderen Gründen als Ardis verrückt, daß er nach Miami geht. Man bleibt, wo man ist, Veränderungen sind schlecht, Winter gehören sich kalt, und als Misha erklärt hat, daß er die Absicht hat, eine Stelle als Lehrer zu finden, findet Homer auch das absurd. »Du bist ein Geschäftsmann, kein Lehrer. Wozu willst du unterrichten?«

Ardis glaubt, er wird keine Stelle bekommen. »Hast du in letzter Zeit Zeitung gelesen? Lehrer springen von Klippen, werden Fotoassistenten ...«

»Gut, dann spring ich eben von 'ner Klippe oder werde Fotoassistent.« Er vertraut gegen alle Statistiken darauf, daß er eine Lehrerstelle finden wird. Vielleicht genießt er auch nur, zum erstenmal in seinem Leben nicht jeden Morgen zur Arbeit aufstehen zu müssen. Es wird sich schon was finden. Er kann sich nicht vorstellen, daß er sich in die Scharen der Arbeitslosen einreiht.

Es ist ihm klar, daß er Wolf und Brenda mitnimmt. Irgendwie hatte er gedacht, daß sie vielleicht zurückbleiben und in den Köpfen von anderen Leuten rumgeistern würden. Aber sie schienen entschlossen zu sein, ihm weiter Gesellschaft zu leisten, ungewollte Rat- und Vorschläge zu machen und sich mitten in Gesprächen auf seine Schulter zu setzen. Er ist ihnen und sich für ihre fortwährende Anwesenheit in seinem Kopf nicht mehr böse. Entweder er braucht sie, oder sie brauchen ihn als Halt in diesem Leben. Ihm ist es egal wie herum.

Diejenige, die ihre Trauer über sein Weggehen am deutlichsten gezeigt hat, war Mrs. Sebastian, Minnies Kinderfrau. Sie hat ein paar erwachsene Kinder und hat noch zwei weitere Kinder neben Minnie in ihrer Obhut. Er war erstaunt, als sie bei der Nachricht in Tränen ausbrach. »Lassen Sie sie hier bei mir!« schluchzte sie. »Sie dürfen Sie mir nicht wegnehmen!« Er fragt sich, ob sie Minnie genauso fehlen wird wie Minnie ihr. Sie ist immer gern zu Mrs. Sebastian gegangen, aber wenn er sie abholt, kommt sie eifrig in seine Arme gelaufen und scheint nie etwas dagegen zu haben mitzukommen.

Aber wer weiß, was sie denkt oder im Gedächtnis behält, ob sie überhaupt noch weiß, daß sie mal ohne ihn gelebt hat? Als Maddy ihm das Foto von sich geschickt hat, hat er es Minnie gezeigt, aber sie hat es verknickt, und da hat er es ihr wieder weggenommen. Ardis glaubt, sie erinnert sich an nichts mehr. Sie war froh, als Maddy in Kalifornien blieb. »Warum soll man sie verwirren? Du kannst es ihr sagen, wenn sie größer ist.« Minnie sagt »Mie« zu ihm, als Abkürzung für Misha, oder manchmal auch Misch, wie Ardis. Das ist ihm lieber als »Daddy«. Er kann sich trotz seiner momentanen Begeisterung für Windeln, Fläschchen und Babygläschen nicht als »Daddy« sehen. Nur Ardis sagt es manchmal, um ihn zu ärgern.

Endlich kommen die Möbelpacker. Ein großer Laster hält vor dem Haus, und zwei kräftige Männer steigen aus und beginnen gemächlich, die Kisten und die Möbel einzuräumen. Die Umzugsfirma hat ein Lager in Miami, wo die Sachen bleiben können, bis er ankommt. Eine Woche, zwei Wochen würde er schon brauchen, hatte er erklärt. Er will nicht zu viele Kilometer am Tag fahren, um Minnie nicht zu ermüden. Auf kürzeren Ausflügen hat es ihr bisher nichts ausgemacht, im Kindersitz eingeklemmt zu sein. Im Frühjahr ist er mit ihr zu einem Spielplatz gefahren, wo es einen Wassersprenkler gab. Sie schien das Wasser zu mögen, deshalb hat er ihr einen Badeanzug gekauft. Vielleicht geht er mit ihr in den Motels mit Swimming Pool, in denen sie unterwegs wohnen werden, ab und zu schwimmen.

Mit einundfünfzig wird er endlich Amerika sehen! Jedenfalls einen Teil davon. Er war noch nie weiter südlich als Washington. Er freut sich auf das Abenteuer und sogar darauf, erst mal nicht zu wissen, wo er wohnen und wovon er sich ernähren wird. Daß er ein Kind zu versorgen hat, könnte die Unsicherheit mit Sorge befrachten, aber irgendwie ist das nicht so. Ihm gefällt das Gefühl, daß es ein gemeinsames Abenteuer ist, daß ein zweiter Mensch zu seinem Leben gehört.

»Vorsicht mit der Kiste«, sagt er zu einem der Möbelpakker. »Das sind Schallplatten.«

»Keine Sorge«, sagt der Mann.

Viellcicht wäre es vernünftiger gewesen, die Schallplatten hier zu lassen, jedenfalls die älteren, und in Miami neue zu kaufen. Aber er konnte sich nicht von der zerkratzten Aufnahme von *Pique Dame* trennen, an der er so viel Freude gehabt hatte. Kann er eine Aufnahme, die nicht viermal auf der ersten Seite hängenbleibt, genauso gern haben? Aufzustehen und die Nadel weiterzurücken ist für ihn zu einem Teil des Hörerlebnisses geworden, als ob er mit im Orchester sitzt und dafür sorgt, daß es weitergeht.

Minnie hat jetzt auch schon einen Plattenspieler, ein Geschenk von Ardis zu ihrem ersten Geburtstag. Darauf kann sie kleine dicke Plastikplatten abspielen mit Kinderliedern und Versen. Sie scheinen ihr zu gefallen, sie bringt ihm oft die Platten und wartet geduldig, daß er sie in den Schlitz schiebt. Wenn er seine Platten auflegt, ignoriert sie ihn zumeist, aber manchmal kommt sie an und setzt sich vor den Lautsprecher, den sie dann mit ernsten Augen betrachtet. Er weiß, daß sie sich vorstellt, daß jemand da drinnen singt; er hat sich das als Kind auch vorgestellt.

»Haben wir alles?« fragt ein Möbelpacker.

»Ich glaub schon«, sagt Misha.

»Es kommt ins Lager, nicht?«

»Ja.«

»Okay ... gute Reise.«

»Ihnen auch.«

Misha schaut ihnen nach. Das Haus, das jetzt bis auf wenige Dinge leer ist, die die neuen Besitzer haben wollen, sieht einsam und verlassen aus. Sie wollen es neu streichen lassen. Tags zuvor war schon der Maler dagewesen, um sich ein Bild zu machen. »Sieht aus, als wär's 'ne Weile her, seit Sie das Haus haben streichen lassen«, war sein Kommentar gewesen.

Misha hatte, bis alles draußen war, nie gemerkt, wie schmierig etliche der Wände waren. Das einzige anständige Zimmer ist das von Minnie, das er zusammen mit Ardis gestrichen hatte. Er erinnert sich noch gut daran: Ardis in Jeans, wie sie sich Farbe in die Haare kleckert, während sie die Decke malt. »Wie hat Michelangelo das nur in der Sixtinischen Kapelle hingekriegt?« hatte sie gescherzt. Nachher bei Tisch hatte sie mit den fliederfarbenen Strichen ausgesehen wie eine Sängerin in einer Punkgruppe. Sie meinte, sie wolle die Strähnen behalten, als neuen Look.

Als er bei ihr zu Hause ankommt, ist sie mit Minnie draußen. Die beiden rollen einen roten Gummiball hin und her. Die Kleine kann nicht zielen. Ardis läuft ins Gebüsch, weil der Ball dahin rollt. Dann sieht sie Misha, winkt und wirft ihm den Ball zu. Er fängt ihn mit einer Hand.

»Mie«, sagt Minnie, kommt zu ihm gelaufen und klammert sich an eines seiner Hosenbeine. Ihre Wangen sind mit Bananenmus verschmiert.

»Ich hab ihr eben eine kleine Zwischenmahlzeit gegeben«, erklärt Ardis. Sie sieht ihn an. »Wie weit willst du heute kommen?«

»Nicht sehr.« Es ist schon nach eins.

»Sie ist bestimmt lieb ... du bist eine gute kleine Autofahrerin, nicht, Minnie?«

»Lieb?« wiederholte Minnie.

Sie schnallten sie auf ihrem Autositz fest und gingen auf die Fahrerseite. »Weißt du«, sagte Ardis, »ab und zu würde ich gern nach Miami kommen, um euch zu besuchen, wenn ihr euch eingelebt habt. Wenn du magst.«

Das Zittern in ihrer Stimme versetzt ihm einen Stich; ihm versagt die Stimme. Ohne etwas zu sagen, sinkt sie in seine Arme. Sie halten sich einen Augenblick lang fest umschlungen. Als sie zurücktritt, glitzern ihre Augen. Sie beißt sich auf die Lippen und sieht zu, wie er einsteigt. Minnie beobachtet sie beide voll Neugier.

Ardis lacht, ihre Stimme zittert leicht. »Ich hab ja damit gerechnet, daß du mit einer Jüngeren durchbrennst«, sagte sie. »Aber dies ist zu lächerlich!«

Misha lächelt, drückt ihr die Hand und läßt den Motor an. Sein gesenkter Blick fällt auf seinen nunmehr ringlosen Zeigefinger und auf die kleine Delle, wo der Ring gesessen hat.

»Rufst du von unterwegs an?« fragt sie eifrig. »Oder wenn ihr ankommt?«

»Ich ruf heute abend an.«

Die Kleine drückt auf die Hupe. »Los!« schreit sie fröhlich.

Misha dreht sich zu Ardis um. »Immer unter der Fuchtel einer Frau! Da komm einer gegen an!«

»Das ist nun mal dein Schicksal«, sagt sie zärtlich und gibt ihm einen letzten Kuß.

Er sieht sie noch im Rückspiegel, wie sie mit verschränkten Armen in ihrer roten Bluse zum Jeansrock dasteht, bis er um eine Ecke biegt und sie nicht mehr zu sehen ist. Dann wirft er dem Kind an seiner Seite einen Blick zu. »So, mein Schatz«, sagt er. »Alles klar? Wir haben ein ganzes Stück zu fahren.«

»Los«, wiederholt die Kleine und schlägt mit der Faust auf ihr Tischchen am Kindersitz.